Jef, ombre et lumière

Roman

Guy Boisberranger

Du même auteur

Institution communale et pouvoir politique : le cas de Roanne. Editions de l'EHESS 1973 Ouvrage collectif

Nord et Pas-de-Calais : L'héritage industriel. Publication Oréam nord 1975 Ouvrage collectif

Industrialiser, mode d'emploi : le modèle d'entreprise A Raymond. Editions l'Harmattan 2012. Prix du livre documentaire ASMEP-ETI 2012

L'Escalier de Marbre, thriller. Editions Edilivre. 2017 (épuisé)

De la Volga à la Neva, nouvelle. Ed. IP. 2018. KDP 2018

Sur mon Chemin, nouvelle in **L'Institut.** Editions PUG 2018

L'affaire Nayox, thriller. Ed. IP 2019. Ed. Bookelis 2019. KDP 2019

Gulumpu, Conte pour enfants. Illustrations J.P. Steinmann. Ed. IP 2019. KDP 2020

ISBN :9798643453864

Entre nous, il y a le livre
Où nous nous rencontrons

Livre 1

L'Égypte

1

Novembre 2017 : Le minibus stoppa dans la cour de *l'Eskaleh Nubian Ecolodge*. Déjà un jeune nubien faisait glisser la porte coulissante et saluait le groupe d'un anglais hésitant. « Welcome ! Come in ! Yes », accompagnant la parole de gestes larges et énergiques.

Les « voyageurs », comme les nommait Anah, leur guide, se détachèrent gauchement de leurs sièges, assommés par la chaude traversée du désert. Courbés et instables, ils se bousculèrent les uns les autres vers la porte du minibus. Une fois sortis, ils se regroupèrent, silencieux, les dos collés au véhicule. Leurs tenues courtes et légères, froissées et mal ajustées, leur donnaient cette apparence débonnaire, commune à toutes ces troupes convoyées à l'exploration du monde. Ils étaient neuf, trois couples de retraités et trois plus jeunes qu'Anah appelait les « voyageurs solitaires ».

Fikri El Kashef les vit arriver de la terrasse qui surplombait la cour. Il était vêtu de son plus beau costume nubien, longue robe bleu cendré, tête enrubannée. Il ne descendit pas les rejoindre. Il attendit qu'ils montent à lui.

Anah prit la tête du petit groupe pour le conduire à sa rencontre. Alors seulement Fikri les salua dans un français parfait qui lui venait de ses longs séjours à Lausanne.

— Soyez les bienvenus dans ma maison d'hôte… Vous êtes ici dans la maison de la Nubie. Le magnifique lac Nasser, que vous voyez à votre droite, n'a pas seulement noyé le site originel des temples d'Abou Simbel. Il a englouti mon village comme la majorité de nos villages et de nos terres, laissant notre peuple dans le désarroi. Cette maison est là pour préserver nos racines et présenter à nos hôtes des souvenirs de notre histoire et de notre vie quotidienne.

Il leur fut servi un verre de Karkadé, boisson locale, décoction de fleurs d'hibiscus. Ils furent ensuite conduits à leurs chambres par une jeune nubienne voilée de blanc. Jef avait une chambre rustique aux murs chaulés. Le très grand lit était coiffé de deux moustiquaires chacune relevée par un nœud. La pièce était aussi sombre que fraîche. Elle donnait, par une étroite porte-fenêtre doublée de volets en bois, sur une terrasse de pierre orangée, commune à toutes les chambres.

Jef se sentait sale. Il prit le temps de se doucher et de se changer avant de rejoindre les autres voyageurs. Il les trouva dans le patio couvert, tous attablés, à l'écoute des musiciens nubiens que Fikri avait réunis en leur honneur.

Il fut tout de suite hélé par Florence, qui lui avait réservé une place à ses côtés, sur la banquette. Elle était certes sympathique et séduisante, mais il était à mille lieux de libertiner. Il n'était en voyage que pour fuir et il n'avait choisi l'Egypte que pour se ressourcer dans son passé.

Il se réfugia néanmoins à côté d'elle pour éviter Alfred, le troisième « solitaire » du voyage, qui l'importunait de ses questions, sous prétexte qu'il était également grenoblois.

Le déjeuner, très pique-nique occidental, fut vite expédié. Anah fixa le rendez-vous de l'après-midi, pour une première visite des temples, et celui de la soirée, pour le Son et Lumière. Elle leur rappela le départ à l'aube pour Louxor, dernière étape du voyage. Les voyageurs partirent en groupe fouiner dans la boutique de souvenirs. Jef, en quête de solitude, se dirigea vers le village.

Ils se retrouvèrent tous pour la visite du site d'Abou

Simbel. Anah n'avait pas le droit de les accompagner dans les temples. Aussi réunit-elle ses « voyageurs » sur l'esplanade. Elle leur présenta les lieux et leur fit un rapport détaillé du chantier qui avait, de 1964 à 1968, transporté les temples pierre par pierre sur ce promontoire. Toujours aussi volubile, elle leur raconta de sympathiques histoires : celle d'un pharaon « extravagant », « narcissique » qui, sous prétexte de vénérer les dieux, ne voulait que s'honorer lui-même ; celle de sa victoire à la bataille de Qadesh « seul, face à l'armée entière des Khétas » ; celle de son amour fou pour son épouse, la reine Néfertari, pour qui il fit édifier le « petit » temple, « n'oubliant pas d'y être plus honoré qu'elle ». Elle les convia ensuite à visiter, chacun comme il l'entendait.

Le groupe se dirigea vers le grand temple à la façade parée des quatre statues géantes de Ramsès II. Jef prit le chemin du petit temple de la reine Néfertari.

Il s'arrêta dans la première salle pour admirer les scènes que Anah venait de leur décrire. C'est là, seul devant ces figurations terrifiantes de batailles datant de trois mille ans, qu'il fut rattrapé par son adolescence.

C'était il y a vingt ans. Son père avait réuni le petit groupe, dit « familial », dans cette même salle « hypostyle » et leur avait tenu un long discours aux accents humanistes. Jef se souvenait encore du décalage, qui l'avait choqué, entre la barbarie de ces scènes et l'enthousiasme du discours. Pour son père, « Ici était née notre civilisation, ici l'homme, pour la première fois, avait invoqué un « au-delà » qui nous transcende ! Et s'il avait échoué à le découvrir au fond de ces tombeaux, son échec avait ouvert la voie au monothéisme et en parfaite filiation, à nos interrogations sur l'existence même de Dieu. »

Jef prit conscience tout à coup que les évènements qu'il avait vécus depuis, et qui le ramenaient aujourd'hui en ces lieux, avaient soufflé cette élévation spirituelle comme un fétu de paille.

Plus tard, dans la soirée, autre chose du passé vint encore l'ébranler. Au retour du Son et Lumière, alors que s'organisait le départ très matinal du lendemain, Fikri s'approcha de lui et, d'une accolade, l'extirpa du groupe des voyageurs.

— Je viens de faire le lien entre votre nom sur le registre et votre père que j'ai bien connu… Car Monsieur Claude Sainte-Croix était bien votre père ?

— Oui, c'était mon père. Il est décédé il y a déjà quelques années…

— J'ai su… Il n'a pas supporté. Il s'est toujours considéré coupable… Et vous ? On m'a dit : journaliste ? Alors il faut parler de nous, les Égyptiens, les Nubiens… Il faut que vous, les Français, vous reveniez. Les Chinois, ce n'est pas pareil… Vous… »

Ce fut une longue plaidoirie pour le convaincre de faire l'éloge de l'Égypte dans son journal. Mais Jef ne l'écoutait déjà plus. Il avait été touché en plein cœur par cette révélation sur la raison du suicide de son père. Il avait toujours cru son père insouciant des risques qu'il leur avait fait courir, au point d'avoir rompu avec lui.

Tout cela vint troubler sa dernière nuit en Égypte. Son esprit qui jusque-là avait réussi, devant tant de merveilles, à occulter la gravité de son présent, fut secoué par des cauchemars dantesques. Les souvenirs du passé, d'une extrême douleur, étaient venus attiser sa terreur du futur.

***

2

L'avion les posa à Louxor au petit matin. Les « voyageurs » avaient encore au programme la visite du temple d'Amon avant de reprendre l'avion pour Paris. Jef ne se joignit pas à eux. Un taxi, commandé par Anah, l'attendait pour le conduire sur le site de Deir El-Bahari, au temple d'Hatchepsout. Florence, sous un prétexte futile, voulut l'accompagner. Il refusa :

— Je dois y retourner seul. Je veux comprendre ce qui m'est arrivé. C'est là que tout a commencé.

Le chauffeur du taxi, un jeune homme d'une vingtaine d'années, se présenta dans un français très approximatif : Il s'appelait Mario, il était chrétien, copte. Il étudiait pour devenir assistant social et faisait le chauffeur pour payer ses études. Il aurait aimé bavarder toute la route, mais Jef était plongé dans son passé. Il le contraignit au silence.

Il voulait s'imprégner du contexte de la visite familiale au temple d'Hatchepsout. C'était il y a vingt ans. Il avait 19 ans à l'époque, en 1997. Depuis la rentrée il était étudiant à Montpellier, université Paul Valéry, en première année de sociologie, et il logeait à la cité universitaire du Vert-Bois. À peine installé, les cours juste annoncés, les premiers copains à peine repérés, il avait repris l'avion pour Le Caire. Il était venu rejoindre sa famille, père, mère et jeune sœur, pour fêter le double anniversaire de ses parents, nés il y avait cinquante ans, à six jours d'intervalle. Il avait insisté pour participer à cet évènement familial hautement symbolique. C'était tout du moins ce qu'il avait prétexté pour les décider à lui payer le voyage. En réalité, il voulait rentrer pour retrouver Catherine, la belle qui lui enflammait le cœur.

La famille de Jef était installée au Caire depuis trois ans. Son père, Claude Sainte-Croix, était prof d'histoire-géo au lycée français. Et pas seulement : il intervenait également à l'université du Caire et il accompagnait souvent, en tant qu'égyptologue reconnu, les visiteurs francophones de marque dans leurs périples sur les sites antiques. Sa maman, également enseignante de son métier, avait obtenu un congé pour suivre son mari, ce qu'elle faisait du mieux qu'elle pouvait en s'intégrant notamment à la vie très mondaine des « expats » français et plus généralement, occidentaux. Sa sœur, Laurence, de presque deux ans sa cadette, était une élève choyée du lycée, parce que championne en gymnastique. Cela lui permettait de passer plus de temps à vaquer avec ses copines qu'à somnoler en cours. Catherine, justement, avait été sa grande amie jusqu'à ce que Jef s'en mêle.

Jef avait fréquenté ce même lycée jusqu'à son bac, en juin dernier. Il n'avait pas eu besoin, lui, de protection. Il avait eu une scolarité modèle, disputant la première place à deux rivales, et réussi son bac avec mention Très Bien. Ce challenge ne l'avait pas empêché d'être de toutes les sorties en ville, de toutes les « party's » privées dont profitait cette jeunesse très privilégiée. Mais, à y regarder de plus près, il y paraissait plus observateur que véritable participant. Pas une de ces jolies adolescentes qui lui faisaient les yeux doux n'arrivait à lui arracher plus qu'une sympathie convenue. Aucun de ses camarades boutonneux ne sut l'amener à adhérer à leurs emballements. Pas d'ami, pas de petite amie. Pas d'excès de boissons, pas de drogues.

Cela s'était passé ainsi, sans histoire, deux pleines années, et la moitié de la troisième. Il fallut cette soirée de milieu de terminale pour qu'il se révèle enfin.

Cette « party » avait débuté comme les autres. C'était le samedi de février qui suivait la semaine du bac blanc. Ils avaient rendez-vous chez Olivier. Les parents du garçon saluèrent les premiers arrivants puis s'éclipsèrent pour un dîner en ville. Jef vint, accompagné par sa sœur, Laurence, alors élève de première, et par son inséparable amie, Catherine.

Dès la porte franchie les deux jeunes filles s'envolèrent pour rejoindre le petit groupe de fans qui tournoyaient autour d'Étienne. C'était un beau garçon au teint mat, aux yeux sombres, coiffé d'une longue mèche romantique, le visage traversé par le sourire *dents blanches et régulières* de rigueur. Il était la coqueluche de ces filles. Jef, qui ne le connaissait que bon dernier de sa classe, ne comprenait pas cette fascination.

Comme à son habitude il alla s'installer sur le canapé qui jouxtait la chaîne hi-fi et se mit à consulter la collection de CD. Il ne fallut pas longtemps pour que l'un ou l'autre de ses camarades de classe ne vienne l'interroger sur quelques points des épreuves de ce bac blanc. Dès lors, il partagea son temps entre eux, le buffet où il venait se rassasier et la chaîne qu'il fournissait en musiques.

Jusqu'à ce que, relativement tard, sa sœur n'accoure, affolée, et le tirant par la main, le sorte de son canapé.

— Il faut que tu viennes. Vite ! C'est grave, il se passe des choses dans la chambre des parents.

Jef ne comprit rien mais la suivit. Elle se précipita vers l'escalier, grimpa en courant et frappa fort à la porte de la chambre, fermée à clé.

Une jeune fille au regard apeuré leur ouvrit. Sur le lit étaient assises, jambes croisées, deux autres filles, également apeurées. Face à elles, accroupis sur le sol, deux garçons, comme paralysés. « Tous des élèves de première » pensa Jef. Sur le lit, entre filles et garçons, une bouteille de whisky bien entamée. Dans l'air, l'odeur très forte du cannabis.

— Ils sont dans la salle de bains, ils sont enfermés. Il y a du grabuge !

C'était la jeunette qui avait ouvert qui parlait.

Laurence corrigea :

— Ce n'est pas **ils** ! C'est **Elle**, Catherine, qui est enfermée.

— Quoi, Catherine ? demanda Jef.

— C'est Catherine, avec Étienne. Elle a crié et tambouriné à la porte pour sortir. Il ne veut pas.

Jef l'entendit pleurer.

Il n'était pas du genre à se mêler des affaires des autres, encore moins de cette sorte d'affaires de cul. Il n'était pas non plus du genre à chercher la bagarre. Mais là, c'était Catherine : celle qui est comme chez elle à la maison ; celle dont la chevelure rouquine flambe dans les contre-jours ; celle qui vous accroche de ses yeux verts ; celle dont le visage ponctué de points de rousseur donne envie de les compter un par un, juste pour déclencher son rire cristallin. C'était la *Catherine-copine-de-sa-sœur*, qu'il taquinait et provoquait quand il la voyait grignoter son chocolat noir : « Tu vas bientôt être si ronde qu'on ne pourra plus se croiser dans le couloir ».

Et maintenant il l'entendait pleurer dans la salle de bains.

Il cogna à la porte : « Étienne, tu ouvres ! » Il cogna plus fort et agita la clenche. « Étienne fissa, où j'enfonce la porte ». Laurence, qui était à ses côtés, appela : « Cathy, ça va ? Cathy, réponds ! » Cathy pleurait toujours. On entendait Étienne la gronder.

Jef bouscula la porte de ses épaules, une fois, deux fois.

— Étienne, si tu n'ouvres pas tout de suite, je défonce la porte.

— Un instant, merde, elle s'habille.

Jef vit rouge, prit de l'élan. Laurence se plaqua à lui pour le retenir.

— Attends, elle s'habille.

En suivit un long silence. Puis on entendit le loquet tourner. La porte s'entre-ouvrit. Étienne glissa sa tête, le sourire béat. Rassuré de ne voir aucun adulte, il se coula lentement dehors, de biais, et lança fièrement à sa petite troupe :

— La salle de bains est libre, profitez-en au lieu de vous morfondre.

Par la porte entrebâillée Jef distingua Catherine, enveloppée dans un peignoir de bain beige, les yeux humides et rouges, complètement tétanisée.

Laurence voulut rentrer dans la salle de bains mais Étienne lui barra le chemin.

— Attends un instant, chacune son tour !

Elle le gifla. Il voulut l'agripper. Jef s'interposa. Étienne, interloqué, se laissa tirer dans la chambre. Jef se planta contre la porte de la salle de bains.

— Maintenant vous sortez tous. Et pas un mot de ce qui s'est passé. Allez sortez. Étienne dehors ! Laurence s'il te plaît, tu évacues tout ce petit monde.

Ils s'éclipsèrent, têtes basses.

Jef ferma la porte de la chambre à clé et se dirigea vers la salle de bains. Il frappa légèrement à la porte : « Je peux ? ». La porte s'ouvrit et Catherine, en larmes, se jeta dans ses bras. Il sentit ses seins, son ventre, ses cuisses chaudes contre lui. « Excuse-moi, dit-elle, c'est tout de ma faute. Pardonne-moi. »

Elle appuie sa tête sur sa poitrine ; elle le serre, se love contre lui.

Jef est troublé. Elle n'est que la copine de sa sœur. Leurs contacts physiques se limitaient à des bousculades d'ados, à des jeux de mains à peine coquins. D'instinct, il la console, la caresse : les cheveux, le visage, la nuque. Il a peur de savoir. Il hésite à demander. La question fuse avant qu'il n'ait décidé.

— Il s'est passé quelque chose ?

— Il m'a forcée, j'ai crié… C'est une brute.

— Mais… Tu es à poil ?

— Pardonne-moi. Je ne sais pas ce qui m'a pris. Par défi, pour faire la nique aux autres filles, parce qu'elles m'agaçaient avec leurs manières. J'avais bu et fumé…

— Fumé quoi ? Du shit ?

— Oui, il nous a fait fumer.

— Je ne comprends pas. Pourquoi ?

— Je t'ai dit, je ne sais pas. Pardonne-moi, s'il te plaît pardonne-moi.

Pardonner ? Pourquoi **lui** ? Pardonner **quoi** ?

Mais elle lui avait pris son visage entre ses deux mains et déjà posé un baiser sur ses lèvres.

***

Ce baiser dont vingt ans plus tard, à cet instant même dans le taxi, Jef sent la douceur comme s'il venait d'être posé. Il était mouillé de larmes, il était léger comme un souffle, tendre et tiède. Il était magique, si bref qu'il ne pouvait qu'attiser son désir.

Il avait à son tour pris son visage entre ses mains et murmuré son nom à l'infini. « Catherine, Catherine, Catherine… », comme les plus belles notes de musique qu'il puisse enchaîner.

Mario, le chauffeur de taxi, l'interpelle.

— Vous me dites quelque chose ?

Il se secoue.

— Non, non ! Juste, je pensais… Merci Mario.

Il regarda par la fenêtre. Mario avait tourné à gauche. Ils allaient arriver.

***

C'était le 17 novembre, l'année 1997, quelques jours après son retour au Caire. Son père avait décidé de fêter leurs anniversaires par une visite des plus beaux sites archéologiques de la Haute Égypte : trois jours pour contempler les deux temples d'Abou Simbel, celui d'Hatchepsout sur le site de Deir el-Bahari et pour finir, le grandiose domaine de Karnac. Il avait proposé à quelques amis très proches de se joindre au cercle familial. Étaient venus les Marquais, autre couple d'enseignants, installés en Égypte depuis toujours, et surtout les Bars qui avaient accueilli les Sainte-Croix à leur arrivée et les avaient initiés aux us et coutumes de la société cairote. Michel Bars était un résident suisse, hôtelier aussi discret que bien introduit, qui demandait parfois à Claude Sainte-Croix d'accompagner ses riches clients dans leurs périples en Haute Égypte. Ils avaient d'autant plus sympathisé que leurs filles, Laurence et Catherine, étaient devenues des amies inséparables.

***

Mario avait stoppé son taxi devant l'entrée du cirque de falaises au fond duquel s'élève, majestueux au milieu des vestiges des autres, le temple de la très fameuse reine pharaon Hatchepsout. Il avait ouvert la portière de Jef sans que celui-ci ne manifeste la moindre intention de s'extirper.

— C'est là-bas Monsieur Jef, pour prendre le billet, le bâtiment à gauche.
— Je sais, Mario, je connais.

Mario attendit patiemment que cet étrange visiteur s'extraie de la voiture.

Jef s'avança lentement vers le guichet, puis le poste de contrôle. Il marcha un instant sur l'esplanade, vers le temple, encore à l'ombre, puis s'arrêta. Le ciel était d'un bleu intense, des bourrasques soulevaient des nuages de sable. Il tendit sa main ouverte ; elle fut saisie par le vent, comme par une autre main.

C'était main dans la main, qu'ils avaient attaqué la longue rampe qui mène en haut du temple. Sa sœur, Laurence, était quelques mètres devant eux, froissée d'avoir été reléguée au rôle de chaperon. Les parents étaient encore au parking, en cercle autour de son père, officiant en place du guide.

Jef aurait mille fois préféré rester au Caire avec Catherine. Son père s'était inquiété de son manque de curiosité pour ce qu'il appelait « l'origine de toutes les civilisations ». Jef avait cédé. Le principal était d'être avec elle.

Ils étaient éclos amoureux de cette sinistre soirée de débauche de février 1997. Ils ne s'étaient plus quittés. Laurence s'était d'abord réjouie de cette liaison entre son frère et son amie mais avait vite déchanté. Certes les apparences n'avaient pas changé : Catherine continuait à fréquenter quotidiennement la maison des Sainte-Croix. Mais elle ne faisait plus qu'une courte apparition dans la chambre de Laurence, juste pour lui demander d'être complice, avant de rejoindre longuement la chambre de son frère. Pour les familles, Jef était toujours le chaperon des sorties nocturnes des deux filles, alors qu'en vérité les rôles étaient inversés.

Ils s'étaient jurés de s'aimer pour la vie, mais ne se sentaient pas libres pour autant. Ils restaient perturbés par les circonstances dans lesquelles leur amour avait vu le jour. Catherine était dévorée de honte et Jef voulait se démarquer, aux yeux de sa belle, du machisme d'Étienne. Entraînés par la passion, leurs mains, leurs bouches avaient parcouru réciproquement leurs corps et découvert des plaisirs délicieux. Mais ils avaient refoulé d'un commun accord le plus fort de leur désir. Jamais, jusqu'à la nuit passée, n'avaient-ils fait l'amour.

Cette dernière nuit avait été sublime. Ils étaient arrivés à *l'Estabe Hotel* de Louxor dans l'après-midi. Tard dans la nuit, Jef avait toqué à la porte de la chambre des filles. Laurence avait ouvert et compris. Elle prit la clé de la chambre de son frère et se retira avec un sourire amer.

De faire l'amour, ces jeunes connaissaient tout, par les films, les livres, les confidences. Mais du mystère de l'accomplir, ils ne savaient rien. Ils furent éblouis. Nus, serrés l'un contre l'autre pour n'être qu'un, sans autre préliminaire que la main de Catherine guidant le sexe de Jef, ils s'étaient unis avec une extrême douceur, s'obligeant à garder les yeux dans les yeux, alors que la crispation de leurs visages et le rythme de leurs souffles disaient combien chacun était plongé au plus profond de lui-même. L'émotion qui les possédait n'avait pas de mot pour se dire. Ils franchirent en silence les frontières du plaisir extrême pour s'ouvrir, unis, à un éden où seul l'amour permet d'accéder. Cela se fit une première fois plus vite qu'ils n'auraient voulu, puis d'autres fois, les propulsant plus loin encore sous ce nouveau Ciel.

C'est toujours possédés par l'intensité de leurs sentiments qu'ils avaient attaqué le lendemain matin, main dans la main, ces longues rampes qui conduisent au cœur du temple de la reine Hatchepsout. Ils n'eurent pas le temps de réaliser ce qui se passait. Les claquements des tirs firent se retourner Laurence. Ce fut en lisant l'effroi sur son visage que Jef sortit de son ravissement. Il se retourna et vit, derrière eux, ces hommes en noir, la kalachnikov portée en avant, crachant leurs rafales, et la panique s'installer.

Laurence l'appelait.

— Jef, vite ! On saute !

Elle courut vers le bord de la rampe, déjà haute de quelque trois mètres, et s'élança dans le vide du haut du parapet.

Jef agrippa Catherine, figée sur place, peut-être déjà par la peur ou peut-être encore par son enchantement. Il la tira de toutes ses forces vers le bord de la rampe et la hissa sur le parapet. Il la sentit déséquilibrée, mais il ne la lâcha pas.

— Saute, Catherine ! Vite ! Saute !

Trois mètres de haut, elle n'osait pas.

Il fit alors l'erreur de sa vie. Au lieu de se mettre derrière elle pour la protéger des tirs et la pousser à sauter, il fit autrement.

Il sauta en premier. Il roula au sol et se redressa, bras écartés, pour la recevoir.

— Catherine, vas-y, saute ! Je te reçois dans mes bras…

Elle restait là, au-dessus de lui, frissonnante, paralysée.

Le crépitement des Kalachs se rapprochait, les cris de panique s'intensifiaient.

Il la vit alors se redresser brusquement, la tête tirée en arrière. Puis elle s'affaissa, déséquilibrée et chuta lourdement en avant. Il voulut la recevoir dans ses bras. Il tomba à son tour. Elle était là, à côté de lui, au sol, inerte, les bras étales, la tête ensanglantée, les yeux révulsés.

Jef se mit à genoux, penché sur elle, incapable de respirer, incapable de crier, de pleurer, du moindre geste.

Laurence accourut. Elle avait tout compris. Elle attrapa la main de Jef. Elle le souleva, forte de tout ce qu'elle avait acquis dans ses épreuves athlétiques, petite sœur héroïque, fantastique. Elle courut plaquée le long de la rampe, le tirant derrière elle.

Ils s'abritèrent dans les ruines. Ils entendaient les échos sourds des claquements secs des tirs, les cris de terreur, les gémissements de douleur, le crissement des pas affolés, le bruit mat des chutes. Puis vint le silence, interminable. Laurence serrait fort son frère, agité par un tremblement continu. Jef se souvint des mains fermes qui l'empoignèrent pour le déposer sur un brancard. Puis plus rien.

***

Les mains de Mario venaient de le saisir pour l'aider à se redresser. Il était là, au bas de la rampe, tombé à genoux, courbé, les mains sur le visage, à pleurer. Il n'arrivait pas à maîtriser les longs gémissements qui le secouaient.

— Monsieur Jef, j'ai compris. Vous auriez dû me le dire. C'était horrible, mes parents m'ont raconté.

Un groupe de touristes chinois, agité et bavard, les dépassa sans même les regarder. Il essuya ses larmes d'un pan de sa chemise. Il se laissa conduire jusqu'au taxi. Ils reprirent la route, silencieux. À l'arrivée à l'aéroport de Louxor, après avoir réglé sa note, prêt à rejoindre son groupe de voyageurs, il fut retenu des deux mains par Mario.

— Monsieur Jef, s'il te plaît, il faut nous pardonner.

Jef ne sut pas quoi répondre. Il se demanda pourquoi c'étaient toujours les innocents qui demandaient pardon.

***

Livre 2

Montpellier

3

Quand Jef sort de l'hôpital international de Louxor, le corps de Catherine a déjà été mis en bière et rapatrié en Suisse. Très dépressif, il est reconduit chez ses parents, au Caire. Il ne veut pas y rester. Il rejette brutalement les appels à la raison de son père, les approches plus tendres de sa mère, même les élans affectueux de sa sœur. Il demande à repartir au plus vite, sans même attendre les vacances de Noël. La tension familiale est telle que son père se résout à écourter son séjour.

Il atterrit à Montpellier le mardi 2 décembre 1997, à la nuit tombée. Il fait froid. Personne pour l'accueillir, personne pour le conduire. Il prend un taxi et se fait déposer dans sa résidence universitaire. Il se retrouve seul dans sa chambre d'étudiant. Il pleure comme un gamin. Le lendemain il sèche les cours, les jours suivants également. Les congés d'hiver arrivent. La cité se vide sans même qu'il s'en aperçoive.

Sa peine s'est muée en un profond sentiment de culpabilité. Il a eu très vite l'idée de rejoindre sa bien-aimée, idée aussi vite abandonnée parce qu'insensée pour l'athée intégral qu'il est, « de naissance », comme disait son père. Il se souvient de Camus, du mythe de Sysiphe décortiqué en cours de philo, et décide d'assumer l'absurdité de sa vie.

Il passe le réveillon de Noël dans sa chambre. Le 31 au soir, il flâne, le vague à l'âme, au milieu de la foule qui clame sa joie place de la Comédie. Au lieu de se laisser arracher au désespoir par ce feu de vie, il s'accroche à des pensées macabres ; il déraisonne.

Il commence le second trimestre dans cet état d'esprit. Il s'installe dans la solitude. Il ne répond à aucun des courriers véhéments de sa mère, il ne reçoit pas les avances timides de ses camarades. Il déambule dans la cité, il erre dans la fac. Il assiste bien à quelques cours, certains qui n'ont aucun rapport avec son cursus, mais ne se présente à aucun des examens partiels de février 98. Il ne réagit pas aux premières menaces d'exclusion qui lui arrivent de l'administration universitaire.

***

Car l'administration ne l'a pas oublié. Là-bas, au Service de la Scolarité, son dossier grossit jour après jour, des notifications d'absences aux cours, aux travaux pratiques et aux examens et des signalements, par la comptabilité, de l'absence de règlement des loyers. La Chef de service, pourtant laxiste, décide de se couvrir en confiant le sort de Jef à la commission adéquate. Encore faut-il préparer les pièces à remettre et rédiger la note de synthèse.

Elle a son idée, une petite mesquinerie pour la « nouvelle » qu'on lui a imposée et qu'elle n'aime pas. Avant de quitter le service, toujours la dernière, elle dépose le dossier ficelé accompagné de ses consignes, bien en vue, sur le bureau de Patricia.

Patricia trouve le dossier et le post-it en arrivant le matin. Elle s'agace de se voir attribuer en catimini cette tâche rebutante. Car il s'agit de préparer l'exclusion d'un petit étudiant qui, très probablement, veut simplement profiter de l'université pour manger et coucher ! Elle maudit sa chef et pousse le « paquet » dans un coin de son bureau.

Jef ne sait rien de ce qui se trame. Il est habité par des

idées de plus en plus noires. Si finalement « l'enfer est sur terre », Sisyphe a tort d'insister. Autant se laisser mourir. Il ne mange plus, reste affalé sur son lit à regarder les nuages qui défilent. Catherine l'obsède, arc-boutée sur le parapet, versant dans le vide, sanglante à ses pieds.

Mourir ! Mais la mort ne viendra pas toute seule. Il doit la provoquer tant qu'il en a l'énergie. Demain…

Patricia laisse le dossier de côté toute la journée. Elle en parle le soir à Sophie, qui s'offusque de son laxisme. Elle l'ouvre le lendemain matin, dès son arrivée au bureau.

Elle passe en revue la fiche d'inscription de Jef : elle s'arrête sur la photo, de belle facture, laissant deviner un joli garçon. Elle consulte la copie de sa carte d'identité : elle tilte sur sa taille : imposante ! Elle relit par deux fois son adresse familiale : en Égypte s'il vous plaît ! En plus, des parents enseignants, catégorie A, la meilleure des bourses, une chambre en cité U… Pas de quoi se plaindre, le jeune homme !

Plus loin dans le dossier, sont classées les notifications d'absences et d'impayés. Des masses ! Pas très justifié, tout ça. Peut-être un branleur, à l'université juste pour draguer et baiser…

Tout en dessous du dossier, elle découvre cette enveloppe timbrée d'Égypte, tamponnée de la date de réception – le 16 décembre 1997 - à laquelle est agrafée une lettre élégamment calligraphiée.

Elle est du père, Monsieur Sainte-Croix. Il voulait excuser et surtout expliquer l'absence de son fils. Il parlait d'un voyage familial à la découverte de la Haute Égypte et de leur présence malencontreuse sur les lieux de l'attentat d'Hatchepsout. Non, il ne leur était rien arrivé, à aucun de sa famille ; mais son fils, Jef, avait de ses yeux vu l'exécution de sa petite amie, et était parti rejoindre l'université Paul Valéry encore très traumatisé.

Dans un dernier paragraphe, il priait l'administration universitaire de faire preuve d'indulgence à son égard et, surtout, de le prévenir de la moindre manifestation dépressive de son fils.

La première réflexion très professionnelle de Patricia est que cette lettre aurait dû être dirigée vers les services sociaux, qui auraient probablement convoqué ce jeune homme.

Une soudaine intuition la fait revenir sur ce passage où le père parle d'un attentat. « Hatchepsout » lui rappelle quelque chose… Ah oui, il parle aussi de Deir El-Bahari. D'où se souvient-elle de ces noms étranges ?

Ça lui revient.

Elle se souvient de l'article de *Libé* sur l'attentat, monstrueux massacre des touristes, tirés comme des lapins. Il laissa très peu de survivants.

Et là, elle en tenait un !

Elle doit le coincer : peut-être ce midi, dans la queue du resto-U.

Jef s'est levé ce même matin avec les idées claires. Il avait examiné les fixations de la rampe de son escalier. Il savait ce qu'il lui restait à faire. Il sortit, négligea le petit-déjeuner, et prit le bus pour le centre-ville. Il trouva sans mal le magasin qu'il cherchait, questionna le vendeur et acheta le matériel, qu'il fit mettre dans un sac. Il prit le chemin de retour, cette fois-ci à pied. Il arriva sur le campus juste à l'heure du déjeuner. Ça se bousculait dans le hall du resto-U.

C'est alors qu'il est accosté par cette fille. Elle l'a repéré de loin, dépassant les autres têtes. Elle se présente comme « journaliste ». Il veut fuir mais elle l'appelle par son nom, elle dit le reconnaître et connaître son histoire. Il reste pantois. Elle lui demande un récit de l'attentat.

Il ne cherche pas à comprendre. Il oppose un refus net à la requête et s'éloigne. Mais la journaliste, « Patricia », se fait collante à ses pas. Elle veut une explication : pourquoi lui refuse-t-il un « sujet » ? Ce n'est pas juste. C'est son avenir qui est en jeu, elle ne lui veut aucun mal, rien qu'un témoignage.

Il s'arrête.

— Cela ne peut pas être « *rien* » qu'un témoignage !

Il a lâché cela sans réfléchir. Elle renchérit :

— Expliquez-vous !

Il fait sa mauvaise tête, bougonne et s'éclipse encore.

Mais on ne se débarrasse pas si facilement de Patricia. Elle a du répondant : Vingt-neuf ans de galère depuis que, « née sous X », elle a été remise à la DASS. Elle est du Bas-Chaville, du quartier de la Mare Adam, d'une de ces grandes barres de l'avenue Roger Salengro. Elle y a passé son adolescence, malmenée par des voyous. Avant c'était du n'importe quoi, ballottée de foyers de l'enfance en familles d'accueil. Après, elle s'était prise en main : départ pour Montpellier, petits boulots et cours au Greta. Elle est maintenant en CDD au Service de la Scolarité de l'université Paul Valéry. C'est là qu'elle a découvert l'histoire de Jef. Ce fut le déclic : elle avait trouvé son sujet pour asseoir sa candidature au poste de journaliste.

Car, de journaliste elle n'en a pour l'instant que l'ambition. Elle est simple correspondante, en charge de reporter les évènements marquants de la vie universitaire et estudiantine. Ses piges sont bien reçues au journal : « Vous écrivez bien ; c'est vivant et documenté. Continuez comme cela et vous aurez toutes vos chances d'intégrer la Maison. »

Pour elle, c'est simple : il faut que Jef lui déballe son histoire !

Elle récupère son adresse dans le dossier : chambre 121, bâtiment A, Cité du Vert-Bois. Elle s'y rend le soir même et cogne à sa porte. Il ouvre, l'aperçoit et s'apprête à refermer. Agile comme une chatte, elle s'est déjà faufilée dans la petite chambre. Tout de suite elle le rassure :

— Je ne suis pas en train de te draguer, je n'aime que les filles.

— Que me voulez-vous ?

— Tu peux me tutoyer, je ne suis pas si vieille que ça. J'ai une info pour toi.

Jef s'énerve :

— Que me voulez-vous ?

— Je viens de te le dire. J'ai une info pour toi et tu ferais bien de m'écouter.

Jef cède :

— Allez-y.

— C'est à propos de ton exclusion… Mais on pourrait peut-être s'installer, c'est un peu long.

Elle a fait de ses yeux le tour de la chambre et choisi la chaise qui jouxte la table de travail.

— Tu vas terminer *SDF* si nous n'agissons pas !

Jef comprend de moins en moins. Elle poursuit :

— Je travaille à la scolarité de l'université. C'est moi qui gère ton dossier. Ils veulent t'exclure. Je peux mettre le dossier sous le coude un moment. Mais tu imagines le risque que je prends.

— Mais… Vous n'êtes pas journaliste ?

Ah, cette Patricia, quel bagou !

— Si, pigiste. Je t'explique.

Elle lui raconte l'histoire, lui décrit sa situation, ses ambitions.

— Tu comprends, ce qu'il me faut pour qu'ils me recrutent, c'est ton sujet.

— Vous voulez parler du massacre ?

— Oui, de l'attentat. J'ai besoin de ton témoignage. Le deal : tu me racontes ton histoire, ce qui s'est passé, ce que tu as vu, entendu. Juste du vrai. Et moi je t'évite d'être éjecté.

Il y a un silence.

Jef s'assoit sur le lit, les coudes sur les genoux, la tête dans ses mains. Il n'en est plus là, à se préoccuper de son sort terrestre.

Patricia renchérit :

— Je bloque ton dossier ; cela te laisse le temps de te ressaisir ; et l'article te servira pour te justifier.

Mais Jef ne se sent plus capable d'affronter le monde des vivants. Il ne veut se souvenir que de Catherine. Catherine son amour, Catherine qui s'arrête au bord de la rampe, lui qui saute, Catherine qui chute, déjà morte, dans ses bras. L'attentat ? Le massacre ? Il veut chasser à jamais ce cauchemar qui le réveille toutes les nuits, trempé de sueur.

— Je ne peux pas, vous comprenez ça ? J'étais dedans. C'était l'horreur. Je ne veux plus le revivre toutes les nuits.

Il se lève. Il est furieux. Il va à la porte et l'ouvre.

— Sortez, fichez-moi la paix !

Patricia reste assise sur sa chaise. Elle le regarde, ce grand garçon trop maigre, cramponné à la porte, dont la colère déjà s'effrite, dont l'assurance commence à faire défaut. Elle comprend qu'elle a réveillé un traumatisme insoutenable. Elle connaît la douleur, elle en a eu son compte. Elle comprend aussi qu'il s'est épuisé à tenter de chasser l'horreur de son esprit. Elle pense à s'effacer, franchir la porte, la tête rentrée dans les épaules. Elle oubliera l'opportunité qui l'a conduite ici. Quelle importance ! Il en viendra d'autres.

Elle allait partir quand elle voit le sac au pied de la table, ce même sac bleu et blanc qu'il tenait en main ce midi, dans le hall. Il est entrouvert ; elle devine, non, elle voit clairement le rouleau de corde.

La question n'est plus « reportage ou pas » ! C'est d'instinct qu'elle ne peut plus le lâcher. Cela a toujours été comme ça. La souffrance des autres lui colle à la peau. Normalement elle la sent venir et arrive à s'éloigner avant d'être touchée. Mais là, toute à ses affaires, elle a été surprise.

Elle doit agir.

— Désolée, désolée Jef. Reviens t'asseoir, on va faire autrement. On va te sortir de là. Viens, on va trouver une solution.

De toute façon Jef ne tient plus debout. Il retourne s'asseoir sur le lit, de nouveau les coudes sur les genoux, la tête dans les mains. Patricia va fermer la porte qu'il a laissée ouverte et vient s'asseoir à ses côtés. Elle le sent misérable. Elle lui frotte le dos de sa main, une fois, deux fois, suffisamment de fois pour qu'elle le sente, imperceptiblement, se décrisper.

— Écoute, je suis désolée. Je vais bloquer ton dossier le temps qu'on me rappelle à l'ordre. On verra pour la suite.

Mais tu ne peux pas rester là, Jef. Il faut qu'on fasse quelque chose.

Jef est paumé. Il n'est plus lui. Il renonce à refouler la chaleur de cette main qui pénètre son dos. Cela fait si longtemps qu'il est seul, qu'il a froid.

— Je n'en peux plus.

— Je sais, on va t'aider.

— Tu ne peux pas m'aider. Je l'ai tuée.

— On ne va pas discuter là, je vais t'emmener chez moi. Tu vas d'abord te reposer.

— Mais je l'ai tuée !

— Laisse-moi faire. T'inquiète pas. Tu vas juste souffler, après on verra. Je connais, tu sais…

Elle est debout, elle le tire par le bras. Il se lève.

— Allez, on y va. Pour tes affaires, on verra plus tard.

Il la suit, elle ferme la porte. Ils traversent la cité, retrouvent sa voiture. Il s'assoit et se laisse conduire.

Patricia habite rue Subleyras, à l'ouest de Montpellier, un petit appartement au troisième, sous les toits. Le bâtiment est un peu délabré, l'appartement est une antiquité, ce qui lui vaut un loyer plutôt modeste. Elle y vit chez son amie, Sophie, en déplacement ces jours-ci ; il pourra dormir sur le canapé-lit, dans la pièce qui tient lieu de bureau. Patricia lui explique tout, chemin faisant. Comme cela ne suffit pas à occuper le temps, et qu'elle ne veut pas le laisser plonger dans son passé, elle lui parle encore de son histoire : son âge, 29 ans, d'où elle vient, et surtout comment elle a rencontré Sophie :

— Tu verras, elle est super, bien plus belle que moi, surtout plus intelligente ! Elle est prof au Greta, là où j'ai fait ma formation. J'ai tout de suite tilté sur elle et je ne sais pas pourquoi, je me suis dit qu'elle aussi devait être lesbienne. Voilà, je suis partie à sa conquête et ça a marché. J'ai joué à la petite misérable qui avait besoin d'elle. Elle m'a pris sous son giron, jusqu'à m'inviter à loger chez elle ; et là c'est moi qui ai pris, si on peut dire, les choses en main !

Elle aurait bien poursuivi, bloqués qu'ils étaient dans les

bouchons. Mais elle se dit que l'amour n'était pas le sujet à développer dans son état, et laissa la fin du parcours se faire en silence.

***

4

On est en février 1998. La tramontane souffle en rafales 3 jours durant. Les fenêtres tremblent et laissent passer le vent froid. Le chauffage, fait d'appareils hétéroclites et vétustes, est inefficace. Jef s'emmitoufle et se recroqueville dans ses pensées.

Patricia part tôt le matin. Pendant trois jours ils se voient peu, juste pour dîner. Il l'écoute. Elle lui parle du journal, de son chef, qui ne sait pas qu'elle est homosexuelle : « s'il l'apprend, il me vire » ; de son projet : « entrer au journal par la petite porte et me faire reconnaître comme vraie journaliste » ; de son couple, avec Sophie : « enfin le bonheur ! ».

Elle l'entend crier la nuit. Elle ne bouge pas.

Puis Sophie débarque un après-midi. Elle trouve Jef, seul, assis sur le canapé, dans le bureau. Il n'explique rien, elle ne comprend rien. Elle se réfugie dans sa chambre. Le soir les deux filles se frittent. Sophie sort de l'appartement en claquant la porte. Patricia vient s'asseoir dans le bureau, le visage crispé, le regard sévère. « Tu aurais quand même pu t'expliquer. J'ai beau dire, elle croit maintenant que nous sommes amants… Et que c'est moi qui te drague. »

Jef s'excuse, se lève, se dit prêt à partir. Juste, qu'elle lui évite l'expulsion quelques jours encore, qu'il puisse se retourner.

— Non, tu n'as pas compris, Jef. Il n'est pas question que tu partes. J'ai des idées, on va trouver une solution.

— De quoi tu parles ? Quelle solution ?

— Attends, je vais m'expliquer avec Sophie et on va parler tous les trois. Tu verras, elle est super. On va trouver.

Elle sort à son tour. Elles reviennent toutes les deux dans la nuit. Jef n'a pas mangé ; il s'est couché sur le canapé ; il a éteint les lumières du bureau ; il ne dort pas.

Elles s'installent dans la cuisine ; il les entend pouffer. Elles doivent boire et fumer. Fumer quoi ? Il se retourne contre le mur. Il écoute encore quand elles vont à la salle de bains. Elles se taquinent et poussent de petits cris. L'une pisse et tire la chasse, l'autre se brosse les dents. Puis, elles vont dans leur chambre. Il les entend distinctement s'aimer. Elles lui rappellent Catherine, ses soupirs de plaisir ce soir-là. Alors, il n'y peut rien, il bande, la première fois depuis leur nuit d'amour. « Catherine, je t'aime ». Il s'endort avec elle.

Au réveil, le vent a tourné au sud. Il pleut, il fait presque chaud. Il se lève, à entendre les filles bavarder bruyamment. Il les trouve toutes les deux, la brune et la blonde, prenant leur petit-déjeuner à la cuisine. Elles le convient à se joindre à elles. À les voir là, détendues, encore en pyjama, sans fards, les cheveux défaits, il réalise qu'ils sont en week-end.

Sophie est une blonde ; un visage délicieux où s'épanouissent deux joues toutes rondes ; des seins fermes qui tirent sur l'échancrure du pyjama ; des poignets comme des allumettes, de petites mains aux longs doigts effilés. Son regard très bleu plonge dans celui de Jef et ne le quitte pas. Il y discerne de la bienveillance. Elle va, simplement à le regarder, absorber son attention tout le temps du petit-déjeuner, jusqu'à ce que Patricia, qui s'est rassise après avoir débarrassé la table, lui prenne la main et, d'une voix ferme, pose les termes de la suite :

— Jef, maintenant nous devons parler sérieusement !

Jef ne sait rien faire d'autre que d'écouter.

— Sophie et moi avons décidé de nous occuper de toi. Nous allons te sortir de ce trou noir dans lequel tu t'es perdu. Ta douleur est à toi, ne t'inquiète pas, nous ne te la prendrons pas. Mais maintenant, toi, tu es des nôtres. Cela s'est fait comme cela : ni toi, ni nous n'y pouvons rien, nous sommes maintenant une communauté. Une communauté fraternelle ! Sophie et moi, nous tenons la corde qui va te ramener à la surface. Puis, une fois les deux pieds sur terre, tu pourras emporter ta douleur où tu voudras.

Sophie lui attrape l'autre main et la serre entre les deux siennes. Elle ne dit rien, juste retient le trop-plein d'émotion qui lui crispe la mâchoire.

Ainsi tenu en mains, Jef se livre. Il ne comprend pas comment c'est arrivé. Il a disjoncté. Ce n'est pas la faute à la *douleur*, comme elles disent, ce n'est pas même la culpabilité de ne pas avoir sauvé son amie, ni même la culpabilité tout court d'être en vie : tout cela, on le lui a expliqué, c'est son fardeau pour la vie. Mais peuvent-elles un instant imaginer l'invraisemblable barbarie, sauvagerie, qu'il a vécue ? Ces hommes en noir, à la voix rauque, aux gestes assurés qui sèment froidement la mort ! Les hurlements, le sang partout, les touristes qui s'écroulent ! Les barbares qui progressent sur la rampe, qui cherchent les rescapés, qui tuent encore ! Soixante-dix morts, peut-être plus de blessés, il ne sait pas. Peuvent-elles comprendre que c'est sa vision du monde qui bascule ? Que c'est la négation de tout ce qu'il avait compris de la vie ?

Les deux filles ne lui lâchent pas les mains. Sophie a les larmes aux yeux, Patricia a gardé, elle, toute sa maîtrise. Jef parle encore longtemps de ce monde qu'il ne reconnaît plus, de ses camarades qui lui paraissent des étrangers, de son père qui l'a *tanné* toute son enfance avec *la civilisation,* de sa mère dont l'immense tendresse est d'une planète à des années-lumière de celle qu'il découvre…

Mais alors qu'il raconte, le regard profond de Sophie doucement le pénètre, le possède et dissout progressivement ses pensées funestes ; au point que, soudainement, son discours s'épuise : il reste sans voix, à les regarder.

— Nous sommes là, Jef. Tout va bien se passer. On va t'expliquer.

Elles l'emmènent en voiture vers le littoral. Ils se garent au Grand Travers, entre La Grande Motte et Carnon. Ils marchent le long de la plage. Le vent de sud, qui souffle fort, chasse la pluie. Les nuages rasent la dune. La mer est grosse. Les vagues déferlent. Il faut crier pour se faire entendre.

— Parle-nous de toi : qui es-tu, d'où viens-tu ?

Jef raconte ses parents enseignants à Grenoble, lui élève à l'école primaire du Jardin de Ville, puis collégien à Stendhal, jusqu'en juin 1994. Ils habitaient dans la vieille ville, rue Chenoise, un de ces antiques immeubles faits de pierres de taille, avec l'escalier majestueux qui grimpe de la cour vers les galeries extérieures qui desservent les entrées d'appartements. C'était un quartier où coexistaient, à l'époque, deux communautés : la Maghrébine, montante, et la Sicilienne, qui lui cédait peu à peu la place.

Au début tout se passait bien. Sa famille entretenait de bons rapports avec tout le monde. Sa maman faisait ses courses indistinctement chez les uns et les autres. Jef jouait avec eux, au club de foot du quartier. Son père s'émerveillait de l'intégration de tous et en tirait toutes sortes de leçons optimistes sur l'humanité.

— Et puis lentement les choses se gâtèrent.

Jef s'avance devant elles et se retourne, pour mieux se faire entendre :

— D'abord il y eut ce cambriolage, l'été 92, les pleurs de ma mère à qui on avait volé ses bijoux qui étaient surtout des souvenirs, la rage de mon père à trouver l'appartement saccagé en retour de vacances. Il y eut surtout, derrière les beaux discours paternels, la méfiance qui s'installa.

Il marche maintenant à reculons et s'agite.

— Puis il y eut ce drame, un soir, dans la cour de notre immeuble. C'était au printemps de l'année suivante. On avait des amis à dîner. Cela discutait fort, je crois de politique. C'était au printemps, les fenêtres étaient ouvertes. Il y eut des cris, des pas précipités, des appels au secours. Puis des coups de feu qui venaient de la cour. Et lentement une mélopée s'est élevée, faite des voix aiguës des femmes et des grondements des hommes. Nous sommes sortis sur la galerie et avons vu toute la cour envahie. Au milieu, au sol, un jeune garçon dans une flaque de sang.

Il s'arrête, troublé par le souvenir.

— Nous avons su, le lendemain, qu'il s'agissait d'un règlement de comptes entre les deux communautés, sur fond de lutte pour le contrôle du trafic de la drogue.

Il retourne à leurs côtés pour conclure.

— Les choses ne furent plus jamais pareilles. Mes parents avaient peur pour nous. Laurence, ma jeune sœur, n'avait plus le droit de sortir qu'accompagnée. Mes copains du foot n'étaient plus les bienvenus. Un autre jour, en juillet 1993, ma mère trouva dans notre montée d'escalier, un paquet de drogue caché sous une pierre. Elle avertit la police qui se saisit du paquet et procéda à des perquisitions. Depuis, nous recevions des menaces de mort. Ma mère voulait que nous déménagions.

Peu de temps après, en novembre, mon père nous annonça qu'il était muté au lycée français du Caire et que nous partions nous y installer dès la fin de l'année scolaire : « Vous verrez là-bas le vrai visage accueillant de l'Afrique. Ici, ils vont mal ; c'est nous qui n'avons pas su les accueillir ».

Jef se tait. Le bruit mêlé des vagues et du vent reprend le dessus. Sophie passe sa main sous le bras de Jef et s'arrête face à la mer.

Patricia se poste devant eux. Elle crie.

— On a un plan.

Et elle explique : Son journal est continuellement à la recherche de stagiaires pour faire du terrain « *pas cher* » pour le compte des rédacteurs. Par exemple, là, celui qui s'occupe du tourisme va devoir remplacer celle qui termine son stage et n'a pas l'intention de rempiler. C'est simple : il s'agit de ramasser des infos sur les activités touristiques de la région, de visiter des équipements, et principalement de préparer le fascicule destiné aux vacanciers de l'été.

Jef voudrait l'interrompre pour lui dire qu'il n'y connaît rien à tout cela. Mais elle lui signifie d'un geste de la main de la laisser poursuivre.

— Ils ne peuvent prendre en stage, c'est la loi, que des jeunes en cours de formation. Ils cherchent dans les domaines correspondants à leur spécialité. Enfin c'est vague : la fille qui termine était à la fac de langues !

Jef lève les deux bras, mains croisées.

— Oui, je sais, poursuit Patricia, tu es en sociologie ; et en plus je te vois mal obtenir un certificat confirmant ton assiduité. Cela n'a pas d'importance : Sophie va te délivrer une attestation du Greta, comme quoi tu es en formation d'accompagnateur de tourisme. Et moi, je le connais ce rédacteur. Je vais te présenter : cela passera comme une lettre à la poste !

Elle se tait. On n'entend plus que le grondement des vagues. Les trois reprennent lentement leur marche. Sophie prend la main de Patricia. Jef ramasse un bois flotté. Des goélands planent, immobiles, au-dessus d'eux. Les filles se sourient. Puis elles se plantent devant Jef.

— Alors, ça te dit ?

— Vous êtes folles, complètement folles ! Ça ne marchera jamais !

Patricia éclate de rire.

— Et en plus, je dirai que tu es mon chéri. Cela rassurera mon chef !

Sophie joue à se rebiffer.

— Attends un peu, que je vous y prenne !

Elle rit à son tour :

— On a aussi pensé que tu pouvais rester loger chez nous. Le deal serait, comme tu as du temps et nous pas, qu'en contrepartie tu fasses les courses et les repas du soir.

Et Patricia renchérit…

— Comme cela, pour le journal, nous habitons ensemble ! Tu seras ma couverture !

…Puis prend Sophie dans ses bras, la soulève et l'embrasse sur la bouche. Libertines, ravies de leur coup, elles se lancent dans une valse folle, trébuchent, et courent attraper Jef par les mains pour l'entraîner dans une ronde. Jef résiste à peine, freine la ronde mais leur sourit. Elles le regardent et attendent.

— Alors, tu décides quoi ?

Il sourit sans complexe.

— Ah les filles !

Elles rient.

— Alors c'est oui ?

— Vous êtes super. Il faut que je réfléchisse. On rentre.

Ils retournent vers la voiture. Ils s'activent, courent presque. Ils se dispersent, s'entrecroisent, se regroupent puis se dispersent encore. L'une ramasse un coquillage, l'autre trace de son pied un cœur dans le sable, lui agite ses poings.

— Tu l'auras, ton témoignage.

C'est venu tout seul. Elle le regarde, victorieuse. Elle claque son poing dans sa main.

— Alors c'est oui…

Il la regarde de face et répond, solennel :

— C'est oui !

Sophie a entendu. Elle ne dit rien, se détourne, trop émue.

Ils prennent la route, retrouvent une pluie battante avant Montpellier. Ils s'arrêtent un temps dans un bistrot pour avaler un sandwich. L'après-midi, avec Sophie cette fois, il va chercher ses affaires à la résidence universitaire. Au bas de la résidence, il jette discrètement la corde dans la poubelle.

Sur le retour, elle parle avec émerveillement de sa copine. Il l'écoute vaguement, encore incrédule de ce qui lui arrive. Mardi, Patricia le présente au rédacteur « tourisme ». Il commence son stage la semaine suivante. Le soir même ils ouvrent une bouteille de crémant et trinquent « à la fraternité ».

Pour Jef, c'est l'espérance d'une nouvelle vie.

***

5

Leur fraternité est rapidement mise à l'épreuve. Le premier raté sera l'incompétence culinaire notoire de Jef. Jamais les filles n'auraient pu se douter des désastres que leur cuisine allait connaître. Elles comprirent vite que leur première demande était totalement extravagante pour quelqu'un qui n'avait jamais utilisé une casserole, épluché un légume, allumé une gazinière.

— Au Caire, je n'avais même pas le droit d'entrer dans la cuisine !

Dès le mercredi qui suivit leur escapade, le 4 mars, elles lui glissèrent un billet de 20 francs, en lui commandant, pour l'éprouver, *une papillote de loup au fenouil* et *un crumble aux pommes*. Elles durent faire bonne figure d'un poisson mal écaillé, baignant dans un jus malodorant, entouré de feuilles de fenouil crues et coriaces. Quant au dessert, au désespoir, il l'avait *oublié* et remplacé par quelques pommes jaunâtres et sans goût. Elles s'accusèrent de cruauté et lui proposèrent, pour les soirs suivants, de se cantonner à la préparation de sachets de potage industriel et à la cuisson de pâtes, de pommes de terre, ou de riz, qu'elles accompagneraient elles-mêmes d'huile d'olive et de fromage râpé. Ce furent quelques repas à l'atmosphère tendue, de soupes grumeleuses, de pâtes collantes, de pommes de terre croquantes. Le pire fut le riz brûlé, qui empesta l'appartement toute une semaine et qui valut le sacrifice de la plus coûteuse des casseroles de Sophie.

Mais les filles étaient encore, à cette époque-là, des anges. Sophie s'accusa une nouvelle fois de ne pas avoir laissé à Jef le temps d'apprendre, « pourtant je sais par mon métier qu'il en faut, du temps ! », et Patricia refusa net qu'il remboursât la casserole. Elles décidèrent de revenir à leur solution d'antan, les plats cuisinés, et de consacrer à Jef quelques heures le samedi pour l'initier à la cuisine.

Elles n'associèrent jamais Jef à leurs préparations culinaires du samedi. Au contraire, peu de temps après, Jef fut exclu de toutes leurs activités de week-end, repas compris. C'est Patricia qui instaura la règle, à sa façon très franche : « Nous avons besoin de nous retrouver toutes les deux », déclara-t-elle à Jef, qui eut pour consolation le sourire compatissant de Sophie.

Il prit l'habitude de quitter les lieux dès le petit-déjeuner du samedi, et ne plus se montrer jusqu'au dimanche soir après-dîner. Il était alors de nouveau accueilli avec bises et sourires, comme s'il revenait d'un vrai « week-end », alors qu'il avait galéré pour trouver sa pitance, la journée, et un abri, la nuit.

Ce fut le premier accroc dans leur communauté.

***

Puis ce fut l'idylle entre la blonde et la brune qui prit l'eau. Du temps de l'idylle, Sophie avait expliqué à Jef combien elle admirait Patricia pour le courage et la ténacité dont elle avait fait preuve pour s'extraire de la « zone » et s'assumer homosexuelle. Et, effectivement, Jef constata les premiers temps que Sophie était fascinée par sa compagne. Elle l'écoutait, tenait compte de ses observations, approuvait ses décisions, voire, *obéissait* à ses souhaits. Elle marquait juste, en présence de Jef, quelques réticences à partager son langage grivois, et quelques timidités à accueillir en public ses caresses érotiques. Ce qui faisait dire à Patricia, le regard coquin : « Tu n'es pas si timorée que ça quand on est toutes les deux à baiser ! ».

Cela devait être vrai, pensa Jef, à entendre leurs ébats nocturnes qui filtraient au travers des cloisons.

C'étaient les premiers temps, jusqu'en mai 1998. D'ailleurs dans ces temps-là, Patricia, qui rentrait le soir une bonne heure avant son amie, confiait régulièrement à Jef les petits secrets du couple : leur projet des vacances en Suède, l'été à venir, où « *ils sont plus tolérants qu'en Italie* » ; le petit cadeau d'anniversaire, vingt-neuf ans, qu'elle lui avait acheté (en l'occurrence, un parfum floral) ; la fête qu'elles allaient organiser pour le deuxième anniversaire de leur vie commune, « *avec quelques amis* », Jef se demandant bien lesquels… ; et surtout leur intention d'avoir un enfant, que Sophie porterait : « *conçu par insémination artificielle* », s'était-elle empressée de préciser.

Le changement apparut justement chez Patricia. D'abord sur son visage, qu'il n'avait jamais trop observé jusque-là. Patricia était surtout un corps en perpétuel mouvement. Bien bâtie, relativement grande, elle bougeait en souplesse. Le ballet de ses jambes, le balancement de ses hanches, attiraient tant le regard qu'on en oubliait d'observer le reste. De sa tête on retenait essentiellement cette queue-de-cheval assemblant ses cheveux noirs et frisotés d'un simple élastique, sa peau brune, ses yeux sombres, ses lèvres très fines et… sa faculté à parler fort une langue sans détour. Jef se souvenait aussi de la fermeté de sa main qui avait une fois réchauffé son dos, au point de lui avoir fait goûter à nouveau à la vie.

À cette époque, Jef était généralement installé au bureau, qu'il s'était approprié pour travailler. De là, par sa porte grande ouverte, il avait directement vu sur le petit vestibule, ce qui contraignait Patricia à venir le saluer quand elle rentrait. C'est ainsi, qu'imperceptiblement, il comprit à son visage qu'un drame se préparait. Ce visage qui n'était pas spécialement beau – rien à voir avec celui de Sophie — s'avérait particulièrement expressif. Il y eut d'abord les yeux qui lentement se figèrent, alors que la bouche conservait son habituelle agilité à parler. Puis la posture de la tête, qui se fit plus raide. Puis, de plus en plus perceptible, un rictus vint abîmer son sourire. Enfin, le timbre de sa voix devint soudainement plus rauque.

Au mois de juin, les dîners se firent plus silencieux, au point que ce fut bientôt Jef qui les anima par la narration de ses découvertes touristiques. Les filles écoutaient la tête plongée dans leur assiette et se retiraient promptement dès le repas achevé. De la cuisine, où il restait dorénavant seul à débarrasser la table et laver la vaisselle, il devinait, aux intonations qui traversaient les cloisons, des discussions difficiles, quand elles n'étaient pas carrément orageuses. Il arriva qu'elles fussent brutalement interrompues par des cris, suivis du claquement des portes de leur chambre et de l'appart. C'était, dans ce cas, toujours Sophie qui passait en courant d'air dans le vestibule. Elle rentrait quelques heures plus tard, sur la pointe des pieds. À cette époque Jef n'entendait déjà plus depuis longtemps les rires pouffants, le remue-ménage, les gémissements de plaisir, qui avaient tout un temps quotidiennement bercé ses endormissements. Les yeux des filles, le matin au petit-déjeuner, avant, rayonnants, étaient maintenant éteints et boursouflés.

Une fois, une seule fois, un de ces soirs critiques de juin qui voyaient Sophie s'échapper en pleurs, Patricia vint rejoindre Jef, déjà couché sur le canapé du bureau. Dans la pénombre – avec le seul l'éclairage du vestibule – il comprit à l'expression féroce de son visage que la haine s'était immiscée entre les deux filles.

— Tu dors ? Écoute je voulais te dire… C'est une garce, une vraie conasse ! Elle me manipule, un chantage après l'autre ! Elle me menace de me mettre à la porte. Je voulais te dire de ne pas t'en faire. Je vais tenir, elle ne me chassera pas comme ça, et toi non plus.

Elle resta encore un moment, sautillante, agitant ses bras, ses mains, sa tête. Des sifflements, des grondements, des ahanements se substituèrent aux mots. Puis, se saisissant du pot à crayon bien en vue sur le bureau, elle le lança au travers de la pièce, où les crayons, stylos, ciseaux s'éparpillèrent bruyamment, et vociféra, avant de se retirer en claquant la porte :

— Si c'est tout ce que ça te fait, salut !

Elle s'excusa à voix très basse le lendemain matin, au petit-déjeuner. Les jours suivants furent plus calmes. Jef en vint à penser que l'orage était passé. Il n'avait jamais connu de pareilles situations dans sa famille, mais au cinéma, qui alimentait une grande part de son imaginaire, elles se concluaient généralement par des « happy ends ». Alors, pourquoi pas ?

Les choses en étaient là, mi-août, quand elles rentrèrent de leurs vacances en Suède. Elles avaient à peine posé leurs sacs qu'elles se jetaient à son cou, visiblement ravies de le retrouver. Jef en fut désarçonné. Il s'était demandé s'il ne devait pas profiter de la nouvelle opportunité qu'on lui offrait au journal, pour les quitter. Mais à les entendre se réjouir de le revoir, il estima que ce serait les trahir.

C'était à elles qu'il devait sa chance : Patricia l'avait présenté, ce fameux mardi de février 1998, au journaliste en charge des rubriques touristiques. Jacques – tel était son prénom – les avait reçus dans son « réduit » qu'il partageait avec un confrère alors parti en reportage. Il avait remercié Patricia pour avoir déposé la veille sur son bureau, la candidature de son « petit ami », avec un mémo le magnifiant, accompagné du faux certificat de scolarité du Greta, rédigé par Sophie.

— C'est formidable ! Merci, d'avoir pensé à moi. Ton ami a le profil que je recherche.

Puis, s'adressant à Jef, le mémo en main :

— Installez-vous là, à la place de mon collègue. On va parler un instant.

Le contact fut immédiatement efficace. Jef sortit du réduit avec en main sa « feuille de route » pour les six mois suivants. Il allait « préparer la saison » de son rédacteur, soit, éplucher les brochures des sites touristiques, lister les manifestations à venir, contacter les principaux offices de tourisme, enfin, proposer des « sujets » de reportage. Pour ce faire, il n'allait disposer de rien… ou presque. Profiter de la documentation sur place, de la ligne téléphonique du journal, « Tu trouveras toujours quelque part un poste disponible », du remboursement de ses déplacements « Tu n'as pas de voiture ? Pas grave, il y a des cars, des trains et des bus ». Pour le reste : « Ici, on n'a pas de place : débrouille-toi pour travailler chez toi. Trouve-toi un ordinateur. Tu rédiges sur Word et Excel ; il te faut une adresse email. »

Les filles étant à leurs emplois respectifs toute la journée, il avait pu, sauf le week-end, occuper leur bureau à son aise, y entasser ses dossiers de dépliants et catalogues touristiques et même utiliser le PC de Sophie. Il s'était créé une adresse email gratuite chez Yahoo et communiqua de cette façon, quotidiennement, avec Jacques, son chef. Quand nécessaire, une à deux fois par semaine, il passait la matinée au journal, à téléphoner, à récupérer de la documentation et à faire le point avec Jacques, sur ses actions passées et futures. Jacques n'était pas très disert, se limitant à quelques conseils professionnels ou à quelques critiques sur les notes que Jef lui livrait. Il balayait toutes les questions portant sur sa vie personnelle ou professionnelle. Pas plus n'essayait-il de décrypter le parcours qui avait mené Jef jusqu'à lui.

Jusqu'à ce samedi de mi-août, juste avant le retour des filles de Suède. Jef avait dû se rendre chez Jacques pour lui apporter des documents pour un article à paraître le dimanche. Il habitait, avec sa femme et ses deux enfants, un appartement moderne du tout nouveau quartier d'Antigone. Quand Jef s'y présenta, il n'était pas loin de midi. Il fut accueilli par sa femme qui, aussi souriante que déterminée, décida que rien ne se ferait avant le déjeuner auquel il était par conséquent invité. Il subit alors de sa part un interrogatoire habile qui fit qu'il lâcha quelques morceaux de son histoire, ce qui ne fut pas sans conséquences pour la suite.

Jusque-là, Jacques avait considéré son stagiaire comme un étudiant de passage dont il devait profiter au mieux. Il avait scrupuleusement évité que leurs échanges prennent un tour personnel. La semaine suivante, quand Jef pénétra dans le « réduit » pour son débriefing hebdomadaire, Jacques se comporta tout autrement. Il lui proposa un café qu'il alla lui-même chercher au distributeur. Puis il se présenta : il avait fait l'école de journalisme de Lille, tâté au *free-lance* « autant dire, à la vache enragée », pour ensuite se jeter sur un CDD au Monde. Il n'y accomplit que des tâches modestes, par exemple trier des informations suspectes ou dépouiller des courriers. Mais il y avait appris son métier, au contact d'une rédaction puissante et rigoureuse. C'est le Monde qui lui avait ouvert les portes de la presse régionale où il travaillait maintenant depuis seize ans.

— Comme quoi, tu vois, il n'y a pas que les voies royales !

Et de poursuivre :

— Et toi ! Que comptes-tu faire ? (son stage se terminait fin août).

— Eh bien, je ne sais pas ; je vais chercher un boulot.

— Si j'ai bien compris ce que tu as expliqué samedi à ma femme, tu n'es pas véritablement étudiant… Ce n'est pas vrai ?….OK, oublions ! Alors quel est ton projet ?

Jef pensa : « respirer, continuer à respirer. » Il sortait juste la tête de l'eau. Il ne voulait surtout pas replonger, étouffer. Il n'en dit rien.

— Je ne sais pas.

— Moi, je sais !

Et il lui avait proposé une prolongation de six mois, jusqu'en février 1999, cette fois en CDD et rémunéré au smig.

Jef devint son assistant. Leurs relations changèrent du tout au tout. Jacques débutait les séances de débriefing par quelques questions personnelles, du genre, « Bon week-end ? », « Tu as pu sortir un peu ? », « Cette expo dont on a parlé, tu as pu y aller ? ». Il y avait aussi ces invitations à des spectacles, ces places au cinéma Diagonal, qui traînaient négligemment sur le bureau et qu'il finissait toujours par lui proposer : « Je n'aurai pas le temps, tu me rendras compte ». Il y avait, au moment de leurs déjeuners, une curiosité amicale pour la vie et les projets de son collaborateur, avec, incidemment, quelques conseils suggérés presque à voix basse. Il y avait des gestes de camaraderie, des plaisanteries, soit, toutes ces petites choses de la vie qui marquent une relation vraie. Il y avait même parfois des félicitations pour la qualité d'un travail.

***

De retrouver les filles détendues à leur retour de vacances, l'avait rassuré sur le devenir de leur communauté fraternelle. Il n'avait qu'elles : pas un autre copain, pas une copine. Il avait même tracé un trait sur sa famille. Il recevait régulièrement des lettres tourmentées de sa maman mais n'y répondait que très rarement et de façon sybiline. Son père était venu lui rendre visite une fois, en juillet, dès la fin de l'année scolaire, avec la ferme intention de le ramener pour lui ménager un nouveau départ dans la vie. Mais il retrouva un fils « débordé », qui ne lui octroya que le temps d'une soirée. Le dîner fut ponctué d'escarmouches, de non-dits transparents, d'allusions accusatrices. Le père essaya toutes sortes d'arguments pour le convaincre de repartir avec lui. Le fils opposa une détermination définitive à poursuivre sa vie sur ses propres rails. C'est à l'aéroport, dans la salle des départs, au moment des adieux, que le papa tira la leçon amère de sa visite :

— Je me rends compte que tu ne m'as pas pardonné la mort de Catherine ! Malgré tout, nous restons tes parents et nous t'aimons. Notre maison, au Caire, t'est toujours ouverte. Nous y serons seuls, ta maman et moi, puisque ta sœur va poursuivre ses études aux US : des *high schools* se la disputent pour s'approprier ses exploits sportifs !

Ils s'embrassèrent sans passion.

***

Mais la réconciliation apparente des filles ne dura guère.

Elles se chamaillèrent à nouveau, maintenant ouvertement, en sa présence. Elles lui parlèrent de leurs vacances gâchées, pour Sophie, par la faute de Patricia qui draguait les jeunes suédoises, pour Patricia, du fait des crises de jalousie de Sophie. Jef était promu témoin de leurs disputes. Il évitait de s'en mêler pour ne pas les attiser. Mais cela ne fit que les agacer. Elles commencèrent à le prendre à partie de leurs propres affaires.

— Mais tu ne dis rien ! Tu es donc d'accord avec elle, tu la soutiens contre moi !

Et comme il ne réagissait toujours pas, elles commencèrent à se liguer contre lui.

— Tout ça, c'est ta faute !

Tout y passa. D'abord la cuisine :

— Tu t'étais engagé à faire nos repas du soir. C'est tout juste si, quelquefois, tu vas nous acheter des plats cuisinés. Et encore, c'est nous qui payons !

Sur ce premier point, Jef eut du mal à se défendre. Il reconnut son incompétence et ses torts, mais voulut justifier l'absence de participation financière.

— Vous saviez très bien, quand vous m'avez accueilli, que je n'avais pas d'argent. Mais j'ai une bonne nouvelle : je vais être salarié à partir du mois prochain et j'aurai les moyens de payer ma part pour les repas ; et aussi un loyer.

— Tu pourras aussi nous rembourser tes dettes !

Puis vint, de la part de Patricia, une diatribe concernant le « témoignage » sur l'attentat de Louxor, qu'il n'avait jamais fourni. Là aussi, il dut reconnaître sa part de responsabilité.

— C'est vrai, je m'étais engagé, mais je n'ai pas pu et je ne peux toujours pas. Mais je te promets : je te le fournirai. Laisse-moi du temps.

Et là, il eut le droit à une volée de bois vert.

— Mais je n'en ai plus rien à foutre de ton histoire. C'est notre histoire qui tourne au massacre comme tu peux le voir. Alors, déjà, évite de semer la merde comme tu l'as fait hier soir (il leur avait offert les deux invitations que Jacques lui avait cédées, pour un concert de musique classique donné au Corum, ce qui les avait amenées à se chamailler, l'une, Sophie adorant, l'autre, Patricia, ayant *horreur* de cette musique).

...Puis elle était partie en claquant la porte.

Jef ne voulut tirer aucune conclusion définitive de cette dégradation de leurs rapports. Il s'évertua à déployer de la bonne volonté et à résister à la tempête. Il déposa sur la table de la cuisine, sans mot dire, une enveloppe contenant la moitié de son premier salaire. Elle fut happée par une main invisible et il n'en entendit plus jamais parler. Il s'abstint ensuite de dîner avec elles un certain nombre de soirs, rentrant assez tard, pour ne pas avoir à les affronter. Il n'eut droit en retour qu'à une remarque acerbe :

— On dirait que tu nous fuis comme des pestiférées.

Il se désespérait de voir ses efforts ainsi anéantis, de voir ses seules amies, surtout Patricia qui justement l'avait recueilli, manifester tant de mépris, voire, de haine. Il en dormait mal, il régressait dans la reconquête de sa sociabilité, il négligeait son travail.

Jusqu'à ce matin froid de novembre. Il s'était levé en retard comme cela lui arrivait de plus en plus souvent, probablement, inconsciemment, pour éviter de se retrouver au petit-déjeuner face aux mines pincées des deux filles. Ce matin-là, il avait clairement entendu la porte claquer au départ de Patricia et il avait supposé que Sophie était sortie aussi furtivement qu'à l'accoutumée. Mais il la trouva attablée à la cuisine, l'attendant pour prendre son petit-déjeuner.

Il pressentit quelque chose de grave. Mais pourquoi cet accueil avenant ? Café servi, tartine toastée, regard attentionné, sourire à l'appui : mélange explosif d'impressions contradictoires qui l'amenèrent à précipiter l'explication.

— Quoi, qu'est-ce qu'il y a ? Explique, je ne comprends pas !

— Justement.

Elle lui signifia d'un geste aimable de commencer son petit-déjeuner. Elle attendit encore, le temps qu'il ait bu quelques gorgées et croqué dans sa tartine.

— Patricia et moi, on va se séparer. C'est ce que j'ai décidé. Je veux qu'elle parte, mais elle refuse. Elle dit qu'elle est ici chez elle. C'est faux : c'est chez moi.

C'était un choc : l'annonce du naufrage de la frêle embarcation qui l'avait secourue.

Sa réaction immédiate fut la colère : une colère intense contre ces deux filles qu'il aimait, qui s'aimaient et maintenant se déchiraient. Colère, aussi, contre lui-même qui avait été incapable de sauver leur communauté fraternelle. Une colère si vive qu'il ne put s'empêcher de la manifester violemment à une Sophie abasourdie. Il cracha sa tartine dans le bol de café, repoussa de l'avant-bras toute la belle installation du petit-déjeuner et lâcha un « *merde* » puissant.

— Vous ne pouvez pas faire ça ! C'est cruel, c'est criminel. Vous vous aimez, je vous aime, vous ne pouvez pas tout briser, vous devez devenir grandes et poursuivre notre rêve. Vous n'avez pas le droit, je ne veux pas.

— Mais Jef…

— Non, vous n'avez pas le droit !

Il se leva d'un bond et partit se réfugier dans le bureau. Il claqua la porte et se coucha sur le canapé, la tête enfouie dans l'oreiller. Il écouta, malgré tout, le monologue que Sophie lui tint au travers de la porte.

— Jef, il faut que tu comprennes. Nous ne nous entendons plus du tout. Les vacances de cet été furent l'enfer ; on en était venue aux mains. Je voulais qu'on se sépare mais son chantage c'était toi. On était responsables de toi. J'ai encore essayé depuis, mais, tu l'as vu, c'est de pire en pire.

…Je t'en supplie Jef, nous ne voulons pas te lâcher. Sûrement tu pourras continuer à la voir chez elle, mais moi, je n'en peux plus.

…Et puis j'ai peur ! Je ne sais pas comment cela va se

passer. Il faut absolument que tu sois là !

…Écoute, je dois y aller, j'ai un cours, je suis déjà en retard. S'il te plaît, reste avec moi. On en reparle quand tu veux mais ne me quitte pas.

Jef l'entendit partir. C'était trop, il ne pouvait pas encaisser ce qui lui arrivait. Il renonça à comprendre, à juger. C'était un cauchemar éveillé. Encore un !

***

6

C'était absurde, mais la vie continuait : il devait se rendre au journal pour son débriefing avec Jacques. Il arriva en retard. Jacques remarqua tout de suite que quelque chose n'allait pas. Leurs relations avaient suffisamment évolué dans les derniers mois pour qu'il puisse le questionner. Il comprit à demi-mot que la crise au « foyer » de Jef conduisait à la probable explosion du couple, toujours persuadé que le dit « couple » était celui que Jef formait avec Patricia. Il lui suggéra de sonder sa compagne avant de s'affoler.

Jef ne trahit pas la supercherie, mais il s'accrocha à l'espoir de faire bouger les choses et décida de discuter avec Patricia l'après-midi même.

Il se rendit vers 16 heures au Service de la Scolarité et demanda à voir Patricia.

— Elle est en pause, elle ne devrait pas tarder.

Il s'accouda à la balustrade en haut de l'escalier et l'attendit pour l'interpeller avant qu'elle ne rejoigne son bureau.

Il la vit entrer dans le bâtiment, mais pas seule ! Elle frôlait de près, grands sourires et petits attouchements, une belle fille très élancée. Elles étaient, sans ambiguïté aucune, intimes. Patricia leva la tête et l'aperçut. Tout de suite elle s'écarta de son amie, figea son sourire et lui glissa discrètement quelques mots.

Trop tard, Jef avait tout compris. Il descendit l'escalier à grandes enjambées. Il entendit Patricia l'appeler. Il ne s'arrêta pas, il sortit du bâtiment, il courut au travers des jardins, puis du parking. Arrivé route de Mende, essoufflé, il attrapa un bus pour le centre. Il se posa sur un banc de l'esplanade, brisé, désemparé.

Il resta là longtemps, frigorifié, affamé, sans savoir quoi faire. Tard, très tard dans la nuit, il reprit le chemin de l'appartement des filles, parce qu'il n'avait nulle part autre où aller, parce qu'il n'avait personne d'autre à rejoindre.

L'appartement était plongé dans le noir. Il traversa le vestibule à pas feutrés. Il pénétra dans le bureau, à peine éclairé par le halo d'un réverbère. Il pressentit une présence. Il éclaira : Sophie était couchée sur son canapé dont elle avait rabattu le dossier pour doubler son assise. Elle s'était tournée vers le mur, ramassée en chien de fusil, ce qui ne faisait qu'accentuer la rondeur de ses hanches. Ses longs cheveux blonds dépassaient de la couverture, son visage était posé sur l'unique oreiller, qu'elle s'était appropriée. Jef la trouva belle, ce qui troubla son ressentiment.

Il s'assit sur le bord du canapé et lui secoua l'épaule. Bien sûr, elle ne dormait pas et se retourna. Elle avait pleuré, sûrement beaucoup à voir ses yeux.

— On s'est disputées. Elle m'a chassée de **ma** chambre ! C'est une brute.

La couverture avait glissé (il n'y avait pas de drap). Un peu de peau très blanche se laissait voir entre le haut et le bas de son pyjama.

— Et je fais quoi, moi ?

— Tu peux te coucher là. J'ai déplié le canapé exprès.

Elle se retourna à nouveau contre le mur.

Jef alla éteindre la lampe du bureau. Il resta un instant assis dans la pénombre. Puis il se déshabilla. Il hésita pour le pantalon et finalement le retira avant de se couler sous la couverture. Sur le dos, les mains pour oreiller, il attendit le sommeil, incapable de penser.

Il l'entendit renifler, puis pleurer. Il ne supportait pas. Il pensa partir, s'asseoir à la cuisine. Mais il se tourna vers elle et de sa main, doucement, lui caressa l'épaule.

Alors le monde entier chavira !

Elle se tourne sur le dos et lui prend cette main qui l'avait caressée. Elle la guide, d'abord vers sa bouche, pour un baiser, puis, très vite, vers son ventre, sous le pyjama.

— Caresse-moi. S'il te plaît, caresse-moi.

Elle a écarté ses cuisses, elle guide sa main de plus en plus fermement. Puis elle le laisse faire, toute au plaisir naissant, au plaisir éclatant, au plaisir envahissant, au plaisir foudroyant.

Il retire sa main et se penche sur elle. Il bande, il veut lui faire l'amour. Il l'entreprend mais elle le rejette.

Il se lève, en colère :

— Pouffiasse !

Il va se soulager à la salle de bains. Il se recouche mais ne dort pas de la nuit.

Au matin, il entend Patricia s'agiter puis partir. Il secoue Sophie.

— Il faut qu'on s'explique.

Sophie se tourne, se colle à lui, l'entoure de ses bras. Il se dégage.

— Je suis quoi, moi, là-dedans ? Tu m'utilises pour te consoler de ta copine et tu me laisses choir quand tu m'as bien allumé. Et maintenant tu veux qu'on roucoule ?

Elle se redresse.

—Désolée pour hier soir. J'ai craqué. C'était trop dur, j'avais besoin de tendresse. C'est stupide, mais j'ai eu peur d'elle, elle m'aurait tuée. Et puis je n'ai pas de protection, ni pilule ni autre chose ; alors ce n'était pas vraiment possible.

— Mais possible que je te fasse jouir ?

— Écoute Jef, si tu veux bien, on se lève et on se parle.

Ils se levèrent et s'habillèrent en silence. À la cuisine, assise à la table, face à lui, elle raconta. Avant, elle avait eu longtemps un copain, un intello comme elle. Ils s'étaient quittés quand elle avait compris qu'ils ne feraient rien de bon ensemble, que leur couple ne signifiait rien, même pas du plaisir. Elle était venue à Montpellier il y a cinq ans, pour ce poste d'enseignante au Greta. Elle avait vécu seule, cela lui plaisait ainsi, sans aucune aventure. En fait, elle n'aimait pas ces garçons qui draguent et ne pensent qu'à baiser.

Patricia ? Elle l'a remarquée quand elle est arrivée au Greta pour se former. Qui ne l'aurait pas remarquée ? Son énergie, son « parlé fort », son culot… Elle crut avoir enfin une copine, dans le sens d'une amie : pouvoir échanger, rigoler, être considérée, sortir ensemble. Elle n'a pas tout de suite compris ce que Patricia tramait. Elle l'a invitée à cologer chez elle. Elle l'a retrouvée dans son lit et… Elle a aimé !

Oui, elle est devenue amoureuse folle de Patricia. D'ailleurs elle l'aime encore, d'une certaine façon. Mais ce n'est pas possible : elle est possessive, brutale. Et, pire, inculte : elle est d'un autre monde, dangereuse. Il faut qu'elle parte, « avant que cela ne *tourne grave,* pour employer ses mots ».

Jef a écouté sans rien dire. Il la regarde, elle est belle. Elle a quelque chose d'indéfinissable dans les yeux, qui vous hypnotise. Elle a des seins magnifiques. Il a envie d'elle. Il est déchiré entre ce désir naissant et ce que cela suppose de trahison envers celle à qui il doit sa vie.

— Et nous alors, c'est quoi ?

— Peut-être on peut faire quelque chose, je ne sais pas, on verra.

Sophie doit rejoindre le Greta. Mais elle a encore une chose à lui demander :

— Ce soir j'ai besoin de toi. Il faut que tu m'aides, que tu calmes le jeu. Elle doit s'engager à partir.

Elle rassemble ses affaires et s'apprête à sortir. Elle se ravise et retourne vers Jef. Elle l'embrasse. Ils s'embrassent, enlacés, d'un long baiser. Puis elle part.

Jef s'installe au bureau. Jacques lui a demandé de réunir

la documentation pour son article sur les fêtes des vendanges. Il a la tête ailleurs, il tourne dans l'appartement, il pénètre dans la chambre des filles, ce qu'il n'avait jamais fait. Il regarde, il fouille, il hume, il rêve, il fantasme.

Il prend son blouson et descend dans la rue. Il achète des préservatifs à la pharmacie. Il s'arrête devant la fleuriste ; il hésite puis renonce. Il se prend un sandwich et une bière au bistrot du coin puis remonte. Il se couche sur le lit des filles et s'endort.

C'est Patricia qui le réveille. Il fait nuit.

— Qu'est-ce que tu fous là ?

Il se souvient, se redresse.

— Excuse-moi. C'est idiot. Je ne sais pas ce qui m'a pris.

Patricia le regarde, d'abord farouche, puis moqueuse.

— Je crois savoir. C'était bien hier soir ?

— Quoi, hier soir ?

— Vous avez fait connaissance ?

— Qu'est-ce que tu dis…

— Tu m'as très bien comprise. Vous avez baisé ?

— Non, on n'a pas fait l'amour !

— Vous auriez dû !

Jef s'assoit sur le bord du lit, encore abruti de sommeil. Patricia est campée, raide, les jambes en appui, le visage dur. Il a peur pour ce soir : il ne veut pas de gueulante, pas de casse, surtout pas de violence.

— Tu vas me planter et te mettre avec elle ?

— Patricia…

— Note, t'as raison, c'est un bon coup !

— Patricia…

— Je vais te dire, ne te mêle pas de nos affaires. Dégage avant qu'elle rentre.

Elle le tire du lit, de ses deux mains, aussi brutales qu'elles avaient pu être, d'autres fois, affectueuses.

— Dégage de l'appart et ne reviens pas avant que je te le dise.

Elle pousse Jef dans le vestibule. Il est là, résistant à sa violence, quand Sophie entre, éberluée par la scène qu'elle découvre.

— Attendez, qu'est-ce qui se passe ?

Patricia la saisit par le bras et la tire vers la cuisine.

— Toi, viens, on doit se parler.

Et s'adressant à Jef,

— Et toi, tu dégages !

Elles vont dans la cuisine. Patricia claque la porte. Jef reste là, dans le vestibule. Elles parlent, elles parlent fort, bientôt elles crient. Les pieds des chaises crissent, craquent. Puis le bruit assourdissant de la table, projetée contre le mur. Jef couvre ses oreilles de ses mains ; très vite les retire. Il entend le tiroir à couverts jeté au sol, les couverts qui s'éparpillent en sonnant sur le carrelage. Il entend la fureur des deux filles, puis un cri sauvage qui déchire. Il se précipite. Patricia est à terre, elle saigne, elle a du mal à respirer. Sophie tient le couteau à viande, ensanglanté. La scène est figée, silencieuse, sauf le gémissement de douleur de Patricia. Sophie le supplie de ses yeux effarés.

Jef attrape un torchon qu'il presse sur la poitrine de Patricia. Il court à la fenêtre de la chambre des filles qui donne sur rue, l'ouvre grand et appelle au secours pour un blessé. Sophie l'a suivi, toujours le couteau à la main, toujours les yeux hagards. Il la reconduit à la cuisine et lui fait déposer le couteau. Patricia se tient la poitrine et gémit. Il la met en position latérale, comme il a appris, et lui dit des mots rassurants.

Arrivent un médecin et des ambulanciers ; ils repartent avec Patricia. Arrivent des policiers. Il essaye d'expliquer. Ils repartent avec Sophie.

Il est fou de colère. Il casse tout ce qu'il peut. D'abord dans la cuisine, ce qui reste : les bouteilles, verres, assiettes, projetés contre le mur, explosés au sol ; les chaises, fracassées contre la table ; le frigo, renversé. Ensuite, dans la chambre des filles, il arrache les tiroirs de la commode et envoie la lingerie au loin, par la fenêtre grande ouverte.Il défait le lit et s'acharne en vain sur les draps. Il s'enflamme à la découverte des godemichés et autres objets sexuels, et les jette avec une rage redoublée contre le miroir de la penderie, qui se brise dans un tintamarre assourdissant.

Enfin exténué, tétanisé, il se réfugie dans le bureau jusqu'à l'arrivée des policiers qui l'embarquent.

***

7

Jacques vint chercher Jef à l'Hôtel de police en fin de matinée. Il avait passé la nuit en cellule avant d'être conduit, au matin, dans le bureau d'un officier de police qui lui demanda de confirmer les dépositions des filles. Le flic avait retenu qu'une violente dispute avait éclaté entre sa concubine, Patricia, et une amie, Sophie, surprise au lit avec lui. Jef se garda d'infirmer cette version et signa. Il apprit que la blessure de Patricia s'était révélée superficielle et qu'elle n'avait pas porté plainte. En conséquence, dit l'officier, ni Sophie ni lui ne seraient poursuivis.

— Vous avez beaucoup de chance, Casanova : vous êtes libre, mais ne recommencez pas !

Jacques l'amena déjeuner. Jef s'excusa et le remercia. La conversation eut du mal à démarrer. Jef était trop empêtré dans la version maintenant officielle des évènements, qui faisait de lui le sujet de l'affrontement violent entre les deux filles. Jacques avait du mal à aborder la vraie raison de sa venue, d'autant plus qu'il n'en voulait pas personnellement à son assistant. Il meubla le silence de réflexions oiseuses, attendant le café pour en venir aux choses sérieuses.

Quand la table fut débarrassée, il sortit le journal de sa sacoche et le déplia à la page des faits divers. Elle était tout entière consacrée à ce drame passionnel, « qui avait failli coûter la vie à notre correspondante, Patricia Dupont, la petite amie du jeune étudiant ». L'article racontait en détail l'affrontement entre les deux filles, forçant la violence des faits. Un peu plus loin dans l'article, Jacques avait entouré de rouge le passage relatant « la crise de démence de l'étudiant, », nommément cité, qui avait « saccagé l'appartement de son amie », jusqu'à « jeter des tiroirs entiers de lingerie féminine par la fenêtre ».

— J'ai un problème, Jef !

Jef blêmit.

— Mais c'est faux ! Je n'ai jeté aucun tiroir par la fenêtre ; peut-être, juste un linge ou deux, que j'ai balancés un peu vivement. Mais c'est tout. Quelle histoire !

— Là n'est pas le problème, Jef. Le problème, c'est que tu es mis en cause dans cet article. Tu es dénoncé comme volage, déloyal et violent à l'égard de la victime qui, pour corser le tableau, s'avère être une collaboratrice méritante du journal ! Ma direction a jugé, sur la foi de cet article, ton attitude intolérable et a décidé de mettre fin immédiatement à ta collaboration.

Jef hésite, puis se lance. Il lui raconte toute l'histoire, depuis son début : sa déprime après l'attentat, son sauvetage orchestré par Patricia, l'inversion des rôles entre Sophie et lui - pour dissimuler l'homosexualité de Patricia - le déraillement du couple des filles, jusqu'à l'arrivée inopinée de Sophie sur son canapé. La suite, Jacques connaît.

Jacques l'écoute avec attention, le regarde avec empathie, l'encourage parfois par un geste. Quand il a fini, il lui bouscule amicalement la tête de sa main ouverte, comme il le ferait à son gamin qui lui avouerait une bêtise.

— Merci pour ta franchise d'aujourd'hui : cela remet nos relations sur de bons rails. Ton histoire pourrait alimenter un nouvel article sur ce fait divers…

Il s'interrompt pour réfléchir.

— …Très différent…émouvant…bouleversant…peut-être même…

Il se tait, réfléchit encore.

— Non ! Il est trop tard pour rétablir la vérité. Il y a toutes vos fausses déclarations aux policiers ; il y a le job de Patricia ; il y a la chasse au sensationnel qui en ferait, dans la presse, une histoire tordue dont vous sortiriez en miettes. Et de toute façon je n'ai pas le pouvoir de te repêcher au journal. Il te faut repartir à zéro.

Il va payer au bar. Jef l'attend. Ils sortent ensemble. Jacques pense que ce garçon est en danger, qu'il va être très seul pour affronter la suite, qu'il doit l'aider.

— J'imagine que tu n'as plus ta place chez les filles ?

— En tout cas je ne veux plus y loger.

— Voilà ce qu'on va faire. Tu y retournes, tu mets le maximum d'ordre et tu rassembles tes affaires. Je viens te chercher quand je sors du Journal. J'aurai une piaule pour toi, du provisoire, en attendant que tu organises ta nouvelle vie.

***

Jef n'a pas le réflexe de le remercier qu'il est déjà parti à grandes enjambées. Il se retrouve seul. Il se met en route pour la rue Subleyras. Tout en marchant il ressasse les derniers évènements. Il est troublé par sa propre image telle que dévoilée par l'article du journal, telle que décrite dans le procès-verbal consigné par la police. Il se découvre irascible, violent, faible, dissimulateur. Il comprend qu'il va à la dérive. Il pressent qu'il doit réagir, se prendre en main, faire quelque chose de sa vie, « comme Jacques ! ».

Arrivé dans sa rue, il n'ose pas croiser les regards des gens, persuadé d'encourir l'opprobre de tous. Sous son immeuble, le trottoir est propre, sans lingeries ou autres traces du remue-ménage de la nuit. La fenêtre de la chambre des filles est entrouverte. Il y a de la lumière.

Il grimpe l'escalier, il entre dans l'appartement, il trouve Patricia dans la chambre des filles. Elle est assise par terre, un grand sac de voyage à ses pieds, en train d'enfourner des vêtements. Elle a sa poitrine bandée, un bras en écharpe. Elle le regarde à peine.

— Pas facile de boucler ses affaires, à moitié enrubannée, au milieu des débris !

— Je suis désolé ! Comment va ta blessure ?

Elle le dévisage comme s'il était fou, et se retourne pour déblayer autour d'elle.

— Puisque tu es là, tu peux m'aider. Là, le sac-poubelle.

— Patricia, il faut qu'on se parle.

— Rien à se dire ! Il y a encore toutes ces bricoles à ramasser.

Jef prend conscience du désastre. « Ce n'est pas moi, ce n'est pas possible ! » Il l'a dit tout haut. Patricia rigole, sarcastique :

— Les petits bourges, comme toi ou Sophie, vous vous prenez pour des anges ! Et vous vous faites surprendre par votre propre violence ! Pôvres de vous !

Jef l'a rejointe, à genoux, à ramasser les bris de la glace.

— Patricia je suis désolé, je n'ai pas voulu te prendre Sophie, c'est elle…

Patricia se redresse, appuyée sur son bras valide. Elle parle fort.

— Arrête avec ça ! Sophie et moi, c'était fini. On en était à faire les comptes. Elle a cassé le contrat, il fallait qu'elle paye. Elle croyait qu'après m'avoir bien utilisée à peloter sa chatte, j'étais bonne à jeter, sans frais ? Eh bien non ! Dans la vraie vie, cela ne se passe comme ça. Mais qu'est-ce qu'elle sait de la vraie vie ? Et toi ?

Elle se lève et tire son sac sur le lit. Jef ramasse la lingerie et la pose délicatement à côté. Il ignore les jouets sexuels, dispersés au sol, ce qui lui vaut un regard moqueur de Patricia. Elle se détend, lui aussi. Il veut savoir.

— Qu'est-ce que tu vas faire ?

— Je me tire. Je repars à zéro, je veux vivre ma vraie vie.

— C'est quoi ta « vraie vie » ?

— Je suis une zonarde. Je me suis trompée de chemin, je n'ai rien à voir avec la scolarité des zombies, ni avec les journaux pour bobos. Je vais retourner au milieu des miens.

— Je ne comprends pas… C'est qui, « les tiens » ?

— Les miens ? Ce sont ces filles, et aussi ces petits gars, qui errent là-bas, proies faciles des gangs ou des islamistes. C'est ce que j'ai vécu et c'est ce qu'ils vivent, quelques fois en pire…

Elle marque un temps d'arrêt.

— Si Bernardo m'a sortie de là, ce n'est pas pour que j'oublie tout ça !

— C'est qui Bernardo, c'est quoi « tout ça » ?

Elle s'installe sur le lit, repousse son sac, lui empoigne la main.

— Je vais t'expliquer. Va fermer la fenêtre et reviens t'asseoir ici, sur le lit. Oui, à côté de moi… t'as rien à craindre ! Voilà, on va parler.

Elle lui raconte « des choses » de son histoire. Qu'elle a connu sa première tournante à quatorze ans, qu'elle fut maquée à dix-sept par un proxénète de son quartier, qui lui commandait à coups de claques des pipes pour ses clients…

— Et tout le reste ! Alors inutile de me parler des hommes, j'ai eu mon taf !

Elle lui raconte encore, les yeux perdus au loin, qu'elle aurait « pourri » sur place si un caïd n'avait pas, pour elle, fumé son mac.

— Fumé ? Tu ne connais pas ? Tué, abattu d'un coup de feu !

Oui, elle avait vingt ans, elle était assommée de crac, mais encore sexy. Il voulut « l'emballer » sous prétexte qu'ils avaient été autrefois amoureux. Elle l'avait éconduit brutalement.

— Je me serais plutôt supprimée que de le laisser me baiser !

Elle eut de la chance : l'homme, Bernardo, avait compris : « Tu es gouine, tu as le droit. Fais ta vie, tu seras toujours mon amie, tu pourras toujours compter sur moi. » Et il tint parole. Il fit le vide autour d'elle, il lui paya sa piaule, il lui dégota un boulot de serveuse dans une bonne maison, sans jamais, pas une seule fois, lui tendre un piège !

Quelque deux ans plus tard, il dût quitter

précipitamment la région parisienne. Il partit « se refaire » à Grenoble. Il voulait qu'elle l'accompagne. Mais, à l'époque, elle s'était mise « à la bonne » avec une femme bien éduquée, qui, en échange des charmes de sa jeunesse, lui apprit à parler, à manger, à s'habiller, à écrire, « enfin tout ! ». Bernardo lui remit alors une enveloppe de gros billets, pour qu'elle puisse, « quand elle serait prête », prendre le train pour le rejoindre. Plus tard il lui écrivit pour lui donner son adresse.

Elle l'oublia, de même que l'enveloppe. Elle resta encore trois bonnes années en sécurité chez « Maîtresse », comme elle l'appelait (c'était une instit.). Elle était devenue « clean », elle travaillait dur et, même, elle suivait des cours de rattrapage « exprès pour zonards ».

Jusqu'à ce que « Maîtresse » soit mutée, en 1994. Elle se sentit à nouveau en danger. Elle se souvint de l'enveloppe que Bernardo lui avait laissée pour le rejoindre.

Seulement, elle se trompa de TGV !

— Cela peut te paraître absurde, mais c'est vrai. Je suis montée dans le mauvais train et je suis arrivée à Montpellier. Il faut te dire que je n'avais jamais pris le train, sauf le RER ; que je n'étais même jamais montée jusqu'aux Champs !

Quand elle sortit de la gare, à Montpellier, ce samedi ensoleillé de juin, elle fut comme ensorcelée. Jamais elle n'avait vu une pareille allée de palmiers géants ! Elle remonta la rue Maguelone jusqu'à la place de la Comédie, oublieuse de son erreur d'aiguillage, à l'écoute du brouhaha lointain. Quand elle arriva sur la place, elle crut accéder au paradis. C'était une fête joyeuse, des musiques, des jeux d'artistes, des jeunes qui riaient, des enfants avec des ballons qui volaient, des faiseurs de boniments, des saltimbanques, un air pur et tiède, un soleil chaud, la fontaine, plus loin l'ombre verte des immenses platanes et, tout à coup… Cette fille blonde, toute jeune, si peu vêtue, qui la frôla de sa peau de pêche, lui laissant en souvenir la senteur inoubliable de son parfum, comme une signature, puis qui se retourna, souriante, les yeux pétillants d'amour ! Splendeur du jour, elle en resta frissonnante de plaisir !

Ce ne fut qu'un rêve, mais, elle en était persuadée, ce fut pour le poursuivre qu'elle resta à Montpellier !

— Au point que, deux ans plus tard, tiens-toi bien, quand j'ai vu Sophie pour la première fois au Greta, deux ans plus tard, j'ai cru, vraiment cru, que j'avais retrouvé la fille de la place de la Comédie !

Elle résuma, tout à coup maussade :

— Je ne me suis pas simplement trompée de TGV. Je me suis trompée de vie. Regarde : tout ça pour me faire écharper !

Il se faisait tard, Jacques allait arriver. Jef partit rassembler ses affaires, pas grand-chose, de quoi remplir la valise cabine qu'il avait ramenée d'Égypte. Il était ému, déchiré. Il retourna vers la chambre des filles, où Patricia avait repris son rangement. Il s'approcha d'elle et voulut l'enlacer. Elle le repoussa gentiment.

— Je t'aime bien, mais ça, je ne peux pas. Ce n'est pas à cause de toi, tu le sais.

— OK, mais je suis comme ton « Bernardo », je ne veux pas te quitter.

— Écoute, on se reverra sûrement… Plus tard, ! Quand je serai Moi.

Elle le vit dépité :

— Je n'oublie pas. C'est moi qui t'ai récupéré. C'est moi qui t'ai sorti du trou. C'est moi qui t'ai entraîné dans cette galère. Remarque, je ne regrette pas, tu allais claquer ! Mais je suis responsable et je t'aime bien, plus que bien ! Toi aussi, il faut que tu quittes Montpellier. Il te faut cette rupture. Tu n'es plus de leur monde. Il te faut franchir le pas.

Elle fouilla dans son sac :

— … Attends ! J'ai un cadeau pour toi. Voilà, c'est l'enveloppe de Bernardo. Il avait vu large, il y a encore une liasse de billets dedans. Va le voir de ma part. Il tient une pizzeria, « La boîte à pizzas », je t'ai noté l'adresse. Avec le message que j'ai écrit sur l'enveloppe, il t'aidera. Surtout, ne lui dis pas que je retourne à la Mare Adam, il ne voudrait pas. Je te promets, je viendrai vous retrouver !

Ils s'embrassèrent, à la mode de Montpellier, trois fois, joue contre joue.

Montpellier, c'était fini. Il passa encore deux semaines à la Grande Motte, logé gratuitement dans le studio que Jacques y possédait, à arpenter en solitaire, dans le vent et la pluie, la plage où s'était formée sa relation avec les deux filles. Jacques obtint pour lui, du journal, une indemnité de départ. Quand il sut son projet, il l'approuva et lui rédigea une lettre de référence dithyrambique, à présenter de sa part à son ancien camarade de l'école de journalisme, Vincent Piala, devenu rédacteur à Grenoble.

Une dernière chose. Jef ne revit jamais Sophie, n'entendit même jamais parler d'elle.

***

.

Livre 3

Grenoble

8

Décembre 1998. À lire l'adresse de Bernardo, Jef s'était demandé si cette *Boîte à pizzas* existait déjà quand il habitait Grenoble. Elle était à moins de 500 mètres de leur appartement, mais dans une direction qu'il ne prenait, ni pour aller au foot, ni pour aller au collège, ni pour aller retrouver David. Du reste, sa famille ne se faisait jamais livrer de pizza ! Il n'avait aucune raison de s'en souvenir.

Il n'avait d'ailleurs pas eu l'intention de s'y rendre immédiatement. Il pensait d'abord retrouver sa bande de copains, celle dont il faisait partie, adolescent. Il s'installa à la MDE, la Maison des Étudiants, dans une chambre laissée libre pendant les vacances universitaires et, tout de suite, prit le chemin de la vieille ville. Sa première idée fut d'aller sonner chez David, son meilleur copain d'antan. Il l'avait perdu de vue et se doutait bien qu'il n'habitait plus là, mais il espérait que ses parents y seraient encore. Il se heurta à porte close, n'obtenant des voisins qu'une vague information sur une séparation des parents et l'engagement de David dans l'armée de l'air, à Salon de Provence. Il poursuivit son tour de quartier, croisa quelques têtes qui pouvaient évoquer d'anciennes connaissances, mais aucune qui lui donna envie de s'arrêter pour l'interroger. Il fut finalement accosté par un jeune beur qui lui rappela Hamid, le goal de son équipe de foot, qui s'avéra être lui, et de qui il obtint un maximum d'infos sur le quartier et sur un grand nombre des anciens joueurs, autant des Maghrébins que des Siciliens et Calabrais.

Ils s'étaient attablés dans un des bistrots de la place Notre Dame, où jamais ses parents ne l'auraient laissé entrer. Le vacarme, la musique aidant, était plus empreint d'arabe que de français. La loi Evin y était inconnue. Une fumée opaque obscurcissait la salle au point de ne pas voir ce qui se tramait au fond. Pourtant Jef prit plaisir à l'ambiance, qui lui rappelait celle du Caire. Hamid lui apprit la dispersion de son ancienne équipe de foot et, pour ce qu'il en disait, le sort peu enviable de la majorité de ses anciens coéquipiers. Ils se quittèrent en se promettant de se revoir, sans illusion.

Un peu plus loin, du côté de la place aux Herbes, il aperçut Monsieur Lenoir, son ancien prof de français. Celui-ci le croisa sans le voir ; mais quand Jef se fit connaître, il poussa un cri de joie.

— Mais, bon Dieu, Jef, mon meilleur élève ! Et un peu plus je ne te reconnaissais pas ! Formidable ! Mais tu es bien plus grand que moi ! Tu as un moment ? Je suis trop content !

Ils s'installèrent au Café de la Renaissance. Monsieur Lenoir savait déjà que Jef et toute sa famille étaient à Deir El-Bahari le jour de l'attentat. Son père avait écrit à ses anciens collègues qu'ils étaient tous sains et saufs. Il n'avait pas mentionné la mort de Catherine. Jef raconta.

— C'est abominable.

Il questionna Jef sur son parcours scolaire et sur ses projets. Jef lui annonça qu'il avait abandonné ses études universitaires et se destinait au journalisme, sans rien lui dévoiler de ce qu'il avait vécu.

— Bonne orientation, le journalisme, je veux dire le **grand** journalisme (il sous-entendait *Le Monde*, son quotidien de prédilection) ! Quelqu'un de ton intelligence doit pouvoir y accéder. Tu dois te réinscrire à la fac. Vise Normale-Sup… Au moins…

Jef mesura le fossé qui le séparait maintenant de son ancien monde. Patricia avait raison, il lui fallait franchir le pas !

Ils se quittèrent en s'engageant, là encore, à se revoir.

Jef chercha encore quelques jours à retrouver d'anciens copains du collège. Il apprit que Baptiste, autre de sa bande, était maintenant installé avec son amie au bout du cours Berriat. Ses parents lui communiquèrent fièrement le numéro de son téléphone portable, celui dont sa société de services l'avait pourvu. Baptiste était développeur, nouveau métier, qui le faisait se déplacer dans les grandes entreprises de l'agglomération. Il invita Jef à déjeuner au restaurant. Heureux de son sort, il n'entendit rien de ses épreuves. Avant de le quitter, pressé et stressé, il lui promit de réunir pour lui, un de ces samedis, tous ceux de la bande qu'il fréquentait encore. Jef le regarda s'engouffrer dans sa petite voiture tout astiquée et se sentit las. Qu'avait-il attendu de ces tentatives de retrouvailles ? Des souvenirs ? Un avenir ? De l'amitié ? Il ne retrouvait rien de tout cela. Il retourna à sa chambre, et n'en sortit plus que pour acheter de quoi manger.

Une semaine s'était écoulée. Il n'avait pas vu passer Noël. La fin d'année s'annonçait sans fanfare. Il s'installait de longues heures devant sa table de travail à contempler les deux enveloppes remises par Jacques et Patricia. La première, celle de Jacques, était blanche, fine et allongée. Y était porté, d'une belle écriture, le nom de son contact, Vincent Piala. La seconde, celle de Bernardo, en papier kraft marron, était chiffonnée et sale. Patricia y avait griffonné au stylo-bille son message et l'adresse de la *boîte à pizzas*.

Il fallait qu'il se décide.

***

Quand il descendit les marches du perron de la Maison des étudiants, en début d'après-midi, ce dernier lundi de décembre, il hésitait encore sur sa destination. Il prit la direction du journal grenoblois, tout simplement parce que le tramway l'y menait directement. Mal lui en prit. On lui refusa l'accès à la rédaction. C'est vrai que, passablement énervé, il fut très désagréable et finalement reconduit à la porte par l'agent de sécurité.

Cela le décida à rejoindre le quartier de l'Alma pour rendre visite à Bernardo dans sa *Boîte à pizzas*. Il la trouva sans difficulté, une dizaine de scooters solidement enchainés devant sa devanture. Il arriva au moment où un jeune gars en salopette bleue fermait la grille. Il apprit que « le patron » était rarement présent. On lui recommanda de repasser le soir même : Olga, la serveuse, lui dirait ce qu'il en était.

Il revint à sept heures, trop affamé pour attendre plus longtemps. Il s'installa à l'une des petites tables destinées aux clients consommant sur place et attendit qu'on vienne lui apporter la carte.

— Vous êtes bien Olga ?

Pas de réponse.

— Parce que j'ai un message pour Bernardo.

Elle le regarda, circonspecte.

— Quel message ?

— J'arrive de Montpellier. J'ai un message pour Bernardo.

Elle jeta un regard circulaire autour d'eux.

— Vous êtes qui, vous ?

— Je suis Jef, un ami de Patricia. Regardez, j'ai ça pour lui.

Il lui tendit la grande enveloppe kraft qu'il avait posée sur la table. Elle la saisit et parcourut rapidement le message que Patricia avait griffonné : « Bernardo, Jef est mon petit frère. Je te l'envoie en attendant qu'on se retrouve. Je te le confie, fais-lui franchir le pas. » C'était signé « Patricia, qui ne t'oublie pas ».

La serveuse eut comme un étourdissement et dut s'agripper à la table.

Jef s'inquiéta.

— Quelque chose ne va pas ?

Mais elle avait déjà repris son équilibre.

— Attendez-moi, je reviens.

Elle partit précipitamment vers le fond de la salle sans même avoir pris sa commande. Jef l'entendit grimper un escalier et claquer une porte. Puis plus rien.

Il eut tout le temps d'examiner soigneusement les lieux. C'était une longue pièce, donnant sur la rue par une large devanture et s'enfonçant loin, jusqu'à une cloison en verre opaque pourvue d'une porte. Le plafond portait un éclairage intense de néons blanchâtres. Le côté gauche de la salle était consacré à la « technique » : sur le devant, un comptoir où les livreurs venaient chercher leurs cartons de pizzas, à embarquer dans les coffres de leurs scooters. Derrière ce comptoir, le chef à la caisse et un espace de travail où deux marmitonnes, de blanc vêtu, roulaient la pâte et disposaient les garnitures, avant de les enfourner. Derrière elles, le très grand four à deux étages, suivi de casiers et de frigos, où se trouvaient entreposés les différents ingrédients.

Le côté droit était destiné aux livreurs en attente de leurs commandes ou aux clients consommant sur place. Des tables rustiques en bois vernis étaient disposées en désordre, probablement du fait des continuels mouvements des uns et des autres. La devanture, largement ouverte, soumettait les présents à un courant d'air froid chargé de vapeurs d'essence, qui tempérait les effluves puissantes venant du four à pizzas. Au fond, contre la cloison vitrée, s'élançait l'escalier où Olga avait disparu.

C'était visiblement une petite entreprise artisanale dynamique. Les livreurs, tous jeunes, étaient appelés à la desserte par celui qu'ils nommaient « Chef », et repartaient vers leurs montures, chargés de cartons. Le « Chef », qui se distinguait par ses cheveux gris et sa toque noire, était manifestement le seul autorisé à élever la voix.

Ce quasi-silence fut troublé par le bruit de pas précipités dans l'escalier. Il reconnut Olga qui revenait vers lui, le visage cramoisi.

— Je suis désolée pour la commande… Bernardo vous

demande de l'attendre. Il va arriver un peu tard.

Jef acquiesça et passa sa commande, la pizza la moins chère, une Margarita, et un Coca. Le temps qu'elle lui soit servie et qu'il l'ait dévorée, l'activité s'était réduite. Certains livreurs avaient bouclé leur service et déposé leurs casques et vestes colorées. Jef était le dernier client encore assis dans la salle. Las d'attendre, il se résigna à demander sa note d'un signe de la main. C'est en l'apportant qu'Olga lui annonça que Bernardo arrivait.

Et effectivement, il fut là, devant lui, avant même qu'elle ne se soit retirée, costaud bonhomme qui le toisa avant de porter son regard vers la grande enveloppe kraft, posée sur la table.

— Je la reconnais !

Il la saisit, la retourna, la palpa, et déchiffra le message que Patricia y avait porté. Il fixa Jef un long moment avant de l'apostropher d'une voix heureuse :

— Jef ? Donc tu es le petit frère de Patricia !

Il avait prononcé « petit frère » d'un ton enjoué. Jef se sentit obligé de nuancer :

— C'est sa façon de dire.

Le regard de Bernardo circulait du message de Patricia au visage de Jef.

— Et elle crèche à Montpellier ?

Jef acquiesça.

— Et elle te confie à moi !

Jef n'avait pas imaginé un Bernardo au profil de rugbyman ! Il était aussi grand que lui, mais bien plus massif. Crâne et barbe rasés de près, large visage aux yeux scrutateurs, gestuelle chaleureuse.

Bernardo lui prit la main entre les deux siennes et s'assit face à lui.

— Cinq ans que je n'ai pas de nouvelles. Raconte !

Il appela Olga.

— Tu nous apportes une *spéciale* et une bouteille de Saint-Jo... Et deux verres.

Puis il se rapprocha de Jef et attendit.

Jef fit l'impasse sur les circonstances de leur rencontre et sur leur vécu partagé. Il ne parla que d'elle. Il décrivit son parcours professionnel, des premiers petits boulots à la formation au Greta ; du Greta vers le Service de la Scolarité de l'université. Il insista sur l'habileté avec laquelle elle utilisa sa place à l'université pour se faire recruter comme correspondante du journal local. Il en était à louer sa détermination à devenir journaliste, quand Bernardo manifesta nerveusement son insatisfaction, l'appelant par gestes brusques à « passer » sur ces épisodes. Jef comprit qu'il voulait autre chose, de plus personnel, de plus intime. Il tricha :

— Elle va bien. Elle vit avec son amie Sophie depuis deux ans.

Bernardo encaissa.

— J'aurais encore préféré que tu sois son mec.

Il marqua un temps de réflexion.

— Patricia n'est pas une véritable homosexuelle. Elle l'est par dépit des hommes.

***

La pizza était devant eux, prédécoupée sur une plaque en alu, ainsi que la bouteille et les verres. La salle était silencieuse. Les livreurs avaient remisé leurs scooters avant de s'éclipser. Restaient Olga, les deux marmitonnes et le « chef », qui attendaient le bon vouloir de Bernardo. Sans se lever, il passa la consigne :

— C'est bon, vous bouclez. Nous, on monte.

Et, se saisissant de la pizza et de la bouteille, désignant à Jef, d'un coup de menton, l'enveloppe, les couverts et les verres, il se dirigea vers le fond de la salle.

Ils prirent l'escalier. Il menait par deux coudes sur un palier qui donnait lui-même sur trois portes, dont l'une ouverte, qu'ils franchirent. La pièce était sombre, éclairée seulement par le pâle faisceau d'une lampe de bureau, ce qui empêcha Jef de se faire une idée précise du lieu. Ils s'installèrent à l'angle de ce qui devait être une grande table de travail. Bernardo déboucha la bouteille et leur servit un vin dont le parfum envoûtant se mêla à celui, appétissant, de la pizza. Il choqua son verre qu'il but d'un trait.

— C'est mon repaire. N'y pénètre pas qui veut ! Il t'est ouvert parce que tu es l'envoyé de Patricia. Bien maigrichon, le petit frère ! Mange, c'est pour toi.

Jef ne résista pas, laissant Bernardo évoquer le passé de Patricia, des choses qu'il connaissait et d'autres pas.

— Comme tu me vois, j'ai trente-cinq ans. On était du même quartier. Je me souviens de l'avoir déjà zyeutée quand elle était au collège. J'ai su pour la tournante. C'était Siaka et quelques-uns de sa bande. Tout se sait dans le quartier ; il n'y avait que les flics à ne rien savoir.

Et il raconta…

— Quand cela s'est passé j'avais dix-huit ans. Je roulais ma bosse dans Chaville ; j'étais mitron, je commençais tôt le matin et j'avais mes après-midis. Je trafiquais dans le quartier pour améliorer l'ordinaire. Elle avait à peine quatorze ans mais ce n'était plus une gamine. Elle était bluffante ! Vive, solide, nature, dans un univers de poupées frêles et badigeonnées. Je suis allé la trouver à la sortie du collège : « Maintenant, si quelqu'un te cherche, tu viens me voir ». Je lui ai fixé, pour me retrouver, le camion à pizza, tous les soirs, à l'ouverture. Elle est venue me prévenir qu'ils recommençaient à la harceler. Je savais cogner ; il y en eut quelques-uns sur le carreau. Il ne fut plus question d'agressions. Elle a continué à venir me retrouver. On flânait, on allait au ciné, au bal. J'ai tout de suite été amoureux fou ! Mais au début je pouvais juste lui tenir la main et l'embrasser sur les joues. Elle se débattait quand j'essayais de la caresser. Si je parlais de faire l'amour, elle disparaissait et je ne la voyais plus pendant des jours. Mais je comprenais, j'étais patient. On s'est fréquenté pendant trois ans. Avec le temps elle s'est un peu détendue ; je lui ai juré de l'aimer toujours.

Il marqua une pause et poursuivit.

— Puis j'ai déconné. Je trafiquais de plus en plus. Je me suis fait prendre. Peut-être que j'ai été dénoncé. J'ai fait de la taule, deux ans, coupé de tout, coupé d'elle, aucune nouvelle, pas une lettre. Un jour, par un taulard, j'ai appris qu'elle était maquée avec le grand noir, Siaka. Quand je suis sorti, j'étais au désespoir. J'ai bien vu qu'elle était avec Siaka. J'ai cru que c'était son choix. Quand je la croisais dans le quartier, elle tournait la tête, elle m'évitait. En fait, elle avait honte mais je n'ai pas compris tout de suite. Son QG, à Siaka, c'était un bar, un peu plus bas dans Chaville. Il trafiquait, il avait repris mes clients. J'ai surveillé : il arrivait avec elle en fin d'après-midi. Ils rentraient dans le bar, puis Siaka ressortait seul et s'asseyait à la terrasse. Pourtant c'était l'hiver. Là, il y avait du monde qui passait le voir, qui entrait, qui sortait. J'ai compris qu'il la prostituait. Un jour je me suis décidé. J'ai approché du bar. Il m'a reconnu, arrêté au passage : « Tu veux quoi ? » « Je veux voir Patricia ». « Alors tu raques ». Cette première fois, je me suis dégonflé. Puis je suis revenu et je suis rentré sans me laisser arrêter. J'ai demandé au barman « Patricia ? » Il avait visiblement peur, mais il m'a quand même indiqué des yeux une porte au fond de la salle. Je ne l'ai jamais atteinte. Ils m'ont saisi à trois et m'ont cogné en me faisant la leçon : « Si tu l'approches encore on te crève ! », puis ils m'ont jeté dehors. J'ai voulu faire autrement. Je savais où elle créchait. J'ai attendu qu'elle sorte faire des courses. Je l'ai accostée, juste accostée. Elle m'a supplié de la laisser, que je la mettais en danger. J'ai insisté, je voulais savoir. Elle s'est mise à courir, j'ai aussi couru. Elle s'est arrêtée, je me rappelle, elle pleurait, elle me suppliait. Je l'ai laissée repartir. Le lendemain, je me suis fait détruire. Ils m'ont pris par surprise, ils m'ont cogné, ils m'ont embarqué. Ils m'ont laissé en morceaux sur un terrain vague, KO. Quelqu'un a appelé le SAMU. Je me suis retrouvé à l'hôpital. J'ai encore un genou qui déconne. Quand je suis sorti, ils me narguaient. Peut-être à cause de moi, ils l'ont bousillée encore plus : piquée, battue, violée à plusieurs, torturée, enfin tout. Je l'ai vue lentement s'étioler, son visage devenir cadavérique. J'ai vu les picouses sur ses avant-bras, les traces des coups.

Jef avait posé ses couverts depuis longtemps. Courbé sur sa chaise, les coudes sur la table, la tête entre ses mains, il écoutait, abasourdi.

— Je ne savais pas. Je vivais chez elle, je la côtoyais tous les jours, et elle ne m'avait rien dit !

Bernardo poursuivit sans même l'entendre

— Un jour je me suis décidé. J'ai fait ce qu'il fallait pour la sauver. Siaka ne s'est pas jeté tout seul dans la Seine. Je lui ai mis une balle dans la tête ; ça, elle te l'a sûrement raconté ! Mais quand je suis venu la chercher, c'était trop tard, elle était folledingue. Elle m'a balancé un couteau ! Je l'aimais toujours autant. Alors, pendant deux ans, j'ai tout fait pour qu'elle puisse se reconstruire ; je l'ai protégée, je lui ai payé sa chambre, sa bouffe, j'ai payé pour qu'on l'emploie et pour tous les dégâts qu'elle faisait. Je me suis même payé une psychologue pour savoir. J'ai tout encaissé, ses rebuffades, ses crises, jusqu'à cette belle dame qui l'a ensorcelée ! La psychologue m'avait dit que cela faisait partie de sa reconquête. Tout cela coûtait cher. J'ai repris mon trafic. Siaka éliminé, j'ai pu monter un réseau : quelques gars qui dealaient pour moi. Je suis redevenu le caïd du coin. C'est comme cela que Patricia m'appelait : « le caïd ! ». J'ai rempli ma tirelire, avec l'idée de la sauver.

Il s'interrompt, les yeux dans le vague.

— Puis les flics m'ont repéré. Ils continuaient à enquêter sur la mort de Siaka. Comme j'avais pris sa place sur le quartier je devenais le suspect n° 1. Le frère de Siaka en a profité. Il m'a menacé : Je devais partir. C'est là que j'ai décidé d'emmener Patricia avec moi. J'avais 24 heures pour la convaincre. J'ai échoué. Je lui ai laissé cette enveloppe, avec les biftons. Elle ne m'a pas rejointe.

Voilà l'histoire.

***

Il se versa un nouveau verre qu'il but à petites gorgées, observant Jef dans la pénombre.

— Et comment tu as fait, toi, pour devenir son « petit

frère » ?… Non ! Laisse, je m'en fous ! Juste épatant de savoir qu'elle n'est pas perdue. On en discutera plus tard. On va d'abord s'occuper de toi. D'abord le turbin !

Bernardo savait : le Chef allait le former au métier.

— Tu vas tout apprendre, tu vas passer par les différents postes, comme j'ai fait ! Je veillerai. Quand tu seras expert, tu pourras commander ici pour moi. Je ne suis pas souvent là : trop dangereux.

À l'entendre, c'était chose faite. Jef aurait voulu lui exposer son propre projet, lui faire part de la lettre d'introduction de Jacques, lui communiquer son enthousiasme pour le journalisme. Il s'y essaya timidement.

— À vrai dire, je pense regarder du côté du journal local…

— Journaliste ? Rien de bon là-dedans, tu y perdrais ton âme. Si Patricia t'envoie à moi, c'est pour que tu travailles chez moi.

Puis il changea de sujet.

— Maintenant raconte-moi. Qui es-tu ? Vas-y, on a le temps.

Jef repoussa le quart de pizza qui restait, le verre de Saint-Jo à peine touché et commença son « histoire » par l'attentat de Deir El-Bahari. Il se força à rester distant de la tragédie, à occulter le pire. Il allait réussir à maîtriser son émotion. Bernardo l'écoutait sans broncher. Il allait aborder la suite, Montpellier, sa déprime, Patricia. Mais juste là, dans le silence, sa rage le rattrapa et, d'un seul trait, sans reprendre son souffle, bientôt debout, il raconta la mort de Catherine et sa haine des barbares qui l'avaient assassinée.

Il s'était rassis, plutôt écroulé sur sa chaise, toujours culpabilisé de ne pas l'avoir sauvée. Il aurait voulu partir, disparaître. Mais Bernardo, d'un large lancé du bras, envoya restes de pizzas, verres et bouteille au travers de la table, s'éclater bruyamment au sol.

— Tu as raison, des barbares !

Jef le fixa, stupéfait.

— Oui, tu as raison ce sont des barbares qui méritent

pire que la mort. Mais certainement pas que tu t'apitoies sur ton sort !

Bernardo avait repris les choses en main :

— Là, tout de suite, il te faut un pieu. Et demain on verra pour une piaule et la semaine prochaine tu commences à travailler à la cuisine.

Jef, sous le choc de ce geste fort, ne chercha pas à le dissuader. Il ferait en sorte, le lendemain, de lui expliquer sa situation. Bernardo le conduisit à un cagibi qui jouxtait la pièce, déplia un fauteuil en mousse qui prit la forme d'un lit étroit et y déposa un sac de couchage. Il disparut sans autre commentaire.

***

9

Jef mit quelque temps à y voir clair. Il fut d'abord ébloui par les présents de Bernardo puis seulement s'interrogea sur le sens du tout.

Dès le lendemain matin, c'est-à-dire le mardi 29 décembre, au réveil, il retrouva Olga, seule, assise dans la grande salle. Bernardo était déjà reparti : « Il te verra demain soir, à son retour ». La Boîte à pizzas n'ouvrait qu'à 11 heures, et elle-même devait se rendre aux Halles Sainte-Claire. Elle lui annonça qu'un certain Toni l'attendait au Café de France, juste à côté, pour lui faire visiter une piaule. Elle lui apporta un grand bol de café et une demi-baguette beurrée, et, il eut beau essayer de l'en dissuader, elle s'installa face à lui - « Je dois de toute façon t'attendre pour fermer » - à le dévisager sans mot dire.

Toni était un petit bonhomme rondouillard et chauve, au fort accent italien. Jef se souvint l'avoir déjà vu quatre ans en arrière, traînant dans le quartier. Il lui raconta sur le zinc qu'il avait été réveillé ce matin très tôt par Bernardo, avec la consigne de trouver illico « une piaule propre, pour un nouveau ». Il se lamenta de la dégradation de l'offre, du fait des réhabilitations entreprises par la Ville, qui se chargeait de louer ou vendre elle-même les logements rénovés. Mais,

« pour Monsieur Bernardo », il avait quelque chose de « très bien et pas cher » qu'il allait lui présenter.

Jef ne discuta de rien, ni de l'escalier délabré qui menait sous les toits, ni de la sous-pente qui réduisait la partie haute de la pièce à la largeur d'un couloir, ni des WC à la turque sur le palier, ni de l'odeur âcre qui venait d'un réduit squatté par un vagabond, ni même du loyer. Il demanda juste une porte, « une vraie porte qui ferme », ce qui lui fut accordé.

Le deuxième cadeau de Bernardo, qu'il accepta cette fois-ci avec un peu d'embarras, fut le « coup de propre » à la mansarde, commandé à Olga et au jeune gars en salopette bleue qu'il avait vu le premier jour (il s'appelait Idir et était chargé de l'entretien).

Bernardo lui en fit part, à son retour, le mercredi soir, 30 décembre, au cours du dîner.

— Tu vas emménager à la fin de la semaine. J'ai demandé à Olga et Idir de t'aider.

Tête baissée, sourire aux lèvres, il fit la sourde oreille aux remerciements murmurés par Jef. Il en profita, troisième présent, pour le convier au réveillon.

— Demain soir nous sommes fermés. On réveillonne ici, entre nous. Tu es des nôtres.

Il dut sentir une hésitation chez Jef. Il lui saisit vigoureusement les épaules.

— Je dis bien : tu es des nôtres ! À moins que tu ne veuilles trahir Patricia et m'insulter ?

Aucun doute, c'était un ordre !

Indisposé par cette injonction, il osa se lancer.

— Justement, à propos de Patricia, je dois te dire quelque chose.

— Quoi ?

— Quand elle a quitté Chaville, en 1994, c'était pour venir te rejoindre, ici, à Grenoble.

— Je ne comprends pas.

— Elle s'est trompée de quai, oui ! Elle est arrivée à Montpellier et elle y est restée.

— Mais pourquoi ? Elle avait l'argent pour repartir.

Jef se souvenait parfaitement de la scène que Patricia lui avait racontée : la place de la Comédie, le soleil, la fête, surtout cette jolie fille au parfum envoûtant…

— Pourquoi ? Je ne sais pas… Elle avait peut-être changé d'avis…

— Cela n'a aucun sens.

Ils étaient là tous les deux, perdus dans leurs pensées. Pour briser le silence, Jef entreprit de raconter son sauvetage par Patricia, la communauté fraternelle. Mais Bernardo n'écoutait plus.

Il se leva, murmura « on t'attend demain soir » et se dirigea vers l'escalier.

***

Ce fut une soirée de fête ! Jef se présenta tôt. Ils étaient une dizaine à la préparer, des jeunes agités et bruyants. Idir le conduisit à une table où l'on épluchait des pommes de terre. Il y retrouva Olga qui lui présenta les quatre autres présents, livreurs et préparatrices. Tous rirent, surtout sa voisine, Amélie, de son embarras à prendre en main l'économe qu'elle lui tendait. Tous, ensuite, manifestèrent un enthousiasme taquin quand il planta l'ustensile dans sa première pomme de terre.

Il venait de se faire sa place dans le groupe et s'y trouva très à l'aise toute la soirée. Il chanta avec eux, il dansa avec elles, il s'esclaffa de leurs blagues, il écouta leurs sagas et quand ce fut son tour de raconter la sienne, il esquiva en offrant ses services comme disc-jockey. À zéro heure, il fit la bise à toutes et à tous et se joignit à la farandole qui s'élança dans le quartier. Au retour, il but peut-être un peu trop, ce qui le fit sombrer au petit matin, la tête posée sur l'épaule d'Amélie, alors que tous les autres se démenaient à remettre de l'ordre.

Ce ne fut qu'une fois rentré dans sa chambre de la Maison des étudiants qu'il réalisa n'avoir pas côtoyé Bernardo de toute cette soirée, n'avoir pas une fois échangé avec lui, ne lui avoir même pas souhaité la nouvelle année. Il se souvint de l'avoir vu derrière le comptoir, rinçant des verres, l'avoir vu une autre fois transportant un lot de caisses de bières, l'avoir vu enfin en retrait, appuyé au mur, l'observant. Bien sûr, il y avait la différence d'âge entre cette bande de jeunes et lui, le patriarche de trente-cinq ans. Mais le Chef en avait bien plus, ainsi que sa femme, et ils s'étaient mêlés aux autres sans scrupule. Justement, en y repensant, il ne l'avait vu que seul ! Non pas que les autres se soient particulièrement affichés en couple : les danses disco mêlaient garçons et filles, et les baisers furent échangés entre tous pour la nouvelle année.

Mais lui, Bernardo, était resté seul, dans son coin.

Il dormit tard ce jour de l'an. Au réveil, déjà l'après-midi, il passa en revue sa nouvelle vie : la Boîte à pizzas, Bernardo, l'équipe « d'entr'nous », la fête, sa nouvelle piaule ! Justement, à propos de la piaule, n'était-il pas convenu qu'ils se retrouvent, Olga, Idir et lui, pour donner un coup de propre ?

Il courut jusqu'à la Boîte : fermée. Il courut à sa mansarde. Il les entendit chanter de l'escalier. L'odeur forte de peinture fraîche avait pris le dessus sur l'odeur de pisse.

— On peint tout en blanc.

Idir s'était attaqué au grand mur aveugle, coté nord. Olga, accroupie, finissait de peindre le mur sud, haut d'un demi-mètre, sur lequel reposait la sous-pente, traversée par deux lucarnes. Ils s'interrompirent pour le saluer.

— On t'a laissé la sous-pente. T'es le plus grand. S'il le faut, il y a la chaise.

C'était l'unique chaise, qu'ils avaient montée avec le matériel de peinture et les tenues adéquates. Ils avaient posé à côté quelques restes des festivités de la veille, une bouteille de rouge et des couverts. Idir prit les choses en main.

— On mange !

Ils s'assirent à même le sol. Olga et Idir rirent de bon cœur quand Jef voulut les remercier.

— Tu ne crois pas qu'on fait ça pour rien ? Tu ne sais pas ce qui t'attend !

Jef voulait comprendre.

— C'est quoi qui m'attend ?

Les deux se regardèrent, amusés. Olga répondit :

— De la solidarité ! C'est la règle édictée par Bernardo !

— Et c'est qui, ce Bernardo ?

C'est Idir, cette fois, qui lui répondit.

— C'est le patron. Il n'est pas souvent là, mais il nous fait confiance, on fait tourner la Boîte entre nous. Regarde, moi : je fais mon boulot et pour le reste je suis là quand je veux…

Petit silence accompagné d'un regard espiègle,

— …C'est-à-dire, pour les repas, pour des sorties, pour les fêtes… Pas vrai Olga ?

Olga le rabroua - « Ne t'en vante pas ! » - avant de s'adresser à Jef :

— C'est ce qu'on appelle « l'entr'nous ». Tu découvriras par toi-même puisque, parait-il, tu vas être des nôtres !

Jef prit peur !

— Des nôtres…Qui a dit ça ?

— Qui tu veux que ce soit ? Bernardo, bien sûr ! Sur ce, je vous laisse, je vais prendre mon service.

— Non, pas question que je sois des vôtres ! C'est quoi ce bonhomme qui veut décider pour moi ? Je veux être journaliste ; ni marmiton, ni coursier. On dirait qu'il vous mène à la baguette. Très peu pour moi.

Idir le fixa, offusqué.

— Comment tu peux dire ça ! Tu parles mal de lui, alors qu'il t'offre l'hospitalité !

— Juste, je le trouve bizarre. Déjà toute la soirée du réveillon, il est resté seul, dans son coin. Il n'a pas dansé, il n'a participé à rien. Son amoureuse lui manque toujours ?

Idir désigna Olga, déjà dans l'escalier, d'un hochement de tête :

— Je ne sais pas de quoi tu parles…C'est elle, son amoureuse !

— Je ne pige pas…Ils ne se sont même pas parlé au réveillon.

Ils entendirent Olga s'esclaffer.

— Faut pas chercher à comprendre, glissa Idir. Il est comme ça. Tant qu'Olga y trouve son compte…

***

Toute la journée du lendemain, qu'ils passèrent ensemble à peindre puis à transporter quelques meubles depuis la remise, Olga et lui ne se regardèrent plus pareil. Quelque part, ils se voyaient, l'un l'autre, comme intrus dans la vie de Bernardo. Que venait-il faire, ce grand escogriffe, à raviver la flamme de Bernardo pour cette « Patricia » ? Que faisait-elle, cette intrigante, aux côtés de Bernardo, à squatter la place de sa Patricia ?

D'une façon ou d'une autre, tout cela vint aux oreilles de Bernardo. Il réapparut le samedi soir. La Boîte était en pleine surchauffe. Les marmitonnes enfournaient une pizza après l'autre. Les livreurs, à peine rentrés de course, étaient houspillés par le Chef. La salle était comble. Olga s'activait à servir toutes les tables. Jef venait juste de descendre de sa mansarde, le visage encore maculé de peinture, les vêtements chiffonnés et sales. Il s'était remisé tout au bout du comptoir pour ne pas gêner, se demandant comment obtenir quelque chose à manger.

Bernardo se figea sur le seuil de la devanture. Les uns et les autres, livreurs, marmitonnes, Chef, et même Olga, poursuivirent leur service sans lui porter la moindre attention. Il parcourut la salle de son regard scrutateur, jusqu'à fixer Jef et se diriger vers lui.

— Tu ne vois pas que tu gênes ici ! Monte, je te rejoins.

Jef obtempéra. Arrivé sur le palier, il trouva les portes fermées. Il ouvrit au hasard l'une d'entre elles, et éclaira ce qu'il devina être la chambre de Bernardo. Gêné, il éteignit immédiatement et referma la porte. Mais l'image resta gravée sur sa rétine : le lit défait, la robe rouge d'Olga, celle qu'elle portait au réveillon, et cette grande affiche au mur, dessin d'un homme féroce, prêt à écharper d'un couteau quiconque se présentera. Il ouvrit plus prudemment une autre porte, et reconnut la grande table de travail au coin de laquelle il avait déjà été convié.

Il alluma, s'assit et attendit. Bernardo prit du temps pour venir. Assez pour que sa tête vagabonde. Ce message de Patricia, griffonné sur l'enveloppe : …Jef est mon petit frère… je te le confie…fais-lui franchir le pas… Mais il ne voulait pas rester le *petit* frère. Franchir le pas, oui, mais pour aller où ? Il cherchait, c'était le noir.

— Donc, il t'intrigue, ce « Bonhomme » ! À propos, l'instruit, on ne dit pas « C'est **quoi,** ce bonhomme ? », on dit « **Qui** est cet homme ! »

C'était Bernardo, les couverts en main, accompagné d'Olga, chargée de deux plaques de pizzas. Elle les posa sans même regarder Jef et repartit. Bernardo mit tout en place, puis fixa Jef, raide, sévère.

— Dis-toi bien une chose. Tu es parmi nous par délégation ! Cela ne te donne pas le droit de semer la merde. Patricia t'a confié à moi, alors tu fais comme je te dis.

— Mais…

— Tu ne dis rien. Tu commences par écouter. Il faut que tu saches pour Patricia. Ici, c'est chez elle, quand elle veut, comme elle veut. Je ne sais pas pourquoi ce n'est pas elle qui a débarqué la semaine dernière. Je ne sais pas pourquoi elle t'envoie, mais certainement pas pour que tu m'espionnes. Quand elle viendra, elle décidera de tout. En attendant tu fais ce que je te dis, boulot compris, ou tu te barres !

Ils s'installèrent face à face, le nez dans leurs pizzas, le silence juste troublé par le brouhaha de la salle, les appels du « Chef », les chaises qui raclent. Jef, ébranlé, se força tout de même à tout manger. Quand ils eurent fini, Bernardo se leva pour desservir la table et retint Jef quand il voulut en faire autant. Chargé du tout, de la porte, il l'interpella.

— Tu as laissé l'enveloppe sur la table l'autre soir. N'oublie pas de la récupérer.

— Mais… c'est Patricia, c'est ton argent, je n'y ai pas touché.

— Tu vois ça avec Patricia. Tu récupères l'enveloppe. Et ce n'est pas la peine de te montrer lundi, ni jamais plus, si ce n'est pas pour venir travailler.

Jef se sentit écrasé, rejeté. De rage il aboya ce que, jusque-là, il avait voulu lui épargner.

— Si tu veux savoir, je l'ai vue, moi, Patricia, vivre avec Sophie. Il vaut mieux ne pas te faire d'illusion ; elle est lesbienne à vie !

Bernardo s'immobilisa, comme frappé dans le dos. Très lentement, indécis, il se retourna. À la contraction de ses muscles, on aurait pu penser qu'il allait se jeter sur Jef. Mais finalement il se détendit. Un sourire moqueur aux lèvres, il lui assena :

— Oublie-moi, petit frère ! Tu n'es pas des nôtres.

***

10

Jef ne voulait être ni un « petit frère » servile, ni un « d'entr'nous » par délégation. Dès le lendemain de cette altercation, il prit ses distances avec la Boîte à pizzas. Pendant tout l'hiver 1999, tout le printemps, jusqu'à l'été, il ne fit pas une seule fois signe à Bernardo, ni ne pénétra dans son établissement. Il s'évertua même à faire un détour quand il n'était pas certain que la devanture soit fermée.

Probablement que son cœur avait quelque mal à entériner ce que sa fierté avait commandé. Il se souvint que certains de la Boîte à pizzas s'arrêtaient le matin au bistrot voisin, le Café de France, avant de se rendre au travail. Il prit l'habitude d'y venir à l'heure du petit-déjeuner et d'y traîner le temps de les côtoyer. Les coursiers y faisaient souvent une halte, avec toujours quelques aventures à raconter. Idir venait le saluer et lui parlait des « entr'nous » comme si de rien n'était : « Hier soir, on a battu notre record : plus de deux cents pizzas », « On est allés dimanche tous ensemble à la foire », « Bernardo nous a passé un sacré savon », etc.

Mais ces bavardages conviviaux ne devaient pas lui suffire puisque, au sortir du bistrot, il battait le pavé des rues du quartier jusqu'à y croiser Amélie, sur le chemin de son travail. Ils s'arrêtaient, face à face, indécis, à se dire, les premières fois, de brèves choses banales, avant de reprendre chacun leur route. Le hasard se répéta jusqu'à ce jour où elle l'interrogea par surprise :

— C'est quoi, ce métier que tu veux faire ? Tu peux m'expliquer un peu ?

Était-ce pour ses beaux yeux (véritablement très beaux), ou pour se mettre en valeur ? En tout cas il ne refusa pas de se raconter, ce qui fut à l'origine de leurs déambulations bavardes dans le quartier.

Il aimait bien son indiscrétion naïve et ses réparties comiques. Au point qu'il se prit au jeu de simplement lui plaire. Bientôt, ils passèrent ces moments ensemble à s'amuser de bon cœur de tout et de rien.

Le soir, une fois couché, son rire en crécelles venait de plus en plus souvent s'immiscer dans ses rêveries. Il fusait de son visage radieux, troublant son assoupissement. Mais la vision d'elle s'arrêtait là et pour cause : il ne l'avait encore jamais déshabillée des yeux. Quand il plongeait plus avant dans le sommeil, c'était toujours le corps chaud de Catherine qui l'accompagnait.

***

Ces quelques rapprochements ne le dissuadèrent pas de poursuivre son objectif : être « moi » comme il l'entendait : autonome et… journaliste. Il pourrait alors être reçu par Bernardo en homme « libre », et devenir de plein droit l'un des « entr'nous ».

Il lui fallut six mois de galère pour approcher du but. Il commença dès le dimanche qui suivit son « expulsion » à bâtir son plan de bataille. Il choisit de ne pas gaspiller d'emblée sa meilleure cartouche, cette lettre de recommandation de Jacques, son ancien chef. Sa courte expérience au journal de Montpellier lui suggérait de tenter d'entrer par la petite porte plutôt que de se présenter à la grande. Il y avait constaté, là-bas, une multitude d'opportunités de « petits boulots » et aucun engagement de journaliste. En gros cela signifiait qu'il ne fallait pas postuler d'emblée un tel poste. Ce ne serait qu'une fois bien établi dans la « maison » qu'il pourrait faire valoir cette mirifique recommandation.

Il commença par préparer un « book » de ses anciennes contributions au journal de Montpellier et plus particulièrement aux suppléments touristiques de l'été. Il rédigea une lettre de motivation, et tordit suffisamment la réalité pour que son CV donne envie de l'employer. Il accapara tous les matins l'exemplaire du journal que le Café de France mettait à la disposition de ses clients, et l'éplucha en détail, retenant notamment les noms des différents chroniqueurs et correspondants. Restait le plus dur : trouver une porte d'entrée, sachant que l'envoi simple de sa candidature par la poste serait voué à l'échec.

Il fit une première tentative début février. Ce matin-là les habitués du Café de France se disputaient le journal à propos d'un article qui relatait un vol de sac à l'arraché, commis dans le quartier. Faute de pouvoir l'emprunter, Jef écouta attentivement tous les commentaires et plus particulièrement ceux d'un témoin de la scène qui ne retrouvait pas, dans le très court texte, la description du mode opératoire de l'agresseur, à savoir l'utilisation cruelle d'une bombe lacrymogène pour réduire la résistance de la jeune dame. Il monta dans sa chambre et passa la matinée à rédiger un « papier » relatant ce témoignage. Il s'appliqua à lui donner un style policier, à dramatiser la scène du vol, à valoriser le courage de la dame, jusqu'à créer un suspens en ne révélant l'arme diabolique du délinquant qu'en toute fin. Il introduisit le texte par son nom et ses coordonnées, et précisa en caractères majuscules, qu'il était « À publier ». Il le relut soigneusement, s'assura de l'orthographe, puis glissa les deux feuillets, ainsi que son CV, dans une enveloppe qu'il alla immédiatement déposer à la rédaction du journal. Il passa l'après-midi, impatient, à se promener dans le quartier, à y observer toutes choses, comme si c'était là, maintenant, son nouveau terrain de chasse. Il retourna au Café de France en début de soirée, pour raconter à Victor, le patron, son exploit du jour.

Le lendemain matin, il se leva plus tôt que d'habitude afin de se présenter au Café de France dès son ouverture. Le journal était sur le bar, pas encore ouvert.

— Je peux ?

Victor, occupé à mettre en place tables et chaises, ne répondit même pas. Jef chercha son article d'abord sur la première page des faits divers, puis sur la page « Grenoble ». Il eut beau explorer ces pages et les suivantes, rien, rien de rien, pas la moindre mention de son papier. Victor le trouva écroulé sur le bar et comprit que son « exploit » de la veille avait échoué. Il lui offrit un café pour le consoler et lui conseilla d'aller les interroger en direct.

Il n'en fit rien, il se retira dans sa chambre et y resta toute la journée. Quand il sortit c'était l'heure de l'apéro du soir. Il retourna au Café de France chercher quelques réconforts. La salle était pleine des habitués, debout, un verre à la main, à commenter la journée. Et justement, le « buzz » de la journée était la déception du jeune Jef dont l'article, imaginé ici même, avait été censuré par le journal ! Jef fut accueilli et consolé par des tournées de petits blancs, de pastis et de bières. Trop engourdi par l'alcool, il ne prêta pas attention au vieil homme qui vint, le verre à la main, lui dire à quel point il comprenait sa déception, étant lui-même correspondant pigiste et parfois victime de non-parutions.

Ce ne fut que le lendemain matin, en revoyant le même vieil homme boire son café sur le zinc, que le souvenir de la scène lui revint. Il se précipita vers lui.

— Vous m'avez dit, je crois, que vous étiez pigiste pour le journal ?

— Oui, jeune homme ! À propos, c'était bien votre idée, mais ce n'est pas comme ça qu'il faut procéder. Il faut adresser vos observations au « courrier des lecteurs » et elles seront publiées sous quinze jours environ, si le service les valide.

— Merci, mais je voulais que cela paraisse sous forme d'un article.

— Ce n'est pas possible. Moi-même, je n'ai pas le droit

de relater les faits divers. Je dois alerter le journaliste concerné.

— Justement, je veux être journaliste.

— Mais, jeune homme, ça ne se fait pas comme ça ! Il faut faire une école pour devenir journaliste. Venez vous asseoir, je vais vous expliquer.

Il commença ce qui devait être un long développement insipide sur la formation au métier de journaliste. Mais Jef l'interrompit pour lui raconter son passé de « journaliste » à Montpellier et lui faire part de son intention de travailler pour le journal local.

— Vous tombez mal, on est en période de restrictions. Ils ont plus tendance à licencier qu'à recruter. Vous devriez plutôt regardez du côté « pigiste » : je pourrai peut-être vous aider.

Jef fit la moue. Non, lui assena-t-il, « pigiste, ce n'est pas un métier ! » Il voulait devenir un « vrai journaliste ».

Le petit vieux, Georges en l'occurrence, le prit de haut, et se leva pour partir.

— Eh bien, tant pis pour vous ! Posez-la, votre candidature, Môsieur le Journaliste !

Jef comprit qu'il allait rater quelque chose et le retint par la manche.

— Attendez ! Et c'est comment le métier de « correspondant » ?

— Pas « correspondant » : Correspondant de Presse, Monsieur ! Je vais vous expliquer…

Il prit une bonne heure et quelques verres de Chablis à lui présenter son fabuleux métier. Cela faisait trente-deux ans qu'il l'exerçait. Pas à plein temps (il avait été par ailleurs agent postal), mais ce temps-là était passionnant. Il couvrait tous les « évènements » du quartier : braderies, assemblées de l'union de quartier, concerts, épreuves sportives, sorties des anciens, etc. Tout le monde le connaissait, le saluait, d'une certaine façon lui était obligé. Il raconta quelques anecdotes, comme la sortie à Turin, en bus, du club des Italiens, à laquelle il s'était joint. À Turin, ce fut la grande dispersion et la moitié des passagers manquaient à l'heure du retour. Il fallut que lui, journaliste, s'adresse à ses « collègues » de *Radio Torino* pour obtenir qu'ils battent le rappel. Il avait même eu sa photo et un article dans la *Stampa Torino* du lendemain !

Jef le laissa raconter. Il manifesta régulièrement son plaisir à l'écouter et le questionna juste ce qu'il fallait pour qu'il ne dévie pas du sujet. Quand il le sentit prêt à coopérer, il l'interrogea insidieusement :

— Mais vous croyez que je pourrais devenir correspondant de presse ? Comme vous ?

— Bonne question, jeune homme. C'est à voir. En général… Ah ! Mais je te vois venir, gros malin !

Jef ne put s'empêcher de rire. Georges en fit autant. Ils se serrèrent la main.

— Écoute ! Ce que je voulais te dire tout-à-l'heure : le correspondant du centre-ville va prendre sa retraite. Peut-être bien qu'on pourrait te proposer à notre responsable de zone pour le remplacer.

Il promit d'en parler.

C'est ainsi que Jef fut introduit au journal. Un mois plus tard, il prenait la place du sortant.

Il était juste temps ! Il avait dépensé toutes ses économies, notamment la fameuse indemnité de départ que Jacques lui avait obtenu du journal de Montpellier. Il avait même « emprunté » de l'argent à l'enveloppe de Patricia, bien décidé à le rembourser.

***

Livre 4

Le Journaliste

11

Il proposa son premier article le lundi 12 avril : une vingtaine de lignes et une photo pour raconter l'après-midi qu'un groupe de jeunes avait consacré à une chasse aux « trésors » dans leur quartier. Il vint déposer texte et pellicule au journal. Ce jour-là il ne vit que l'hôtesse d'accueil, grincheuse, qui plaça l'enveloppe dans un casier sans commenter.

L'article parut le mardi. Impatient, il était descendu tôt le matin au Café de France. Victor avait déjà ouvert le journal à la page en question.

— C'est bon ! Tu as ton article ; il y a même la photo.

L'article était en bas de page, sur trois colonnes : « Les jeunes du centre-ville découvrent leur quartier ». La photo, clin d'œil à son adolescence, représentait quatre jeunes ados, dossiers en main, dans une cour majestueuse de la rue Chenoise, les yeux levés vers la galerie gothique qui les dominait.

Cette fois-ci, il acheta le journal. Il voulait surtout le faire voir à Amélie. Elle l'avait accompagné dans son tour du quartier, à poursuivre les jeunes en quête de trésors. C'est elle qui avait pris les photos avec son appareil. Il lui avait montré du doigt les fenêtres de l'appartement où il habitait avec sa famille. Elle s'était moquée de sa nostalgie : « Tu parles comme un vieux ! Regarde plutôt où tu marches… »

Il attendit qu'elle ait fini son service du midi. Il se positionna sur son chemin, là où ils se retrouvaient d'habitude.

Amélie et Jef ! C'était déjà une histoire. À les voir rire, même parfois fredonner en déambulant, à les voir, au bistrot, s'attendre impatiemment, se regarder à la dérobée, s'écouter parler, on était sûr qu'ils étaient amoureux et on se réjouissait pour eux. Mais à les voir se saluer le matin par les seules trois bises discrètes qu'elle lui déposait sur les joues, elle, dressée sur la pointe des pieds, lui daignant juste fléchir les genoux ; à les voir se quitter en fin d'après-midi d'un simple salut de leurs mains, à ne jamais les surprendre enlacés et s'embrassant, à ne jamais les voir pénétrer ensemble dans l'immeuble de Jef, on était, dans le quartier, chez Victor, chez les « entr'nous », désenchanté.

— Ces petits, ils sont faits pour s'aimer, mais ils ne savent pas !

On voyait bien qu'Amélie n'attendait qu'un signe de Jef pour oser. Elle l'accompagnait à la porte de son immeuble, guettant l'invitation à monter. Mais rien ne venait ; ni là, ni au cinéma, une main qui s'égare, ni au bistrot, un pied qui s'emballe, ni, ni ! Jef, imperturbable, continuait à la traiter comme une petite sœur, ou une camarade d'école, ou une collègue de travail.

— On est bien comme ça !

C'est ce qu'il lui répondait quand elle marquait quelque impatience. Car, poursuivait-il, pour lui, les choses étaient claires : il était toujours amoureux de Catherine. Oui, il reconnaissait qu'elle était « partie », même définitivement partie. D'ailleurs, c'était ce qui l'aurait autorisé à avoir une aventure sexuelle. Mais pas avec elle ! Il ne voulait pas la réduire à un objet de plaisir. Elle était beaucoup plus, une amie intouchable.

Amélie décrochait.

— Tu es bien compliqué !

Au fond elle ne désespérait pas de prendre un jour, dans le cœur de Jef, la place de cette fille disparue.

***

En l'occurrence, la parution de son article lui fit perdre de sa réserve. Dès qu'il l'aperçut au coin de la rue, il courut vers elle. Il exhiba l'article. Elle cria de joie et lui frappa la poitrine de ses petits poings.

— Je sais déjà ! C'est formidable. Chez Victor, ils m'ont tous accrochée avec ton article !

Ils voulurent fêter l'évènement. Il proposa un resto mais elle avait son service ; elle proposa « mieux, un tour en boîte. »

— La Boîte à pizzas ? Pas question que j'y mette les pieds.

— Mais non, idiot, en vraie boîte de nuit. Tu sais, là où il y a des objets de plaisir.

Elle se fera prêter un des scooters ; elle viendra le chercher.

Ils patientèrent jusqu'au vendredi soir. Ils allèrent au Drac-Ouest. La boîte venait d'ouvrir ses portes, il y avait peu de monde. Ils s'installèrent sur une banquette et commandèrent, c'était la fête, des Margaritas. Ils burent, attendirent qu'il y ait du monde pour se lancer sur la piste.

Ils dansèrent drôlement. C'étaient des jeux au rythme de la musique. Lui un loup, elle une brebis ; lui un lion, elle une souris ; lui un singe, elle un éléphant (elle dut lui expliquer ses pantomimes à l'oreille).

Quand ils eurent dansé, ils eurent soif. Ils se firent une place sur une banquette bien occupée et commandèrent encore des Margaritas. Jef ne put éviter sa cuisse chaude et ferme contre la sienne. Amélie avait le fou rire ; elle s'égosilla dans le vacarme ambiant.

— Tu vois, ce n'est pas si terrible.

Il éclata de rire.

— Si, tu es terrible !

— Hé ! Hé ! On dirait que je suis un « objet de plaisir » !!!

Elle avait hurlé cela, ses yeux braqués sur sa braguette.

Jef lui attrapa le bras.

— Je n'aurais pas dû t'amener ici. Ce n'est pas un endroit pour une « petite » comme toi. On rentre.

— Pas si vite, mon grand, je veux te voir danser la girafe.

Elle était déjà sur la piste, pliée en deux. Jef n'osait plus se lever. Amélie revint le chercher.

— T'inquiète, ça ne se voit pas dans la pénombre. Et si même, tu ne ferais que des jalouses !

Ils dansèrent, ils burent, il se détendit. Il y eut même des échanges de petits baisers joyeux.

— Je ne te demande rien d'autre. Juste d'être bien ensemble. De profiter.

— C'est compliqué Amélie ! Je ne veux pas gâcher ce que nous sommes.

Ils rentrèrent dans le froid, sur le scooter. Ils allèrent le déposer dans la remise de la Boîte à pizzas. Elle prit son air coquin.

— Il n'y plus de bus… Qu'est-ce qu'on fait ?

— Tu as bien la clé de la Boîte ?

— Eh non. Faut trouver autre chose pour ta *petite* !

Le lit était étroit. Aucun des deux n'était bien épais. Ils se pressèrent l'un contre l'autre après l'amour. « Une baise de copains » lui susurra-t-elle, moqueuse. Dans le noir, elle palpa de ses doigts le sourire de ses lèvres. Il s'endormit sans plus rêver à Catherine.

***

— Amélie, ton service ! On t'attend !

C'était Idir qui braillait au travers de la porte. Il les réveilla. Il faisait grand jour, même soleil.

— J'arrive !

Elle sauta du lit, nue, et resta plantée de dos, à se frotter les yeux. Il la trouva fine, gracieuse. Elle lui rappelait une sculpture de marbre blanc qu'il avait récemment vue au musée de peinture. Il lui pinça une fesse, elle frétilla.

— L'autre est jalouse !

Il y déposa un baiser.

***

Ce premier article avait été un test pour sa « responsable de zone ». Elle le convoqua. Ils se virent la semaine suivante, le mardi après-midi.

Elle s'appelait Corinne, la cinquantaine, tenue stricte, cheveux noirs teintés de gris, grosses lunettes en pendentif. Jef la trouva nerveuse au premier abord. Le temps de faire le vide de ses mille préoccupations, elle fut apaisée.

— Nous avons apprécié votre article. Déjà, pas une seule faute d'orthographe, c'est un exploit de nos jours. Vous écrivez bien, mais attention, ce n'est pas un exercice de style. Votre lecteur n'a pas toujours l'instruction qu'il faut pour comprendre des mots difficiles. J'ai repéré, à éviter : « adulé », « structuré », « opprobre », « déliquescence » ; et faites des phrases plus courtes.

Elle le recruta comme correspondant « stagiaire », pour couvrir le Centre-ville. Elle lui expliqua les principales procédures administratives – il devait se déclarer travailleur indépendant - et ils préparèrent ensemble le « prévisionnel » des articles de la semaine suivante. Il assura disposer d'une machine à écrire (Idir devait lui en procurer une, « tombée du camion »), et d'un appareil photo (il pouvait compter sur celui d'Amélie). Elle lui fournit un lot de pellicules et une liasse de formulaires maison où transcrire ses articles.

C'est ainsi que Jef devint un habitué des petits évènements de la vie grenobloise. Il n'avait aucun mal à écrire, un peu plus à photographier. Les évènements dont il devait rendre compte étaient généralement sans grand intérêt, sauf pour le groupe d'individus concernés. Une expo de photos dans un restaurant, une soirée gospel, une réunion associative, une tombola, un spectacle scolaire, un gala, etc.

Ce qui l'étonna et probablement le consolida, c'est qu'il devenait tout à coup un personnage. Lui, grand gamin dégingandé, avec trois poils au menton, habillé de fringues défraîchis, on le sollicitait, on le remerciait, on l'invitait.

Le Café de France était devenu son QG. On venait l'y retrouver pour signaler un évènement, pour lui proposer un compte rendu (qu'il recomposait systématiquement), pour s'assurer de sa présence à une manifestation. Quelquefois on venait le disputer pour avoir fait l'impasse sur une actualité, ou l'avoir mal ou trop résumée. Mais c'était l'exception.

Il accueillit cet afflux nouveau de contacts avec aisance. Il saluait son petit monde avec le sourire, il les écoutait avec patience, il manifestait tout l'intérêt qu'ils attendaient pour leurs causes. Il en émergea naturellement quelques relations. Ce fut untel qui offrit un tirage d'une des photos exposées, un autre un billet de tombola, une troisième qui le conviait, « *Si ! Si !* », à son gala, un autre qui, tout simplement, maintenait le contact, revenait le voir, lui offrait un café, voire, l'invitait au restaurant.

Quelques-unes de ces relations perdurèrent même après qu'il ne fut plus correspondant local. Corinne, sa responsable de zone, mais aussi Victor, l'avaient pourtant mis en garde : « Il y a de la racaille dans tout ce beau monde que tu rencontreras ». Qu'est-ce qui amena Jef à se lier avec Guido Mascarone, et plus tard, avec Marc Vive ? Certainement pas un examen approfondi de leurs casiers judiciaires !

***

Jef avait été jusque-là quelqu'un de plutôt réservé, du fait peut-être des épreuves qu'il avait vécues. Amélie, plus que tout autre, avait assisté à cette mutation de son copain. Elle avait résumé, pour Bernardo, son évolution en ces termes : « il est devenu sociable ».

Bernardo avait convoqué Amélie en février, lors d'un bref passage à Grenoble. À l'époque, elle n'avait encore que des relations sporadiques avec Jef, ce « nouveau » qui l'avait draguée au réveillon. Juste quelques échanges ludiques, quand ils se croisaient, ou, autour d'un verre, au Café de France.

En général, une convocation par le grand patron signifiait une sévère réprimande. Bernardo la rassura.

— T'inquiète, tout va bien pour toi ! Je veux juste faire

le point à propos de Jef.

Amélie ne connaissait rien de leur histoire commune, sauf que Jef refusait catégoriquement d'entrer à la Boîte à pizzas, même pour simplement y boire un café. Elle en avait déduit une bisbille entre eux. Bernardo avait poursuivi.

— Tu ne sais probablement pas que Jef m'a été envoyé par une amie. Il a vécu des évènements difficiles (Amélie hocha la tête, elle savait), et a besoin d'être soutenu. Pour différentes raisons, je suis grillé ! Et je suis rarement là. Mais toi tu peux.

Il lui avait alors demandé de « veiller sur lui », d'autant plus qu'il avait observé quelques « atomes crochus » entre eux. À elle de décider du « comment ». Par contre, il voulait d'elle une chose : à la moindre alerte, le faire prévenir par Olga.

— Et tout cela doit rester confidentiel !

Il fut absent jusqu'au printemps. Il réapparut un soir de mai, alors qu'elle finissait son service, et lui fit signe de le rejoindre en haut, dans son repaire. C'est alors qu'elle lui avait annoncé que Jef était devenu sociable. Il avait souri de l'expression.

— Tu veux dire que ça colle entre vous deux ?

Elle n'hésita pas.

— Non, je parlais plus généralement.

Il ne lui demanda aucune autre explication.

— C'est bien. Dis-lui que je veux le voir. Qu'il ne tarde pas, je ne reste pas longtemps.

Mais Jef refusa l'invitation. Il était à l'époque totalement immergé dans son travail et dans la vie sociale qui, d'après lui, en était l'inévitable corollaire. D'ailleurs, ce n'était pas innocemment qu'Amélie avait rejeté le sous-entendu de Bernardo concernant leurs relations (Tu veux dire que ça colle entre vous deux ?). Leur entente joyeuse vacillait. Ils se fréquentaient de moins en moins. Très entouré, très demandé, il ne la croisait plus au hasard de ses cheminements ; quand elle montait le rejoindre l'après-midi, entre deux services, elle le trouvait concentré sur sa machine à écrire, et devait se contenter de le regarder travailler en silence ; si elle lui proposait de sortir ensemble le soir, après son service, il répondait généralement qu'il avait un évènement à suivre ou « des gens » à rencontrer. Restaient les matins, avant son service. Elle avait pris l'habitude de venir le réveiller avec deux croissants qu'ils grignotaient ensemble. Ils discutaient de tout sans rien aborder d'essentiel. Il leur arriva, exceptionnellement, de faire l'amour à la va-vite, sans tendresse, « juste pour ne pas se perdre », comme elle le lui reprochera un peu plus tard.

Amélie fit part à Bernardo du rejet de son invitation. Elle sentit sa déception et s'en voulut de ne pas avoir su convaincre son petit ami. Elle devait beaucoup à Bernardo. D'abord de l'avoir embauchée comme apprentie (elle était en deuxième année de boulangerie), puis surtout de l'avoir protégée du harcèlement de Jean-Baptiste. Elle se jura d'amener Jef à de meilleures dispositions, quitte à mettre leur liaison en jeu.

Elle profita du creux des deux premières semaines d'août. La Boîte à pizzas était fermée, et Jef pour sa part n'avait ni évènements à reporter, ni « relations » à rencontrer. Elle lui proposa de quitter la ville, étouffante. Ses parents leur prêtaient la petite maison qu'ils possédaient dans le Trièves, reçue en héritage par sa maman. Olga, après consultation de Bernardo, leur prêtait l'Acadiane de la Boîte à pizzas. Jef accepta, à moitié culpabilisé par son attitude récente, à moitié nostalgique du « fun » de leur ancienne camaraderie.

Ils chargèrent la voiture de périssables récupérés à la Boîte à pizzas, des quelques affaires d'été de Jef, et se rendirent chez les parents d'Amélie, à Seyssinet, de l'autre coté du Drac, chercher ses affaires à elle et les clés de la maisonnette.

Jef était très attendu par ses parents. « Elle nous a beaucoup parlé de toi ». Lui ne savait rien sur eux ; juste que le père était opérateur chez Caterpillar et la maman, caissière au supermarché de la Fauconnière. Ils avaient prévu le déjeuner, façon pour eux de faire la connaissance du petit ami de leur fille. Ils lui montrèrent le mieux d'eux-mêmes, par leurs attentions, par une curiosité de bon aloi, par la qualité même des plats et du service. Jef fut courtois et loquace sur son travail. Il resta des plus discrets, malgré leurs sollicitations, sur ses relations avec leur fille. Le grand frère d'Amélie, mécano chez un concessionnaire voisin, vint se joindre à eux pour le café, curieux du nouveau couple. Il en fut pour ses frais : ils n'échangèrent aucun baiser, ne se donnèrent pas la main, se regardèrent à peine.

Ils prirent la route. Jef s'était imposé au volant quoique muni de son seul permis égyptien. Ils s'arrêtèrent très vite, au péage de l'autoroute A51 menant à Monestier-de-Clermont. Amélie était en pleurs, humiliée par l'attitude de Jef chez ses parents.

— Tu ne te rends pas compte ! Tu t'es comporté comme si nous étions deux étrangers. Je t'avais annoncé comme mon copain. Ils s'attendaient à voir un minimum d'affection entre nous, je ne parle pas d'amour. C'était horrible, je me demande ce que nous faisons là !

Et elle déballa tout ce qu'elle avait sur le cœur. C'était lui qui l'avait draguée, ils avaient été bien ensemble, tellement bien. Elle avait compris et accepté sa retenue. Ils avaient été clairs tous les deux : ils étaient ensemble mais cela ne les engageait pas. Puis, tout avait dégénéré, jusqu'à cette baise mécanique, « juste pour ne pas se perdre ».

Jef la laissa pleurer, la laissa parler, puis laissa le silence s'installer, juste troublé par le chuintement des voitures. Il attendit qu'elle se calme et lui prit la main :

— Je te demande pardon. Je me suis laissé emballer par les évènements, sans me rendre compte que je te faisais du mal. J'étais encore dans cet état d'esprit chez tes parents. Mais je ne veux pas te perdre ! On va tout faire, ces vacances, pour redevenir ce « nous » merveilleux que nous étions.

Ces quinze jours furent leur lune de miel. Ils avaient tout le temps pour eux et en profitèrent. Ils apprirent à s'aimer.

Leurs corps étaient jeunes, vigoureux et insatiables. Ils n'eurent pas besoin d'éducation pour s'apporter l'un l'autre le maximum de plaisir. Du plaisir brut plus que de l'émotion : peut-être parce qu'ils n'étaient pas possédés par un amour fou, peut-être, simplement, parce qu'ils étaient très gamins. Ils prirent plaisir aussi à marcher, à courir, à grimper. Ils gravirent l'Obiou, passant des alpages fleuris aux parois rocheuses, avant de se jeter, nus, dans le lac du Sautet. Ils se mêlèrent aux danseurs des bals musettes, aux habitués braillards des estaminets. Ils s'isolèrent au fin fond des bois pour se bécoter et se murmurer des mots coquins. Ils prirent plaisir, enfin, à dialoguer, à s'expliquer, à se comprendre.

Mais Jef avait ses limites. Il admettait qu'il était guéri de son grand amour pour Catherine et qu'il se sentait terriblement bien à partager le temps présent avec elle. Mais il martelait à chaque fois que ce n'était pas là de l'amour et, que si cela en était, il ne jurerait plus jamais que c'était pour la vie.

Elle tentait, en vain, de l'interrompre. Quand il avait fini, elle commençait par bousculer son raisonnement : il était égoïste, il ne parlait que de lui, l'autre n'existait pas, juste un objet, justement, *un objet de plaisir* ! Comme il ne réagissait pas à sa provocation, elle changeait son fusil d'épaule : « Je vais te dire pour moi ! » : Elle l'aimait d'un grand amour. « Sinon je n'aurais jamais supporté ce que tu m'as fait vivre. » Elle était d'accord pour dire que ce n'était pas « garanti » pour la vie, et qu'il fallait vivre au présent. Et ce présent, elle voulait le vivre avec lui, en couple.

Ces discussions furent reprises jour après jour, sans troubler leur plaisir d'être ensemble. C'était comme une longue négociation entre deux visions différentes, avec des va-et-vient, des avancées et des reculs, un peu comme si l'enjeu était simplement philosophique. À l'évidence aucun des deux ne voulait de rupture, tous les deux voulaient profiter d'être avec l'autre.

Ils trouvèrent un compromis. Elle allait prendre un

studio, peut-être même un « vrai » appartement, qui serait leur lieu de vie commune. Lui garderait néanmoins sa mansarde. L'avenir dirait de quel côté allait pencher la balance. Pour tous, les connaissances, les amis, les familles, ils seraient un couple. Eux seuls sauraient qu'il était bancal.

Ils s'expliquèrent aussi sur ses relations avec Bernardo. Il raconta comment il avait été chassé pour ne pas avoir accepté le job que Bernardo lui proposait. Elle admit la rigidité caractérielle de son patron, mais voulut l'ébranler en racontant comment il l'avait sauvée.

— C'était il y a deux ans ; j'étais apprentie marmiton. Le Chef n'était pas encore là. À la place il y avait un jeune *pizzaïolo* qui commandait toute la brigade. C'était un beau gars, dynamique. Je ne me suis pas méfié, j'ai commencé par rire de ses manières un peu coquines. Mais c'est vite devenu équivoque. Sa main baladeuse, ses propos grivois, ses propositions obscènes. Là encore, je n'osais pas trop réagir par peur pour mon boulot : j'essayais juste de garder mes distances, de ne pas m'asseoir à côté de lui aux repas, d'éviter d'être seule dans ses parages. Et finalement, un soir après le service, cela a dégénéré. En général il y a un petit temps de détente entre nous à la fermeture : on boit un verre, on rigole, quelques fois on chante. Ce soir-là, on fêtait un anniversaire. Jean-Baptiste, c'était son nom, m'a envoyé chercher du rab de vin dans la remise. Il est venu me rejoindre, m'a bousculé… Bon, je ne te raconte pas, il me tenait, il m'a plaquée sa main sur la bouche, il a essayé de me violer. Ma copine, Aurélia, ne nous voyant pas revenir, s'est doutée de quelque chose. Elle est accourue, elle a crié, mais personne de la brigade n'a bougé. Alors, elle l'a attrapé par les couilles. Ça a été instantané, il m'a lâchée. Aurélia et moi, on s'est enfuies. Bernardo, prévenu par je ne sais qui, est arrivé le lendemain midi, avant l'ouverture, à l'heure du repas de la brigade. Ça a été terrible ! Il a fait fermer la grille de la devanture. Il a attrapé Jean-Baptiste. Tu as vu comme il est fort, il l'a mis à terre, lui a flanqué devant nous tous une raclée phénoménale ; il a fallu que les livreurs interviennent pour le calmer. Il vociférait sur lui, le traitant d'ordure, d'animal, de monstre. Il l'a soulevé, bras tordus dans le dos, à le faire crier de douleur. Il a exigé qu'il s'excuse devant moi, à genoux. Puis il a fait ouvrir la grille et la devanture. C'était l'heure du service, des clients attendaient dehors. Il l'a jeté dehors, vraiment jeté comme un sac à patates ! Le gars a roulé à terre, au milieu des clients qui attendaient. Il a continué à l'insulter jusqu'à ce qu'il se relève, aidé par quelques-uns, et qu'il disparaisse, boitillant, au bout de la rue.

— Ce n'est pas fini, ajouta-t-elle, alors que Jef l'avait interrompue d'un baiser. Il a tout refermé, devanture et grille, au nez des clients et, très calmement, sans élever la voix, il a passé un savon mémorable à toute la brigade. Les livreurs et Idir, le nez dans leur assiette, en ont entendu de toutes les couleurs. Moi, je pleurais, Aurélia me couvrait de baisers sans arriver à me calmer.

Elle s'était tue, les larmes aux yeux.

Rien ne pouvait plus émouvoir Jef. La soirée cafouilleuse chez Olivier lui revint à l'esprit : Catherine et le dandy, et sa sœur, et encore Catherine : ses larmes, son baiser. Il n'avait pas été à la hauteur. Trop lâche, trop faible.

Elle le regarda, suppliante.

— Tu comprends pourquoi j'insiste ? Il a été mon sauveur…

— OK, dis-lui que je viendrai le voir.

— Merci.

***

12

Ils se virent, Bernardo et lui, quelques jours après son retour du Trièves. La Boîte à pizzas était encore fermée pour travaux mineurs. Amélie servit d'estafette. Bernardo proposa de retrouver Jef dans le hall d'entrée du Musée Dauphinois, le jeudi 19 août à 11 heures. Jef trouva le lieu du rendez-vous étrange, mais s'y conforma.

Bernardo était assis dans un recoin caché du hall. Il vint vers Jef et le salua chaleureusement.

— J'aime bien ce musée, surtout la chapelle avec ses peintures gothiques en trompe-l'œil. Bon, mais je ne t'ai pas fait grimper jusqu'ici pour la beauté du lieu.

Ils s'engagèrent dans le cloître de l'ancien couvent devenu musée d'art populaire.

— Je vais y aller direct, j'ai besoin de toi ! Nous reviendrons plus tard sur nos différends. Il y a plus pressé, plus grave. Patricia.

— Quoi ?

— Je suis très inquiet pour Patricia.

— Pourquoi ?

Bernardo ne répondit pas tout de suite. Il attendit d'être dans une première salle d'exposition, et de s'assurer qu'elle était déserte.

— Patricia a disparu.

Jef blêmit.

— Quand j'ai demandé à te voir, en mai, et que tu as refusé, je revenais de Montpellier. Je l'ai cherchée partout. Je suis allé au service de la scolarité : elle était partie brusquement, sans laisser d'adresse. J'ai interrogé une jeune femme qui m'avait été indiquée comme son amie : elle n'avait aucune nouvelle. Je suis allé à ton journal, j'y ai rencontré ton ancien chef, Jacques, qui t'envoie bien le bonjour : eux non plus n'ont aucune nouvelle. Idem dans votre immeuble délabré. Elle a complètement disparu. Je crains pour elle.

Jef lâcha le morceau :

— Le soir où on s'est quitté, Patricia et moi, elle m'avait annoncé qu'elle allait partir.

— Et pourquoi ne m'as-tu rien dit ?

— Parce qu'elle ne voulait pas que tu saches !

Bernardo fit signe qu'il comprenait.

— Qu'est-ce qu'elle t'a dit encore ?

— Elle a précisé : « retrouver sa vraie vie », et quand je lui ai demandé ce que cela signifiait elle a répondu, textuellement « zonarde ». Elle a encore ajouté que tu l'avais sauvée, et que maintenant c'était à elle de s'occuper des autres filles et petits gars de la zone, qui risquent le même sort.

— C'est ce que je craignais : elle est retournée à Chaville-le-Bas ?

— C'est ce que j'ai compris.

— C'est de la folie ! Tu sais ce qu'elle a subi là-bas, ce qu'il a fallu faire pour la tirer de là ! Ils ont toujours pensé qu'elle leur appartenait. Youssef va se jeter sur elle !

Un groupe de jeunes allemands, calmes et studieux, venait de pénétrer dans la salle. Bernardo entraîna Jef vers la sortie de la salle. Ils prirent l'escalier étroit qui montait à l'étage supérieur et se dirigèrent vers les salles consacrées au ski alpin. Jef remarqua son regard scrutateur et ses façons de toujours se poster à l'écart, le dos tourné vers le mur.

— Il te faut comprendre quelque chose de fondamental. Nous ne sommes pas du même monde, toi et nous. Toi, tu as toujours vécu à la lumière, nous, on vient du monde de l'ombre.

— Mais vous en êtes sortis.

— On n'en sort jamais totalement. Quoique tu fasses, il te colle aux savates. Ou alors, pire, comme Patricia : tu ne te fais pas à la lumière et tu replonges dans les ténèbres, rejoindre les tiens.

Jef se souvint de la longue diatribe de Patricia sur « les petits bourges » qu'ils étaient, Sophie et lui, et sur « la vraie vie » dont ils n'étaient pas. Il se souvint de l'avoir laissée plantée là, seule au milieu du désastre de leur communauté fraternelle, elle, Patricia, qui l'avait sauvé. Encore une fois, il n'avait pas été à la hauteur.

Bernardo laissa passer le gardien avant de le saisir par les bras :

— Il faut la sortir de là !

— OK ! Qu'est-ce qu'il faut faire ?

— Je veux que tu me la ramènes.

— C'est donc ça !

— Quoi, c'est donc ça ?

Jef pensa que Bernardo avait une idée toute à lui de l'ombre et de la lumière.

— Bernardo, je te le redis, Patricia est lesbienne, totalement lesbienne ! Elle ne sera jamais tienne.

Le gardien qui repassait retint l'exaspération de Bernardo. Il attendit qu'ils soient à nouveau seuls.

— Et tu crois peut-être qu'ils la laisseront vivre, relax, ses amours homosexuelles ? Si Patricia a pu le faire, c'est parce que je la protégeais. Eh oui ! C'est grâce à moi ! Mais je peux te garantir, pour l'avoir fréquentée avant que ces salauds ne l'aient bousillée, qu'elle est hétéro jusqu'au bout des ongles.

Il reprit son souffle.

— Mais là n'est pas la question : lesbienne ou pas, elle risque gros. Elle y est retournée avec, sûrement, l'idée de protéger ses sœurs, de remettre de l'ordre dans la zone. Mais elle ne savait probablement pas que Siaka, son ancien tortionnaire, a été remplacé par son frère, Youssef, plus barbare encore. Il ne va certainement pas la laisser faire. Avec sa bande, ils vont la passer à la moulinette, la réduire à l'esclavage sexuel. C'est peut-être déjà trop tard. Ils sont a-bo-mi-na-bles.

Il avait commencé à s'exprimer d'une voix feutrée. Il ne put s'empêcher d'exploser. Il clama ce dernier mot, **a-bo-mi-na-bles**, en pressant la tête de Jef entre ses deux larges mains. Jef se laissa faire ; il attendit que l'émotion passe, que les mains relâchent leur étreinte. Il comprenait, il acquiesçait.

— Que dois-je faire ?

— Tu vas aller à Chaville, la retrouver et la convaincre de nous rejoindre. Lui faire comprendre qu'elle est en danger de mort. Lui dire, aussi, que je ne la toucherai pas, qu'elle vivra comme elle l'entend.

— Pourquoi moi ?

— D'abord parce que tu lui dois ça ! Ensuite parce que moi, si j'approche seulement de Chaville-le-Bas, je suis mort ! Même ici, je suis en danger. Ils ont mis ma tête à prix. Ils ont passé un contrat.

— C'est pour ça que tu te caches ?

— Exact. Ils m'ont retrouvé il y a maintenant deux ans. J'assurais la fermeture de la pizzeria. Ils sont passés à moto et m'ont tiré dessus. Ils m'ont raté de peu. Ils ont encore essayé une autre fois. J'ai dû m'enfuir. Olga a tout pris en charge. Elle se débrouille comme elle peut. J'avais pensé à toi pour la seconder. Je me suis planqué à la campagne. Je te raconterai. Ce n'est pas le sujet. Il faut absolument tirer Patricia de leurs griffes. Il n'y a que toi qui peux le faire. Ils ne te connaissent pas.

Jef était incapable de répondre, d'imaginer même la situation. Bernardo fit comme si de rien n'était.

— Viens, je t'emmène à la chapelle. Tu vas voir, c'est magnifique.

— Je connais.

Jef se sentait pris au piège. Oui, il voulait sauver Patricia, mais de loin, sans prendre de risque. Comme il avait voulu sauver Catherine ! Sauf qu'il avait sauté le premier, qu'il l'avait abandonnée sous les balles.

— Allez ! Bouge-toi. On descend.

Ils prirent les escaliers puis le long couloir qui conduisait à la chapelle. Bernardo trouva deux chaises qu'il posa face à face, tout au fond, contre la grande porte. Il poussa Jef sur l'une et s'installa, genoux contre genoux, sur l'autre. Il le fixa dans les yeux.

— Je sais, c'est difficile, mais c'est incontournable ! Tu ne seras pas seul. Si quoique ce soit t'arrive, je serai là. Maintenant, voilà comment tu vas faire…

Il lui expliqua calmement le déroulé de l'action. À Chaville, il irait voir Irène. Irène était l'assistante sociale qui avait suivi Patricia tout au long de son adolescence, « la première branche à laquelle elle a pu se raccrocher ». Irène lui dira où trouver Patricia.

— Tu iras la voir. Tu lui expliqueras, tu sauras la convaincre. Tu la prendras avec toi. Vous ferez étape à Paris, trois jours, par sécurité. Vous risquez d'être suivis. Surtout, vous ne vous mettez pas en danger : jamais seuls dans un lieu public. Utilisez le métro pour semer vos possibles poursuivants, changez d'hôtel chaque nuit. Quand vous serez sûr de votre sécurité, vous m'appelez : je vous indiquerai où me retrouver.

Jef n'avait pas dit un mot de tout ce long monologue, ni fait le moindre signe d'assentiment. Bernardo n'en tint pas compte, se leva et ajouta pour conclure qu'Amélie lui remettrait dès le lendemain une enveloppe – décidément !- avec les noms, adresses, et numéros de téléphone nécessaires, ainsi que l'argent pour couvrir les frais.

— Pars au plus vite. Sa vie dépend de toi !

Il s'éclipsa sans se retourner, sans le moindre geste d'attention, de sympathie, d'encouragement. Jef eut la sinistre impression d'être ce soldat, qu'il avait vu récemment dans un film, à qui l'on ordonnait de partir à l'assaut, sachant pertinemment qu'il allait à la mort.

***

Il arriva à Chaville le dimanche soir, 22 août, et s'installa à l'hôtel Campanile. Il ne dormit pas de la nuit. Il se rendit le lundi matin au Centre communal d'action sociale. Il obtint un rendez-vous avec Irène pour le lendemain, 9 heures. Il passa sa journée du lundi à chercher Patricia. La ville était quasi déserte. Il arpenta les rues du quartier de la Mare Adam. Il longea la longue barre de logements impersonnels de l'avenue Roger Salengro, où Patricia avait vécu. Il fit un détour jusqu'au collège, fermé, se demandant par quel chemin elle pouvait s'y rendre. Il chercha en vain le camion à pizzas où elle retrouvait Bernardo. Il se souvint qu'on était en août ! Rentré à l'hôtel, il téléphona à la Boîte à pizzas pour rassurer Amélie.

Il rendit visite à Irène le mardi matin. Elle savait que Patricia était passée à Chaville.

— Tout Chaville le sait. Patricia est une figure ici, une figure tragique. On l'a vu traîner pendant quelques temps du côté des grandes barres, avec une bande de jeunes paumés. Et puis, il y a un mois environ, des jeunes que nous suivons sont venus nous demander de ses nouvelles. « *Elle nous a plantés* » qu'ils disaient. J'espère qu'elle s'en est allée. Trop dangereux ici ; ses tortionnaires sont toujours à l'affût. Allez au Bar des Capucines, ils vous diront. Si vous la trouvez, dites-lui de s'enfuir très vite. Pourtant, j'aurais bien aimé la saluer…

Au Bar des Capucines, on hésita à lui répondre. Il dut préciser qu'il venait de la part d'Irène.

— Oui, elle venait prendre son café ici le matin.

— Depuis quand ?

— Oh, elle est arrivée ici à la fin de l'hiver. Je ne l'ai pas tout de suite reconnue. Elle cherchait une piaule.

— C'était quand ?

— Je ne veux pas dire de bêtises, je dirai en février.

— Ensuite ?

— Eh bien, je vous dis, elle avait ses habitudes ici : son café du matin et quelquefois un sandwich à l'heure du déjeuner. Elle avait trouvé du travail, un emploi de vacataire à la cantine du collège. Puis, du jour au lendemain, elle a disparu.

— C'était quand ?

— C'est simple, on l'attendait au matin du 14 juillet. Elle devait venir avec le groupe de jeunes rappeurs qu'elle avait formé. On lui avait donné carte blanche pour animer la soirée. On s'est retrouvé sans personne. Ça a été notre plus mauvaise recette pour une nuit de Fêt'nat.

— Vous savez ce qui s'est passé ?

— Aucune idée, mais ce départ, ça ne lui ressemble pas.

Jef retourna au Centre social, informer Irène.

— Vous aviez raison, elle est repartie. On ne l'a plus vue depuis le 14 juillet.

— Elle a dû partir précipitamment pour n'être pas venue me saluer.

— Partir où ?

— Aucune idée. Elle n'a pas de famille, personne de vraiment proche si ce n'est Bernardo qui vous envoie. Peut-être chez son ancienne amie institutrice. Je ne me souviens même plus de son nom. Rentrez bien et saluez Bernardo de ma part.

Jef n'en demandait pas plus. Puisque Patricia était repartie, il pouvait lui-même déguerpir dès le lendemain. Il appela Olga de l'hôtel. Il la chargea d'annoncer à Bernardo que Patricia était effectivement revenue à Chaville-le-bas en février, mais qu'elle ne s'y était plus montrée depuis le 14 juillet. Il ne fit aucune allusion à son propre retour. Il quitta l'hôtel le lendemain matin très tôt.

***

13

À peine Jef fut-il rentré de son expédition à Chaville, que Corinne, sa chef au journal, bouleversa l'ordre de sa vie. Il devait la retrouver ce lundi 30 août, à son bureau, pour préparer la semaine. Mais, au lieu de cela, elle lui annonça qu'elle mettait fin à son « contrat » de correspondant de presse. Elle se tut ensuite, le temps de mesurer l'effet. Satisfaite de sa mine décontenancée, elle poursuivit, le sourire aux lèvres :

— Tu es recruté comme assistant de la responsable de zone, en l'occurrence de moi-même ! Tu auras en charge la correction des articles provenant de tes anciens collègues, les correspondants locaux du secteur.

C'était un vrai choc : finis, les tournées en plein air, le plaisir des rencontres, les discussions au bistrot, les matinées d'écriture, les soirées en ville. C'était des « huit heures » au bureau, en horaires décalés, qui lui mangeraient une partie de ses soirées.

— Mais pourquoi ?

— J'ai besoin d'un maître en écriture comme toi. L'étudiant stagiaire que j'avais ne faisait rien de bon. Les textes de nos correspondants sont souvent écrits à la va-vite. Il faut les reprendre, ce que tu sauras très bien faire. Il faut aussi recomposer les titres et les chapôts. Sans parler de l'orthographe…

L'avantage, expliqua-t-elle, sera un CDI, chose exceptionnelle en ces temps de restriction, preuve de la valeur qu'on lui reconnaissait.

Voyant sa mine déconfite, elle ajouta, vexée :

— De toute façon, tu n'as pas le choix, c'est ça ou rien !

Et sur ce, elle quitta son propre bureau, lui laissant, bien en vue, les deux exemplaires du contrat.

Il signa sans enthousiasme.

Amélie prit plutôt bien la nouvelle. Il aurait, comme elle, ses matinées libres. Ils termineraient tous les deux leurs « services » en milieu de soirée. En somme, ils auraient du temps pour eux.

— Et un CDI, c'est quand même un super avantage. La sécurité, sans parler du salaire !

Au Café de France, ce fut la déconvenue. Victor, le patron, avait pris goût à son rôle de relais, et les allées et venues occasionnées par l'activité de Jef gonflaient son chiffre d'affaires. Pire encore était la déconvenue de ses relations, copains et quasi-amis, de ne plus pouvoir compter sur lui. Certains voulurent même écrire au journal pour obtenir sa réintégration comme correspondant. D'autres, plus malins, convinrent avec lui, de travailler en sous-main.

— Puisque les articles vont passer par toi, tu pourras, ni vu ni connu, en insérer pour nous.

Tous, finalement, autour de verres de l'amitié, lui firent promettre de garder le Café de France comme QG clandestin de leurs futures magouilles.

Amélie assista à cette beuverie collective. Elle en garda un souvenir amer, une sorte de prémonition de basculements futurs. Elle n'en dit rien à Jef pour ne pas gâcher ce moment de consolation.

***

Tout ce qui concernait Amélie, les « entr'nous » l'apprenaient. Non pas qu'elle fût particulièrement bavarde, mais il en allait ainsi entre eux, de par la philosophie que

Bernardo avait imprimée. Solidarité était le maître mot, qui supposait le partage de tout, y compris des cancans. Certes, cette philosophie ne se traduisait que partiellement en pratique (les pourboires, les fêtes, les sorties collectives, rien de très impliquant) mais elle supposait que l'on débatte au moins de la situation de chacun. C'est ainsi qu'on s'était beaucoup réjoui, ces derniers mois, du bonheur d'Amélie (quelques-uns avaient peut-être été jaloux, mais n'en dirent rien). Le CDI miraculeux de Jef fut immédiatement interprété comme un grand pas vers la consécration de leur couple.

— C'est pour quand, le mariage ?

Et de se réjouir de la fête qui, immanquablement, se ferait « entr'nous » !

— Encore faut-il que tu le décides à revenir parmi nous.

Il y eut, bien sûr, quelqu'un pour lancer la blague oiseuse.

— Tu le prives tant qu'il ne nous rejoint pas !

Une des particularités de la Boîte à pizzas était l'accès des compagnes et compagnons de ses employés aux repas de la brigade.

Amélie leur expliqua que le boycott de Jef avait à voir avec Bernardo. Ils se tournèrent vers Olga :

— Olga, fait quelque chose !

Olga fit passer le message malgré ses réticences personnelles. C'est ainsi que Bernardo apprit que Jef était rentré à Grenoble. Il décida de prendre un risque maximum pour obtenir de lui un compte rendu détaillé de son séjour à Chaville. Il lui fit savoir par Amélie qu'il serait à Grenoble le lendemain pour le rencontrer. Il lui proposa un rendez-vous dans son repaire, tard le soir, « par sécurité ».

Jef reporta le rendez-vous au mardi, après sa prise de poste. Quand il se présenta, dix heures passées, l'établissement était sur le point de fermer. Amélie, occupée à nettoyer le four, fit semblant de ne pas le voir. Olga, qui balayait la salle, vint le saluer d'un discret « bonsoir », et lui indiquer l'escalier.

— Il t'attend.

Bernardo l'entendit probablement monter. Il était en haut de l'escalier à le guetter.

— Nous avons beaucoup de choses à voir ensemble.

Il l'installa à l'angle de sa grande table de travail et s'assit face à lui.

— Avant tout, je veux t'expliquer mon comportement à ton égard. J'ai été brutal mais ma réaction était à la mesure de ta trahison.

Jef marqua son étonnement.

— À ton avis, pourquoi Patricia t'a-t-elle confié à moi ?

— C'était une façon de me recommander, pour que tu m'aides à trouver un logement, un boulot…

— Faux ! Elle me demande bien plus : elle veut que je t'aide à franchir, elle dit « un pas », c'est la ligne rouge !

— Je n'ai pas bien compris…

— Elle veut que je t'aide à rentrer dans la **vraie** vie. À affronter le monde, à ne pas te laisser instrumentaliser. Cela, je ne peux le faire qu'en te prenant avec moi.

— Je ne veux pas renoncer à mon projet professionnel.

— J'ai bien compris. Tu viens de t'y engager plus avant ! C'est pour ça que je ne peux pas faire grand-chose pour toi. Tu restes néanmoins le petit frère de Patricia, et tu es en plus, maintenant, le compagnon d'Amélie. Alors on oublie ! Tu es bienvenu, tu es notre hôte à tous.

— Merci.

— Pas de merci entre nous. Passons à autre chose. Laisse-moi le temps de chercher quelques victuailles.

Il s'absenta. Jef l'entendit farfouiller dans la cuisine. Il remonta avec un plateau de fromage, du pain et des cafés.

— Que faisons-nous pour Patricia ?

Jef ne savait pas quoi répondre. Il avait raconté l'essentiel de son périple à Chaville. Il pensait avoir rempli sa mission.

— À Chaville, c'est bien ce que tu as fait. Mais tu n'as pas ramené Patricia. À deux mois près, tu l'aurais probablement convaincue de revenir avec toi.

Oui, Jef y avait pensé. S'il avait accepté le premier rendez-vous proposé par Bernardo, fin mai, tout aurait été différent. Il aurait retrouvé Patricia à Chaville, au Bar des Capucines. Elle aurait été heureusement surprise de le voir, surtout de savoir qu'il venait pour la protéger. Elle lui aurait pardonné, ils se seraient serrés dans les bras l'un de l'autre, elle l'aurait remercié, peut-être même embrassé. Ils se seraient sauvés à Paris et …

Bernardo troubla son rêve.

— Sais-tu où elle est partie ?

— Irène pense qu'elle est peut-être en sécurité chez son ancienne amie institutrice.

— Si j'ai bien compris : Irène, qui ne l'a pas vue, « *pense* », que « *peut-être* »…Tu ne trouves pas que cela fait beaucoup de suppositions ? Et d'ailleurs Patricia a-t-elle seulement quitté Chaville ? N'est-elle pas entre les mains de ses bourreaux ?

Jef baissa instinctivement la tête.

— Tu vois, nous qui venons du monde de l'ombre, nous n'avons aucune confiance dans les suppositions de ceux qui sont aveuglés par la lumière. Pour moi, Patricia est toujours en danger. Soit, elle a été raptée par Youssef, soit elle se cache pour lui échapper. Dans les deux cas, nous devons absolument la retrouver.

Jef reçut la leçon en pleine gueule.

— Attends, je ne viens pas t'accabler. Tu as fait un petit bout du chemin, c'est bien ! Maintenant que faisons-nous ?

Jef n'avait pas la réponse. Mais il prenait conscience qu'il n'échapperait plus jamais à la question. Retrouver Patricia, sauver Patricia faisait partie du programme de sa vie.

— Je ne sais pas, Bernardo, mais je vais chercher. Patricia, pour reprendre son expression, m'a sorti du trou ; à moi d'en faire autant. D'accord, je ne suis pas du monde de l'ombre, de la vraie vie, de tout ce que vous êtes, mais je vais le tenter dans le monde où je suis. À partir d'aujourd'hui, c'est inscrit dans mon agenda quotidien, dans ma vie de tous les jours. Je vais y arriver.

Bernardo l'avait écouté tête baissée.

— Tu as fait ton choix, Jef. Je ne crois pas que ce soit le

bon. Tu vas probablement échouer. Dans ce cas, ne laisse pas ta fierté te jouer un mauvais tour. Reviens vers nous.

Bernardo l'accompagna à la sortie. Il lui rappela qu'il était son hôte, toujours bienvenu. Il lui murmura, avant de disparaître dans l'ombre.

— N'oublie pas : Patricia est en danger de mort…

***

14

Amélie était maintenant installée chez Jef. Elle avait embarqué son matelas et quelques affaires personnelles dans l'Acadiane, quand ils étaient passés chez ses parents, au retour de leurs vacances dans le Trièves. Ils s'étaient présentés cette fois-ci en amoureux, main dans la main, les baisers faciles et les regards langoureux. Le papa était à l'usine. La maman avait préparé les affaires avec sa fille pendant que Jef attendait sur le canapé de la salle de séjour. Elle était revenue, toute maternelle, et avait serré Jef dans ses bras.

— Je te tutoie, tu veux bien ? Tu es maintenant de la famille. Amélie m'a dit que vous allez vous installer ensemble. Je suis heureuse pour vous. Vous nous direz de quoi vous avez besoin.

Jef, dans les bras de la maman, voyait, par-dessus sa tête, la mine rigolote d'Amélie, ravie de la scène qu'elle venait de provoquer. Il lui tira la langue et lui fit une grimace dont il se défit avant que la maman ne redresse la tête et lui adresse un sourire bienveillant.

Chez Jef, ils posèrent les matelas côte à côte à même le sol et transformèrent le petit lit métallique en étagère à ciel ouvert pour les vêtements d'Amélie. Ils inaugurèrent ardemment leur installation dans la chaleur étouffante de la mansarde. Ils allaient vivre là, le temps qu'Amélie déniche l'appartement de ses rêves.

Leur vie commune prit lentement forme. Amélie aurait voulu que leurs matinées soient des moments de partage, depuis les petits-déjeuners faits de pain frais et de café fumant, jusqu'au déjeuner, pris ensemble avec les « entr'nous » de la Boîte à pizzas. Mais elle comprit vite que les matinées de Jef ne lui appartenaient pas. Il partait prendre son café du matin « là-bas », c'est-à-dire au Café de France ; il voulait ensuite, quand il revenait, trouver la mansarde rangée et inoccupée, pour y travailler en toute tranquillité ; et d'emblée, il refusa de s'associer aux repas de la brigade sous le prétexte qu'il avait sa « table d'amis » qui l'attendait au Café de France. Table toute personnelle : il ne lui vint jamais à l'idée de proposer à Amélie de la partager.

Par contre, tous les soirs de la semaine, sauf le week-end, Jef venait chercher Amélie à la fermeture de la Boîte à pizzas. Il s'attardait un moment à discuter et boire avec les entr'nous de la brigade, puis l'emmenait, enlacés, rejoindre leur nid d'amour. Là, il faillissait rarement à la combler. Elle le lui rendait bien, en tendresse, en caresses, et aussi en drôleries.

Les samedis soir, contrairement aux autres jours, Jef laissait Amélie rejoindre seule leur mansarde. Cela s'était établi ainsi, sans qu'il n'y ait eu jamais d'explication. Il rentrait très tard, ou, comme on veut, très tôt. C'était alors, pour Amélie, des marches qui craquent, une porte qui s'entrouvre, laissant filtrer la lumière de la minuterie de l'escalier le temps qu'il se déshabille, la porte qui se referme, le long corps nu qui se glisse dans les draps, loin, tout au bord de l'autre matelas, une odeur de sueur et de bière, puis rien qu'un souffle, alors que son sommeil ne lui revient pas.

Aussi, le dimanche, la journée ne commençait qu'à midi ! Ils pique-niquaient dans la chambre, d'un plat cuisiné, de fromage et d'un kil de vin. L'après déjeuner était parfois l'occasion d'une séance de cinéma, plus souvent de randonnées dans les monts avoisinants. C'étaient alors des discussions sur les sujets terre à terre qui occupent un couple : le choix de l'appartement, la gestion de leur budget, les achats à prévoir, de meubles ou d'appareils ménagers, et, plus allusivement, l'évocation de leur planning familial. Amélie lançait les sujets, Jef donnait son point de vue sans trop s'impliquer.

En fait, il avait la tête ailleurs. Il imaginait Patricia entre les mains de Youssef et de ses nervis. Il la voyait, brutalisée, ensanglantée, s'effondrant sous leurs coups ; il se la représentait, elle si fière, livrée à la lubricité des hommes, humiliée, violentée, désespérée. Il l'entendait l'appeler au secours. Il réfléchissait à comment la sauver.

Amélie percevait l'anxiété de son homme sans la comprendre. Elle était inquiète pour l'avenir de leur couple. Elle ne savait pas comment briser ce mur de silence qui lentement s'élevait entre eux.

***

Un jour d'octobre, n'en pouvant plus, elle confia ses craintes à Aurélia, son amie.

— Il ne veut rien partager avec moi, il mène sa vie en silence. Il se renferme, il devient morose.

Amélie avait fait connaissance d'Aurélia à la Boîte à pizzas. Elles s'étaient tout de suite entendues, câlines et blagueuses l'une et l'autre (on les dénommait « les deux Amours » !). Elles avaient de telles parties de fous rires que toute la brigade, même le Chef qui pourtant résistait, s'arrêtait de travailler pour s'amuser à les voir pouffer.

Elles réalisaient à elles deux, la fusion des contraires. Amélie était imprégnée des valeurs ouvrières que portait sa famille : honnêteté, respect, travail, courage et autres. Jamais elle n'avait volé seulement un bonbon, presque jamais menti, à peine bu, une seule fois tâté à la drogue. Aurélia savait chaparder sans se faire prendre ; elle avait fugué et baisé dès sa prime adolescence ; elle avait tâté à tous les stupéfiants que ses potes lui proposaient. Jusque-là, elle n'avait travaillé que quand il le fallait absolument. Pour la première fois, à la Boîte à pizzas, elle avait envie de rester, « par votre faute », disait-elle aux entr'nous.

— Il est comme tous les hommes, ton Jef ! Laisse-le tomber.

— Mais je l'aime !

— C'est quoi ça, ma louloute ?

— Je ne déconne pas !

Et elle lui exposait en détail tout ce qu'elle entendait par ce mot magique.

Aurélia comprit que rien ne dissuaderait son amie de poursuivre son rêve, et qu'il fallait donc l'aider à le réaliser.

— Il doit avoir des soucis ! Tu dois user de ton charme pour qu'il te raconte. Ensuite, il faut l'aider. Les hommes ne savent rien faire sans nous.

— Je ne sais pas si je vais y arriver.

— Essaye… De toute façon, comme vous vous aimez, vous allez y arriver…

Et elle la serra affectueusement dans ses bras. Amélie repartit, souriante, à la reconquête de Jef.

C'est Olga, quelques jours plus tard, à la reprise du service du soir, qui la mit involontairement sur la bonne piste. Elle lui tendit une enveloppe pour Jef en laissant échapper son agacement.

— C'est de la part de Bernardo. Peuvent pas s'empêcher de comploter, ces deux-là ! Leur petite protégée leur manque trop !

Amélie prit l'enveloppe sans faire de commentaire. Mais elle n'arrêta pas d'y penser tout au long du service. Quand elle sortit, à la fermeture, au bras de son amoureux, elle avait son plan, qui l'occuperait toute la nuit s'il fallait.

Jef était taciturne, comme de plus en plus souvent. En général Amélie arrivait à le dérider avant même qu'ils aient rejoint leur mansarde. Chez eux, à entendre son rire de crécelle, à la regarder se dénudant pour prendre sa douche, il était saisi par le désir et en oubliait la tragédie qu'il vivait. Mais ce soir-là, Amélie retint son rire et au lieu de se déshabiller, le poussa vers la table, sur sa chaise, et lui remit l'enveloppe.

Il l'ouvrit et en sortit un carton recouvert de la large écriture bleue de Bernardo. « Jef, Patricia n'est pas chez son ancienne amie institutrice. Je n'ai trouvé aucune autre trace d'elle chez ses autres anciennes connaissances. Tiens-moi au courant de tes propres investigations. J'ai maintenant un téléphone portable. Tu peux m'appeler depuis le poste qui se trouve dans mon repaire. Olga est au courant. »

Il remit le carton dans l'enveloppe et, sans un mot, s'apprêta à se lever.

Mais Amélie se planta face à lui, déterminée :

— Ce soir, faut que tu me causes !

Probablement que Jef redoutait ce moment. Il n'avait pas voulu charger leur couple de cette vieille histoire. Des bribes en avaient été parfois lâchées, mais tout de suite chassées de la conversation. Attaqué de front, il lâcha le morceau :

— C'est Patricia…

— Oui, je m'en doute bien, mais c'est quoi ?

— Elle est en danger de mort !

— J'avais cru comprendre qu'elle était sortie d'affaire. C'est en tout cas ce que tu m'as dit en rentrant de Chaville.

— Je voulais le croire pour ma tranquillité. Mais Bernardo à raison : elle est probablement en fuite ou, pire, déjà entre les mains de…

— Est-ce que, par hasard, Bernardo n'est pas en train de te monter la tête !

— Bon, il vaut peut-être mieux qu'on en reste là !

Il s'était levé, avait rejeté sa chaise en arrière et se dirigeait déjà vers la porte. Amélie courut s'interposer.

— Pardon, pardon ! Reste, je veux t'aider, c'était juste un mot de trop. Tu sais, l'idée qu'une autre fille accapare tes pensées, ça fait dire des bêtises à celle qui te veut pour elle toute seule.

Et déjà elle en riait. Ils retournèrent s'asseoir. Jef lui livra toute l'histoire, très simplement. Amélie le laissa parler sans plus l'interrompre.

— Voilà, tu sais tout. Je ne veux pas être lâche cette fois encore. Je ne peux pas me contenter de belles paroles. Je dois agir, je dois la sauver.

— Je vais t'aider.

— Je ne veux pas que tu prennes le moindre risque pour moi.

— D'accord, mais je vais t'aider quand même.

Jef se sentait léger. D'avoir pu se livrer le délivrait d'une angoisse paralysante. Il pouvait commencer à penser.

— Tu sais, non, en fait tu ne sais pas, mais quand j'étais correspondant de presse j'ai rencontré Guido, qui pourrait peut-être nous aider.

— Je ne comprends pas…

Oui, pourquoi n'avait-il pas pensé à Guido plus tôt ! Il fallait qu'il lui parle.

— C'est un copain, un peu trafiquant. Il doit pouvoir me dégoter un renseignement.

— Tu me fais peur ! Pourquoi n'irait-on pas tout simplement se renseigner à la police ? Ils savent peut-être où elle est. Sinon on peut la déclarer comme disparue…

— Arrête ! La police d'ici n'a que faire d'une fille de Chaville ! Pour un peu, à cause de notre histoire de Montpellier, qui s'est quand même terminée pour moi en cellule, ils vont m'impliquer dans sa disparition.

— Mais on peut leur raconter ce qui s'est passé à Chaville.

— On ne peut rien raconter du tout, parce que Bernardo, je ne te dis pas comment, serait suspecté.

— Bon, eh bien moi je peux juste aller les voir et leur demander s'ils ont des nouvelles de mon amie Patricia. S'il lui est arrivé quelque chose, ils le sauront.

Jef hésitait. Si la police remontait jusqu'à lui cela pouvait les entraîner plus loin. D'un autre côté, elle pouvait leur apporter très vite des infos fiables sur la situation de Patricia.

— OK, mais tu fais ça discret, sans faire référence ni à moi ni à Bernardo. Tu fais comme si c'était ta meilleure copine dont tu n'avais pas de nouvelles…

— Copine ? Copine, mon cul !

Et à l'évoquer, un fou rire la prit, qu'elle voulut absolument expliquer à Jef, ce qui ne fit que renforcer son rire. Ce fut seulement en s'accrochant à lui qu'elle retrouva lentement son calme, puis l'embrassa et le câlina, jusqu'à réveiller leurs appétits l'un de l'autre.

***

15

Le mardi suivant, 12 octobre, Amélie obtint d'Olga de quitter son service à quatorze heures tapantes. Elle se présenta à l'accueil de l'Hôtel de Police.

— C'est pour déclarer une disparition.

Ils lui demandèrent sa carte d'identité, notèrent son adresse et la firent patienter. Un agent vint très vite la chercher pour la conduire à l'étage, vers un bureau ou l'attendait un homme en civil, se présentant capitaine.

— Je vous écoute.

Assise face à lui, elle raconta qu'elle n'avait plus de nouvelle de son amie qui aurait dû arriver de Montpellier, il y a quinze jours déjà, et qui, malgré toutes ses recherches, était introuvable.

— Votre amie ? Vous n'êtes donc pas de sa famille ?

Amélie fit de son mieux pour expliquer la gravité de la situation. Non, elle n'était pas de la famille et d'ailleurs la jeune femme en question n'avait pas de famille. Elle savait que son amie était en danger parce qu'elle avait échappé à son souteneur et que celui-ci voulait se venger. Non, elle ne connaissait pas le nom de ce souteneur, mais elle savait qu'il opérait à Chaville-le-Bas.

L'officier avait introduit une feuille dans sa machine à

écrire, preuve qu'il prenait sa déclaration au sérieux. Il fut décontenancé par le peu de choses que savait Amélie – même pas la date de naissance de Patricia – mais remplit consciencieusement trois pages, tapées serrées, qu'il lui lut et fit signer. Elle partit avec une copie et le conseil de repasser le voir d'ici quelques jours.

Le soir même, elle attendit d'être sortie de la Boîte à pizzas au bras de Jef pour lui livrer, fière et joyeuse, tous les détails de sa performance. Il accueillit l'info avec une flopée de questions suspicieuses qui refroidirent son enthousiasme.

— Tiens, voilà la copie de ma déclaration. Débrouille-toi avec !

Jef l'apprivoisa d'une rafale de baisers. Arrivés dans leur mansarde, il lut attentivement les trois pages de la déclaration. Amélie avait scrupuleusement évité toute évocation des évènements dans lesquels Bernardo ou lui-même étaient impliqués, ce qui le rassura. Mais cela donnait au texte une dimension éthérée dont la police ne pourrait pas tirer de quoi retrouver Patricia.

L'inanité de la déclaration d'Amélie autant que l'impossibilité d'agir de Bernardo confortèrent Jef dans son intention de recourir à Guido. Ils étaient devenus amis. Il l'avait rencontré à l'occasion d'un reportage sur une compétition régionale de poker, en juin 1999. Guido en était l'animateur et il avait su lui faire part de sa passion pour ce jeu, au point que Jef avait demandé une demi-page à sa rédaction, pour y placer un article louangeur. Le lendemain de sa parution, Guido était venu le remercier au Café de France De ce jour ils ne s'étaient plus quittés.

Il s'était présenté comme étudiant en école de commerce, mais il apparut vite que ce n'était qu'un costume. Son papa, magnat argentin, l'avait certes envoyé à Grenoble pour faire des études, mais lui avait aussi fourni tout ce qu'il fallait pour vivre bien, sans mettre les pieds à l'université. Il avait sa « garçonnière XXL » en haut de la tour Mont-Blanc, avec son parking souterrain, indispensable pour loger sa Porsche. Il devait disposer d'un budget conséquent à en croire les sommes qu'il perdait au poker et les attentions qu'il prodiguait à la fille qu'il avait prise dans ses filets. Il parlait un français zozotant, parsemé de mots italiens, sa langue paternelle, du genre « Oui, ze soui Argentén, ma la familié essté italiènée ![1] ».

Son arrière-grand-père avait émigré de Calabre à Buenos Aires, son grand-père avait été ouvrier agricole, son père, *mio padre,* avait débuté comme camionneur, bien décidé à gravir l'échelle sociale. Il figurait aujourd'hui dans le « Who'who in Argentina ». Il devait sa fulgurante ascension, au dire de son fils, au développement d'activités frauduleuses. C'est probablement cette aisance paternelle à fricoter dans l'illégalité qui incita Guido à s'essayer au traficotage des drogues douces. Il le faisait très ouvertement, le soir, chez lui, juste en face de l'Hôtel de Police, tour Mont-Blanc, 29e étage.

Tout cela n'était que le contexte de l'amitié qui s'était noué entre les deux garçons. Ils s'étaient découvert la même passion pour le foot, le même engagement à supporter le Real Madrid, et la même admiration pour « le meilleur des meilleurs », Zinedine Zidane ! Les samedis soir de Coupe, ils passaient les débuts de soirée dans un bar « sportif » de la place Notre-Dame qui transmettait les matchs à la télé. Ils rejoignaient ensuite, comme tous les autres samedis, l'arrière-salle d'un cercle de jeu huppé où se faisaient et se défaisaient de petites fortunes autour des tables de poker. Au début, Jef se contentait de regarder son ami jouer. Il prit plaisir au jeu, sans aucun risque d'y succomber puisqu'il n'avait pas le plus petit commencement d'une mise. Mais à simplement voir jouer régulièrement, il acquit une science des coups très supérieure à celle de Guido. Bientôt celui-ci,

---

[1] [1] Pour simplifier la lecture, nous avons « traduit » les prises de parole de Guido en français ordinaire. Pour la même raison, nous avons supprimé des dialogues, les interjections salaces qui , quelque fois, les accompagnaient.

sur ses conseils, passa d'éternel perdant à gros gagnant. Au sortir des parties, en plus des embrassades très latines dont il gâtait son ami, il insistait pour lui donner la moitié de ses gains, ce que Jef refusait obstinément.

— Fiche-moi la paix avec ça ! On s'amuse. Invite-moi plutôt à prendre un verre.

***

C'est ainsi que Jef fit la connaissance de Marc Vive, dit « Mak », au bar du Cercle, en cette fin de juin 1999. L'homme, d'une quarantaine d'années, déjà bedonnant, joueur invétéré, se rapprochait généralement de Guido, avec qui il se lançait dans de sombres conciliabules accompagnés d'échanges discrets en sous-main. Cela fait, il retrouvait sa prestance pour offrir aux deux jeunes gens le cocktail de leur choix. Il s'éclipsait ensuite, saluant Guido d'une tape amicale dans le dos, et Jef, d'un vague signe de la main.

Pour les deux amis, la soirée était loin d'être terminée. A la fermeture du Cercle, à une heure du matin, ils rejoignaient la garçonnière de Guido, où sa copine faisait déjà patienter en musique toute une bande de jeunes toxicos. Guido était tout de suite accaparé par son petit commerce. La drogue s'achetait sans aucune discrétion. De temps en temps, le carillon le faisait courir à la porte d'entrée pour accueillir un nouveau client. Pendant ce temps-là, Jef, qui ne goûtait pas à ce genre de médecine, distribuait les boissons et s'occupait de la musique.

Ce samedi-là, 16 octobre, Jef attendit que tous soient partis pour chopper Guido.

— Guido, j'ai besoin de toi.

Il l'entraîna vers le canapé.

— Patricia a disparu !

Guido connaissait une partie de l'histoire, mais il n'était pas au courant des évènements les plus récents. Jef les lui raconta en détail et lui fit part de son inquiétude.

— Elle a probablement été enlevée. Son ancien souteneur a été abattu, mais son frère, paraît-il encore plus barbare, a pris sa place. Il faut absolument qu'on la retrouve.

Guido aimait rendre service aux autres. C'était d'ailleurs comme cela qu'il justifiait son commerce : « On ne peut pas les laisser en manque ! ». Concernant Jef, c'était particulier : il se sentait triplement redevable : redevable de lui avoir médiatisé son tournoi, redevable de ses gains au poker et redevable d'avoir été élu ami.

— Comme ça, à froid, je ne sais pas comment t'aider. Tu veux ma voiture ? Peut-être que tu veux quand même ton argent ? Il est à toi, tu sais ça !

— Non. Juste, tu dois connaître du monde dans ce milieu ; peut-être que quelqu'un pourrait nous renseigner ?

— Mon père, oui, il connaît ce genre de monde, même ici en France. Je lui téléphone si tu veux ?

— Non, plus simple : toi ! J'ai bien vu au Cercle. Il y en a plusieurs, du milieu, qui te saluent.

— Ils me saluent à cause de mon père. Sinon ils ne me regarderaient même pas.

— Tu m'as dit que Mak était un caïd local ; pourquoi tu ne lui demanderais pas ?

— Je peux. Mais c'est dangereux. Il voudra quelque chose en échange.

— Je prends le risque.

— Tu ne sais pas ce que tu dis. OK, je lui demande mais à une seule condition.

— Quoi ?

— Tu ne t'en mêles pas. Si tu mets ton doigt dans l'engrenage, crois-moi, tu y passes.

— OK, essaye !

— On est bien d'accord, tu ne t'en mêles pas ?

Jef ne répondit pas. Ils convinrent que Guido solliciterait Mak le prochain samedi au bar du Cercle.

— Et on s'arrangera pour le faire gagner au jeu pour le rendre plus arrangeant !

***

Ce samedi-là, Jef laissa Guido se débrouiller tout seul au poker. Conséquence ou pas, Mak quitta la table gros gagnant, le sourire aux lèvres. Comme convenu, au bar, une fois leurs petites affaires conclues, Guido demanda à Mak « un petit service » : se renseigner sur le sort d'une certaine Patricia. Les deux acolytes étaient trop à l'écart pour que Jef puisse suivre la discussion qui s'ensuivit. Mais, à observer leurs gestuelles, il comprit que la partie n'était pas gagnée. Mak était continuellement à partir, Guido le retenant par un flot ininterrompu de paroles. Au moment où la situation semblait désespérée, Mak se dirigeant vers la sortie, Guido tenta une dernière fois de le retenir en lui montrant Jef du doigt.

— Je ne t'ai pas tout dit : c'est une copine à lui !

— Je ne le connais pas, « lui » ! Qu'est-ce-que ça change ?

Guido lâcha le morceau :

— Il est journaliste. Tu te souviens de notre tournoi de poker de juin dernier ? C'est lui qui en a fait la promotion.

— Bien sûr que je m'en souviens : j'avais gagné le deuxième prix.

Puis, se reprenant :

— Tu as dit qu'il est journaliste ?

Guido opina. Mak, sans complexe, se dirigea vers Jef et lui tendit sa carte de visite.

— Viens me voir chez moi jeudi prochain à l'heure du café. On parlera.

Aussitôt dit, aussitôt parti ! Guido se précipita sur son copain, figé, la carte de visite en main.

— Surtout ! Tu n'y vas pas.

— Dire que tu ne devais pas m'impliquer...T'inquiète, je saurai me défendre.

— Tu es fou ! Tu ne sais pas…

Jef rentra directement ce soir-là. Il voulait faire part tout de suite de la bonne nouvelle à Amélie. Cela compenserait sa déconvenue à l'Hôtel de Police.

Elle y était retournée la veille. L'officier s'était gentiment moqué d'elle.

— Rien ne nous fait penser que votre « petite amie » a été enlevée.

Son insistance à parler de sa « petite amie », un sourire ironique aux lèvres, avait mis Amélie mal à l'aise. Elle s'était sentie tellement humiliée, qu'elle avait corrigé :

— Ce n'est pas ma « petite amie », comme vous dites. C'est juste une copine.

L'officier avait conclu l'entretien en confirmant qu'une adulte avait le droit de disparaître et que faute d'éléments probants, il bouclait l'enquête.

Jef trouva Amélie déjà couchée, à lire la dernière BD des Schtroumpfs. Souriante du plaisir de le voir rentrer si tôt, elle posa son livre, prête à l'accueillir.

— Quelle bonne surprise !

— Ça y est, j'ai mon rendez-vous : jeudi !

Elle se rembrunit instantanément.

— Je n'aime pas. Ces gens sont dangereux.

Jef tenta de s'expliquer, mais elle ne voulut rien entendre.

***

Marc Vive habitait sur les hauteurs de Saint Ismier, petite commune cossue de la banlieue grenobloise. Guido lui avait proposé sa Porsche pour s'y rendre, mais Jef ne voulait pas risquer de l'abîmer.

— Au prix de la rayure, je préfère m'abstenir.

Il avait beaucoup moins de scrupules avec l'Acadiane de la Boîte à pizzas. D'une part elle n'était plus à une rayure ou une bosse près, d'autre part c'était, en quelque sorte, la contribution de Bernardo à l'opération. Olga lui demanda le pourquoi de l'emprunt. Quand Jef lui précisa : « pour Patricia », elle haussa les épaules et s'en alla en maugréant.

Il avait localisé l'adresse sur le plan de la commune. Il trouva sans mal le long chemin qui serpentait sur les premières pentes de la Chartreuse. Il eut plus de mal à repérer la maison elle-même, sans numéro apparent au portail. Ce fut finalement le nom gravé sur la boîte aux lettres qui le tira d'affaire. Il laissa la voiture en bordure et sonna.

Un gardien tout vêtu de noir l'accompagna du portail à la porte d'entrée. C'était une grande maison bourgeoise, noyée dans un bois d'arbres centenaires aux feuilles mordorées. Une fois dans le vestibule, le gardien, sans s'expliquer, le palpa de haut en bas, avant de le confier à une soubrette qui le pria de la suivre. Il fut introduit dans un grand salon, très modern art, jusqu'au canapé où siégeait une belle dame, tout droit sortie d'une revue de mode. Elle le guida de sa main vers un large fauteuil, apparemment conçu pour s'assoupir.

— Mon mari vient d'appeler. Il a été pris dans un bouchon sur la rocade. Installez-vous, il ne va pas tarder.

Jef se sentit obligé de s'y enfoncer. Déjà la belle dame engageait la conversation sur tout et rien, l'entraînant dans un univers de banalités sur lesquelles il devait donner son avis. Il lui fallut rester aimable, superficiel, attentif, patient. Cela dura bien plus longtemps qu'elle n'avait laissé entendre, ce qui épuisa ses ressources en platitudes. Elle devint très nerveuse, au point de quitter finalement le salon pour « *aller voir ce qui se passe* ».

Ce fut sa seule diversion, qu'il décrivit plus tard à Guido, à sa façon : « Tu l'aurais vu s'éloigner, en équilibre sur ses talons aiguilles. Elle dandinait son cul comme si elle faisait, pour moi seul, un défilé de mode ! » « Ou autre chose », avait répondu Guido, en lui frappant l'épaule.

Mak arriva peu de temps après.

— La partie de golf n'en finissait pas !

Tiens ! Les bouchons avaient bon dos ! Il ne s'excusa pas, ni ne vint saluer son hôte. Il lui signifia d'un geste sec de ne pas bouger, avant de s'asseoir lui-même sur le canapé. Il prit le temps de défaire ses lacets et de retirer ses chaussures, puis de se coucher, la tête posée sur l'accoudoir.

— Vas-y, je t'écoute.

Le fauteuil de Jef était ainsi fait qu'il avait du mal à s'y tenir redressé comme il sied pour prendre la parole. Il fit de son mieux pour exposer sa requête comme il l'avait préparée. Il expliqua qu'il avait perdu de vue une très bonne amie, et qu'il était inquiet. Qu'elle était partie, il y a presque un an, pour Chaville-le-Bas, la ville où elle avait passé toute sa jeunesse. Depuis, il n'avait plus de nouvelles. Il était inquiet parce que cette jeune femme avait été un temps la maîtresse d'un caïd de Chaville-le-Bas qui, depuis, était mort ; mais il pensait que le frère de ce dernier avait des vues pas claires sur elle. Guido avait pensé qu'étant donné ses relations, lui, Mak, pourrait savoir ce qu'il en était.

Mak avait gardé les yeux fermés pendant tout l'exposé. Il attendit que Jef eût fini pour les ouvrir, se redresser et l'apostropher.

— Et pourquoi Guido pense que je peux obtenir cette information ?

Jef avait prévu cette question, au ton près.

— Guido croit savoir que vous êtes bien introduit dans ce milieu. Youssef, le caïd en question, tient le trafic de drogue de la zone.

— Youssef ? Encore un arabe qui a dû se faire sa place à coups de Kalach ! Je ne fréquente pas ces gens-là.

— Non ! C'est un black, mais qu'importe. Guido ne m'a pas dit que vous le fréquentiez, mais il pense que vous êtes bien placé pour savoir ce qui se passe.

— Guido est un gentil garçon et, surtout, j'ai beaucoup de respect pour son père. Disons que, si tu m'en dis un peu plus, je peux essayer de savoir. Je connais du monde partout, c'est vrai, et je devrais pouvoir trouver le bon informateur. Vas-y, précise : les noms, les lieux, les circonstances. T'inquiète : je n'écris rien, je retiens tout.

Jef avait réalisé une fiche qu'il pensait lui remettre. Au lieu de cela il la lut, lentement, en répétant les dates, en épelant les noms, en détaillant les principales circonstances. Mak acquiesçait d'un mouvement de tête. Quand Jef eut fini, Mak resta un moment silencieux, le visage couvert de ses larges mains. Puis il se leva et vint toiser Jef.

— Donc tu es journaliste ?

Jef voulut atténuer l'impact.

— Je travaille au journal. Je suis…

Il n'eut pas le temps de terminer sa phrase.

— J'ai un problème à Teisseire[2].

Puis un long silence, le temps qu'il se rechausse.

— Il y a là-bas une bande de voyous, encore des Arabes, qui gênent mes amis, qui les empêchent de travailler, qui sont même agressifs, dangereux pour la population.

Nouveau silence, jusqu'à ce que Jef l'interroge.

— Et alors ?

— Je me demande ce que font les journalistes. Je n'ai vu aucun article dans ton journal. Pourtant les habitants se plaignent : ils se sentent en danger. Je crois que tu devrais écrire quelque chose là-dessus. Même, que ce serait un très bon plan pour toi.

— J'ai compris. Je vais voir ce que je peux faire.

— Si tu vas voir, je vais voir ! Bien ! À samedi. Jeanne va te reconduire.

Il n'eut qu'à ouvrir la porte pour que Jeanne se présente.

***

[2] Teisseire est un quartier « difficile » au sud de Grenoble.

16

Il fit un rapide compte rendu à Amélie, en omettant tout ce qui pouvait l'inquiéter, notamment les conditions que Mak mettait pour l'informer. Elle n'en resta pas moins réservée.

— Je te l'ai déjà dit : je n'aime pas te savoir en affaire avec ces trafiquants. Ils vont te piéger.

Il la rassura autant qu'il put, sachant que lui-même ne se sentait pas en sécurité.

Il raconta l'affaire dans ses moindres détails à Guido. Ils étaient dans sa Porsche, en route vers Chambéry où Guido espérait organiser un des épisodes du championnat régional de poker. Guido prit du temps avant de répondre. Ce n'est qu'une fois le péage de Crolles passé qu'il entama un long exposé sur la pègre, qui occupa tant son esprit qu'il en oublia d'accélérer. Se traîner, comme seule une 2ch sait le faire, ne l'empêcha pas de se caler par habitude sur la file de gauche de l'autoroute, suscitant chez les autres conducteurs, peu habitués à dépasser ce genre de bolide, une indécision à l'origine d'une file imposante de véhicules en cortège derrière lui.

Jef fut trop stressé par ce cafouillis pour suivre attentivement ce qu'il disait. Dommage, c'était un témoignage de première main que Guido ne livrait normalement pas, parce qu'il relatait ce que, durant son enfance, il avait deviné de la cruauté de son père. Certes, pas vu directement, mais rien n'avait échappé à sa sensibilité enfantine : de la terreur que son père faisait régner dans son entourage, des ordres criminels qu'il donnait dans le dos des futures victimes, des disparitions d'amis chers, des attitudes obséquieuses de ses vassaux. Si Guido avait décidé, là, de parler, c'est qu'il avait le pressentiment que Jef, son ami, allait se faire piéger dans ce genre d'univers.

Jef retint du tout que Guido le mettait en garde contre le chantage, donnant-donnant, qui allait le faire « basculer », à écrire un article pour le compte d'un truand. Mais il avait déjà réglé ce problème avec sa conscience : Primo, il allait le faire pour sauver Patricia, secundo, plus important, ce sujet d'article était, en soi, tout à fait légitime et même utile pour les populations de Teisseire. Qu'il serve les intérêts de Mak était en l'occurrence une bonne chose puisque cela contribuerait à sauver Patricia. Et enfin, n'était-ce pas Guido lui-même qui l'avait introduit auprès de Mak ?

Restait à informer Bernardo. Jef voulait lui faire partager ce mince espoir qui se présentait. Il demanda à Olga d'utiliser le poste téléphonique du repaire de Bernardo. Il eut encore une fois droit de sa part à la soupe à la grimace.

— Bernardo, j'ai trouvé un informateur. Il devrait nous apporter des nouvelles de Patricia. Il a posé des conditions que je vais remplir au plus vite.

— Ne m'en dis pas plus au téléphone. Libère-toi une journée, prend l'Acadiane et viens me voir. Tu demandes l'itinéraire à Olga.

— Je peux dimanche, avec Amélie.

— Non, viens dimanche sans Amélie. C'est une affaire entre nous deux.

***

Olga l'attendait au pied de l'escalier, le regard haineux. Jef s'agaça de cette nouvelle rebuffade. Elle était généralement avenante avec tous, clients et entr'nous…

Sauf avec lui.

— Pourquoi tu me regardes comme ça ? Pourquoi m'agresses-tu à tout bout de champ ? Qu'est-ce que j'ai fait ?

— Qu'est-ce que tu as fait ? Je vais te dire…

Elle le poussa dans l'escalier puis dans le repaire de Bernardo, et lui raconta « l'histoire ».

— Bernardo m'a recrutée il y a cinq ans, comme serveuse à la Boîte à pizzas, qu'il venait d'ouvrir. Lui était derrière le comptoir, à confectionner les pizzas, moi j'étais à les emballer pour les remettre aux deux livreurs, à servir les clients sur place et à encaisser. Il nous a tout de suite gavés avec la « patronne » qui allait arriver d'un jour à l'autre et prendre l'établissement en main. La réputation des pizzas de Bernardo fit le tour de la ville, tant et si bien qu'il fallut embaucher des livreurs, des marmitonnes, un pizzaïolo. Et moi, je me coltinais, en plus du service, les achats, la caisse, les fiches de paie…Toujours en attendant « la patronne ! » Pour être franche, si j'acceptais ces quinze heures de boulot par jour, c'est que j'avais l'œil sur lui et que j'attendais patiemment qu'il me remarque. Comme cela ne venait pas, je me suis expliquée. Il est tombé des nues et c'est là qu'il m'a avoué que la « patronne », c'était en fait le grand, l'unique amour de sa vie, sa raison d'être. Que bien sûr, il m'aimait bien, que s'il n'y avait pas eu elle… Je suis partie en pleurant et pas revenue les jours suivants.

Il est venu me chercher. Il m'a monté un énorme boniment, comme quoi « la patronne », c'était un fantasme, qu'il savait bien qu'elle ne viendrait jamais, mais qu'il ne pouvait pas s'empêcher d'espérer. Alors, si je voulais bien, on pouvait se mettre ensemble, mais discrètement pour ne pas effaroucher la patronne s'il lui venait l'idée de se présenter. Et si c'était le cas ? Eh bien, on aviserait.

C'était un énorme boniment de mec, juste parce qu'il avait besoin de moi. Mais j'ai mordu et on s'est mis ensemble. C'était bien, je crois qu'on était bien tous les deux. J'ai commencé à espérer que ça dure pour toujours.

Et puis il y a eu les coups de feu. J'ai eu très peur.

Quelqu'un avait décidé de le descendre. Il est parti se réfugier dans la Drôme, ni vu, ni connu. Il revenait parfois pour la nuit, et je le rejoignais là-bas le dimanche. Et là, tu arrives avec ta « Patricia », sa « patronne » ! Je suis honnête, je ne peux pas faire autrement que de le prévenir. Alors tout a changé, même sa voix, j'ai envie de dire : « même sa bite ! ». Terminé, les visites, ou c'est pour te voir ! La Drôme en Acadiane, maintenant c'est pour toi !

— Oui, ajouta-t-elle, le regard toujours mauvais, j'en ai gros sur le cœur !

Jef comprenait. Il n'y avait rien à ajouter, il n'osa même pas un geste tellement il le pressentait dérisoire. Il la laissa à son désespoir.

Elle revint encore à la charge.

— Attends ! Ne va pas répéter tout ça à Bernardo. Et dis-toi bien : c'est à toi que j'en veux, pas à lui. Chez lui, c'est de la passion, on ne peut rien contre la passion. Jamais je ne le trahirais.

Il aurait voulu en savoir plus. Mais pas le temps, il devait poursuivre son chemin.

Il redescendit et traversa la salle. Amélie, toute de blanc vêtue, interrompit la préparation d'une pizza pour venir vers lui.

— C'est quoi ce long conciliabule ?

— J'étais surtout au téléphone. Je vais devoir m'absenter dimanche. Ce sera l'occasion, pour toi, de rendre visite à tes parents.

Elle n'apprécia pas.

— Peut-être que ce sera l'occasion, pour moi, de visiter quelqu'un d'autre !

***

C'était samedi soir. Comme d'habitude, à la sortie de son travail, Jef alla chercher Guido chez lui, tour Mont-Blanc. Ils s'installèrent un moment dans sa cuisine, le temps de manger un morceau et boire un verre. Il y eut juste, en place des plaisanteries habituelles, un petit échange acerbe.

— Tu n'avais pas l'air d'accorder beaucoup d'intérêt à ce

que je racontais dans la voiture, l'autre jour.

— J'étais surtout préoccupé par ta conduite ! Mais si, c'était intéressant…

Ils en restèrent là, malheureux, tous les deux, de ce coup d'épée dans l'eau.

Jef se rattrapa à la table de jeu en soufflant à Guido une stratégie qui lui fit empocher la totalité des mises de la soirée. En bon vainqueur, Guido s'empressa d'offrir une tournée à tous, avant de rejoindre discrètement Mak, accoudé tout au bout du bar. Leurs petites affaires traitées comme d'habitude, ils se serrèrent la main et se séparèrent.

C'est alors que les choses prirent une tournure nouvelle. Mak, au lieu de partir en saluant Jef de loin, se dirigea vers lui.

— Nous devons nous voir ce soir ; je t'emmène.

— Mais… Guido…

Jef était piégé par surprise. Il se tourna, gêné, vers Guido, qui le regardait, inquiet. Il se tourna, gêné, vers Mak, qui le fixait, dominateur.

— Tu le reverras ton copain, laisse-le à ses affaires, on y va !

Piégé, au point d'être ridicule.

— Mais comment je rentre ?

Il courut derrière Mak déjà sorti, laissant Guido en plan, de plus en plus inquiet.

Ils s'installèrent à l'arrière d'une grosse berline de luxe dont Jef ignorait jusqu'à l'existence de la marque (une Infinity). Damien, l'homme en noir qui l'avait introduit l'autre jour chez Mak, était maintenant le chauffeur.

Le trajet fut assez long pour que Mak déroule jusqu'au bout un long interrogatoire :

— Comment la connais-tu, cette Patricia ?

— Elle t'accueillait à Montpellier ? C'était ta maîtresse ?

— C'est donc elle qui t'a envoyé à Grenoble ?

— Tu loges où ?

— T'as une copine ?

— Comment t'as connu Guido ?

— Tu trafiques avec lui ?

— Tu fais quoi au journal ?

— Donc, Patricia, plus de nouvelles ? Pas revue ?

— C'était la maîtresse du black ? Non ? Donc elle faisait la pute pour lui ? Ne t'offusque pas !

— Assassiné ? Ils ont pincé le meurtrier ? OK, je comprends mieux : le Youssef a repris sa marchandise ? Ne t'offusque pas, je te dis : de toute façon je m'en fous ; je t'aurai l'info et après, tu décideras.

— Quoi ? Eh bien si tu veux la récupérer… Oui, on aura le temps de voir tout ça. Quand tu auras fait paraître mon article.

— Non, je ne sais pas écrire. C'est toi qui écriras, c'est un bon plan pour toi.

Ils en étaient là quand ils arrivèrent au Number One. Le gardien-chauffeur les déposa devant l'entrée. Ils dépassèrent la queue, salués par les deux videurs. Ils saluèrent le barman qui leur indiqua leur table, véritable loge, où, déjà, une petite équipe très jeune était installée. Ils se levèrent tous - Mak était visiblement leur boss - et l'écoutèrent présenter Jef.

— Notre jeune ami, journaliste, va nous sortir la tête de l'eau à Teisseire.

Cette fin de phrase déclencha murmures d'approbations et sourires de connivence.

— Voilà, Jef, installe-toi et profite de cette jeune compagnie. Ange, tu lui fais une place ?

Jef s'installa sur la banquette, à côté d'Ange. Elle lui fit la bise et lui demanda ce qu'il voulait boire.

— Comme toi.

Ange partit commander. Mak, assis face à eux, l'arrêta sur le chemin et lui souffla tout un discours à l'oreille. Il termina par une claque sur ses fesses, qui la propulsa vers le bar.

Jef, entre-temps, s'était fait accrocher par son voisin de droite. Il se présenta : Marius, et voulut absolument lui serrer chaudement la main.

— Mak m'a mis au jus ! On ne va pas parler boulot, mais

tu nous enlèves un sacré souci. On se verra sur place. C'est moi qui tiens cette zone… Façon de parler ! Je te décrirai la situation et te ferai rencontrer quelques habitants sûrs que tu pourras interviewer.

Jef tenta d'acquiescer ; en réalité, son cœur battait la chamade, il ne comprenait pas ! Il s'était préparé à quelque chose de beaucoup plus brutal : des ordres, de la froideur, des menaces, du chantage. Et on lui parlait de futures collaborations, d'échanges presque amicaux. Marius lui présenta sa « bande de copains », des gars de son âge, en plein échange de pronostics sur les matchs du week-end et qui tout de suite voulurent connaître les siens.

Ange revenait toute souriante, avec trois verres, un petit pour Mak, probablement un whisky, deux grands pour Jef et elle, de punch bien chargé. Elle se refit sa place à côté de Jef, en remuant ses fesses. Jef, dans son état de stress, était fermé à toute sensation érotique. Il la remercia mécaniquement et but son punch d'une seule traite. Il vit dans son regard une certaine compassion quand elle le tira du canapé pour l'amener sur la piste de danse.

C'est là qu'il remarqua combien elle était petite. Pour voir son visage, ses mimiques, et pas seulement les ondulations de sa coiffure, il devait se porter à deux mètres d'elle, ou alors s'accroupir ! Mais la petite voulait absolument rester au plus proche de lui et ratisser son abdomen de ses doigts, au rythme de la musique. Jef n'avait absolument pas l'esprit à batifoler. Reste qu'il respirait mieux sous les ventilos et que lentement l'alcool le décrispait. Il laissa Ange faire et se préoccupa du comment se sortir de là au plus vite.

Il chercha à repérer Mak dans la foule, de plus en plus dense, de ce long week-end de la Toussaint. Il n'était plus dans la loge de son gang, pas, non plus, sur la piste. Il le devina dans la pénombre, à bécoter une blonde. Il resta sur la piste, en compagnie d'Ange, à attendre que la situation évolue du côté de Mak. Mais au lieu de se séparer, les deux tourtereaux disparurent. Découragé, il quitta la piste, laissant

Ange en plan, pour rejoindre Marius et sa « bande de copains ».

Il ne fallut pas une minute pour qu'Ange vienne le tirer par la main.

— Je dois te montrer quelque chose !

Au point où il en était !

Ils descendirent un escalier et débouchèrent dans un lounge sans piste de danse et sans sono assourdissante. Elle l'entreprit :

— Tu me plais…

Jef s'agaça.

— Tu es en service commandé ?

— Oui au départ, mais non maintenant. C'est sincère, tu me plais.

— À quoi vous jouez Mak et toi ?

— C'est mon boss.

— Tu es quoi là-dedans ?

— Devine !

— Escort-girl ?

— C'est une façon de dire.

— Mais tu es une gamine !

— Comme toi…

— Sauf que ce n'est pas mon boss.

— En général ça commence comme ça.

— Où puis-je le trouver. Je veux rentrer.

— Il en a pour un moment. Barre-toi, prends un taxi.

— Je n'ai pas un sou.

— Je te prête.

Oui, mais il y avait Patricia. Il ne pouvait pas prendre le risque de tout faire capoter.

— Merci, mais non, je vais l'attendre. Désolé pour toi, Ange, mais j'ai une copine. Laisse-moi. Je vais m'installer là, dans le coin, jusqu'au retour de Mak. Bon courage… Je te fais la bise.

Au lieu de sa joue, elle tendit ses lèvres.

— Je ne dois pas te quitter.

Il se trouva une banquette d'angle. Il était trois heures

passées. Il s'écroula de fatigue.

Ange s'assit en face de lui.

***

Mak vint le secouer à six heures du matin.

— La boîte ferme, on s'en va.

Six heures ! Jef imagina l'angoisse d'Amélie.

— Merde, elle doit me croire mort !

— Pourquoi mort ? Tu lui diras que tu t'es endormi. Attends, on va même lui trouver des fleurs !

Ils prirent la route. Mak lui édicta ses consignes pour la semaine à venir. Il devait annoncer à son rédacteur qu'il avait un contact privilégié sur Teisseire : un informateur qui était prêt à lui livrer, et à lui seul, des informations exclusives sur les récents évènements, coups de feu, rodéos, incendies de voitures etc. Il devait se faire confier la rédaction de l'article. Il avait la semaine pour réussir. Ils se reverraient samedi prochain pour organiser la suite.

Jef feignit d'être trop ensuqué pour savoir répondre. En réalité il s'interrogeait sur ce que Guido s'était acharné à lui expliquer : qu'il serait piégé, qu'il ne pourrait plus se libérer de l'emprise de Mak, que sa vie serait en jeu. Au contraire, il se sentait considéré, en sécurité.

Mak fit arrêter la voiture chez le premier fleuriste ouvert. Le gardien-chauffeur revint avec un immense bouquet de roses. Il poursuivit sa route jusqu'à la porte de l'immeuble de Jef, et descendit lui déposer le bouquet dans les bras. Mak pencha la tête par la fenêtre.

— Tu la pries de nous excuser de t'avoir retenu si longtemps. Inutile de lui dire que c'est pour Patricia !

Jef trouva Amélie debout, habillée, les yeux enflammés. Elle se jeta à son cou, s'écorchant aux épines des roses.

— J'ai eu trop peur. J'allais partir chez les flics. Ils t'ont fait quoi ?

Jef jeta les fleurs au loin. Il la couvrit de baisers et de caresses.

— Moi aussi, j'ai eu très peur au départ. J'ai été emmené à 40 km de Grenoble, sans pouvoir rien faire. Mais là-bas, tout s'est bien passé ; on m'a offert à boire, j'ai fait connaissance de la bande, on a parlé foot, j'ai dansé. Juste que Mak avait disparu et que j'ai voulu l'attendre pour partir…et je me suis endormi !

— Je ne comprends pas.

— A vrai dire, je lui ai demandé de retrouver Patricia et il veut en contrepartie, que je rédige un article pour lui.

— Je ne comprends toujours pas.

Jef raconta toute l'histoire. Il parla de Guido, qui l'avait mis en garde, de Mak qui avait proposé le marché, de Patricia, qu'il imaginait en grande détresse. Au plus vite cet article paraîtrait, au plus vite Patricia reviendrait et au plus vite il pourrait oublier cette malheureuse affaire.

Il allait mettre Bernardo au courant. Il voulait prendre une douche tellement il se sentait sale. Ensuite, il récupérerait l'Acadiane et prendrait la route.

— Je viens avec toi, tu es crevé et cela me concerne autant.

— Tu es aussi crevée que moi, et Bernardo veut me voir seul. Ne t'inquiète pas, tout ira bien.

Amélie le regarda se déshabiller. Elle voulait mémoriser son long corps trop maigre, son visage enfantin, son sexe au repos. Elle se sentait misérable, désarmée, pièce rapportée d'une tragédie qui se jouait sans qu'elle ne puisse rien faire.

***

La route fut longue. L'Acadiane se traînait dans les côtes, une longue file derrière elle. Bernardo avait trouvé refuge au fin fond de la Drôme. Il fallait d'abord rejoindre Crest et de là, par une petite route sinueuse, le petit village de Vesc. Quelques kilomètres plus loin on empruntait un long chemin vicinal, caillouteux, pour arriver au « Valfrais », une vieille ferme transformée en gîte rural et relais à chevaux. Jef se gara dans la cour, à côté d'une berline noire, une BMW étincelante. Il se dirigea vers une large porte d'entrée en bois massif. Elle était entrouverte. Elle donnait directement sur une grande salle, au centre de laquelle trônait la table d'hôte. Bernardo l'y attendait, seul.

— Je croyais ne plus te voir. J'ai appelé Olga qui m'a annoncé que tu étais parti en retard. On va tout de suite déjeuner, pour libérer notre hôtesse.

Le gîte était désert, comme souvent en hiver. Le repas se prit dans la cuisine. Bernardo fit les présentations – Roland, le tenancier du gîte et Martine, sa compagne. Il expliqua que le couple de gérants lui servait aussi de prête-nom.

— Ce sont aussi des anciens zonards, du « Neuf-trois », bien au fait de ma situation.

Ils n'abordèrent le vrai sujet de leur rendez-vous qu'après le repas, près de la cheminée de la salle commune.

— Je t'ai stoppé dans ton élan au téléphone car il est fort probable que ma ligne soit sur écoute. J'ai des infos de Chaville-le-Bas. N'oublie pas que j'en fus le caïd ! Il y a eu du remue-ménage ces derniers jours : des perquisitions, dont l'une chez un de mes anciens gars. J'espère que tu n'es pas à l'origine de cela ?

Jef fit mine de ne pas comprendre, alors qu'il reconnaissait là le contrecoup de la visite d'Amélie à la police.

— Je vais tout reprendre depuis le début…

Jef avait réfléchi pendant la route à ce qu'il voulait dire et ne pas dire. Les évènements de la veille l'avaient fait changer d'avis. Il ne s'agissait plus de jouer au chat et à la souris avec Bernardo. Il fallait s'appuyer sur lui. À y regarder de plus près, c'était une façon de lui refiler la patate chaude.

Bernardo écouta sans l'interrompre et prit quelques notes apparemment sibyllines. Quand Jef eut fini, il se leva et lui proposa une marche dans les collines avoisinantes. Mais ce que Bernardo appelait une marche s'apparentait plutôt à un footing. Ni le rythme endiablé, ni le dénivelé, ne l'empêchaient de rassembler ses idées et d'exprimer sa pensée. Jef, qui voulait à tout prix suivre l'exposé, s'essoufflait à tenter de rester à son niveau.

Et Bernardo avait beaucoup à dire : Il rappela que leur objectif commun était de sauver Patricia. Pour ce faire, Jef avait joué aux apprentis sorciers en magouillant en solitaire avec une bande de truands ! Croyait-il vraiment qu'il lui suffirait de rédiger un article pour que Patricia leur revienne, comme une fée ? Croyait-il vraiment qu'il avait a faire à des « gentils » qui, comme il venait de le dire, « le respectaient » ? Non, les petites prévenances avaient juste servi à l'introduire dans la souricière !

Lui, Bernardo l'avait pourtant bien mis en garde. Jef avait fait fi de son expérience. Est-ce que lui, Bernardo, n'avait pas déjà fait la preuve de la justesse de sa position ? Il avait affronté les truands sans compromission aucune, ni avec eux ni avec la police.

Maintenant, le mal était fait. Jef ne pourrait plus sortir du piège dans lequel il était tombé, sans mettre sa vie en jeu. Pire : sans le savoir, il l'avait entraînée, elle, Patricia, dans la nasse !

Comment ? Il ne comprenait pas ? Qu'il réfléchisse un peu.

— Jef, il faut que tu prennes enfin conscience que tu as affaire à des criminels sans foi ni loi. TU NE COMPTES PAS POUR EUX, ils te tueront de sang-froid, sans le moindre scrupule, et la police dira juste : « un petit délinquant de moins ! ». Je n'invente rien : cela se passe comme ça tous les jours.

Ils parvinrent à une clairière, tout en haut de la colline. Bernardo ralentit, puis s'arrêta. Jef, tordu en deux, crachait ses poumons. Bernardo se posa face à lui.

— Mais cela ne se passera pas comme ça. Je ne les laisserai pas te sacrifier sur l'autel de Patricia. Tu es son petit frère et nous allons la sauver ensemble.

— Comment ?

— Tu vas écrire ton article comme si de rien n'était. Tu vas les fréquenter autant qu'il le faut pour qu'ils ne soupçonnent rien. Quand tu as l'information pour Patricia, tu te fais oublier, je prends le relais. Évite de mêler Amélie à tout ça ; j'en ferai autant pour Olga. Si problème, j'arrive. Je me suis procuré cette grosse berline à cette fin.

Ils reprirent leur marche, cette fois d'un pas normal

Livre 5

La Bascule

17

Rentré tard, dimanche soir, de son périple dans la Drôme, Jef avait tout de suite réconforté Amélie : Bernardo allait prendre les choses en main et s'assurer de leur sécurité. Soulagée à la seule évocation du nom de son sauveur, elle ne chercha pas à en savoir plus. Ils s'endormirent, épuisés.

Jef ne travaillait pas ce lundi de Toussaint, Amélie non plus. Ils ne répondirent tout simplement pas à Idir quand il vint frapper à leur porte pour leur rappeler la sortie commune des « entr'nous » aux grottes de Choranche.

Ils passèrent la matinée au lit, déjeunèrent de saucisses frites au Tonneau de Diogène, puis prirent les bulles pour monter au Fort de la Bastille. Là-haut, accoudés au garde-corps de la terrasse de la citadelle, ils oublièrent d'admirer le panorama à couper le souffle, du Mont-Blanc au Grésivaudan, de la vallée du Drac aux contreforts du Vercors. Ils ne pensèrent qu'à eux, ils ne parlèrent que d'eux. En premier lieu, de l'appartement qu'Amélie avait visité samedi, dans le long bâtiment en « S » qu'elle lui désigna du doigt, à côté des trois grandes tours : deux chambres, une grande salle de séjour, une kitchenette, un débarras. Pour Amélie, ces deux chambres étaient une façon de dessiner un avenir familial. Jef aurait sûrement rechigné encore l'avant-veille, mais là, pas du tout. « Bien, ces deux chambres », approuva-t-il, avant de poursuivre :

— Coté budget, c'est jouable. D'une part je vais avoir une augmentation, d'autre part on va résilier le bail de ma mansarde, ce qui fera autant pour payer le nouveau loyer.

Ils revinrent ensuite sur cette fameuse visite aux parents d'Amélie, depuis longtemps dans les tuyaux, dont Jef avait encore essayé de se débarrasser le samedi précédent, en y envoyant Amélie seule. Changement radical : d'accord, ils iraient ensemble, dimanche prochain.

Il en fut ainsi de plusieurs autres sujets qui concernaient leur vie commune. Jef, tout à coup, voulait consolider leur couple, chose qu'Amélie s'était évertuée à tenter, jusque-là sans succès. Finalement, juste avant de quitter le fort, Jef glissa incidemment :

— Peut-être devrions-nous penser à nous pacser.

Amélie ne dit rien, mais se promit de lui faire la fête cette nuit même.

Ils descendirent de la colline en gambadant en amoureux. Ils s'installèrent, pour grignoter, au Café de France, au grand plaisir de Victor.

— Amélie ? Il y a longtemps qu'on ne t'avait pas vue. Tu nous manquais.

Ce fut un défilé à leur table, de mains à serrer, de bises à donner. Seul Guido resta planté à l'entrée en les apercevant. Jef le rattrapa avant qu'il ne ressorte.

— Guido, s'il te plaît, viens que je te présente Amélie. Pour le reste, je t'expliquerai. Je passe te voir chez toi, demain soir.

Guido se laissa faire et même sourit de plaisir quand Jef l'introduisit comme « son meilleur ami ». Il ne pouvait pas y avoir de circonstances plus propices : Amélie, doublement rassurée, sur la pérennité de leur couple et sur la sécurité de Jef, était prête à l'accueillir. Surtout, durant la petite demi-heure qu'il passa à leur table, elle manifesta par tous les moyens que Jef, avant d'être son ami à lui, était son homme à elle.

Ils rentrèrent chez eux titubant de quelques verres de trop. Là, Amélie, sans le laisser souffler, mit à exécution le plan qu'elle échafaudait depuis le début d'après-midi. Gentiment mais fermement, elle le plaqua au mur, et entreprit, de toutes les manières possibles et tout le temps qu'il fallut, de propulser sa libido vers des sommets jamais atteints. Puis elle le laissa faire d'eux ce fauve passionné et délirant d'amour qu'elle désirait tant qu'ils soient.

Plus tard dans la nuit, alors qu'il dormait profondément, elle pleura d'émotion. Elle avait souvent douté de leur couple. Mais là, elle en était certaine, elle avait croché le cœur de Jef pour toujours.

***

Il se présenta au journal mardi, à l'ouverture de la salle de rédaction. Corinne, sa chef, ne venait qu'en fin de matinée, mais ce n'était pas elle qu'il venait voir. Il voulait surprendre Vincent Piala, le rédacteur des pages des faits divers, avant le rush matinal. Il avait dans sa sacoche la lettre d'introduction que lui avait remise Jacques, son ancien chef, à son intention.

Jef avait régulièrement croisé Vincent Piala dans les couloirs du journal. C'était un homme toujours pressé, jamais disponible pour venir tchatcher à la machine à café. Ils avaient donc peu parlé ensemble. Il se souvenait d'une seule fois, à propos d'une « alerte » qui était remontée d'un correspondant : un cambriolage qui avait mal tourné dans son quartier. Le « papier », que le correspondant avait écrit sur le vif, était inintelligible. Jef, comme sa fonction l'y engageait, l'avait recomposé avant de le livrer à Vincent. Le lendemain, Vincent vint le voir pour le complimenter.

— Sincèrement, tu m'épates ! Tu as introduit dans ce banal fait divers un suspens digne d'un véritable polar. Je comprends mieux les réflexions de Corinne sur la qualité de ton écriture.

Ils avaient discuté des contraintes que connaissaient les journalistes : travail à la chaîne, manque de temps pour investiguer, pour « composer ». Ils s'étaient quittés complices.

Ce matin-là, il était bien décidé à le coincer et à ne pas le lâcher avant d'avoir obtenu la rédaction de l'article sur la poussée de violence au quartier Teisseire. Et il y réussit presque, un peu par chance, beaucoup grâce au joker qu'il mit en jeu.

La chance lui vint de ce qu'au lendemain de ce long week-end de la Toussaint, le journal faisait le plein avec les évènements festifs, foires et autres, qui avaient eu lieu. Il restait peu de place pour les faits divers ! Vincent était donc à se morfondre quand Jef frappa à la porte de son bureau. Il l'aurait peut-être malgré tout renvoyé à ses affaires s'il n'avait pas produit instantanément son joker.

— Cela fait bientôt un an que je dois vous remettre cette lettre de Jacques Isnard, votre ancien coturne à l'école de journalisme de Lille.

— Jacques Isnard, oui… Je me souviens.

Vincent le regardait, incrédule, tout en décachetant l'enveloppe.

— …Et alors ? Pourquoi un an ?

Il lut et relut la lettre, levant les yeux de temps en temps pour dévisager Jef.

— Et alors, pourquoi avoir attendu un an pour me la remettre ?

— Pas tout à fait un an. Parce que je ne crois pas trop au bienfait de ce genre de recommandation. J'ai pensé qu'il fallait que je prouve mon aptitude avant de vous solliciter.

— Alors, pourquoi, maintenant ?

— Parce qu'aujourd'hui, j'ai une raison impérieuse de vous solliciter.

— On se tutoie dans la maison ! Assieds-toi. Parle-moi d'abord de Jacques.

Jef n'avait pas du tout envie de parler de Jacques. Il abrégea en suscitant la curiosité de Vincent par une allusion provocante.

— Il attendait toujours de moi que je lui révèle des évènements qui lui avaient échappé ; un peu comme ici, ce qui se passe depuis quelque temps au quartier Teisseire…

— Tu veux dire quoi ?

Bingo ! Jef avait le champ ouvert. Il passa en revue les indices, fut à la fois fiable et discret concernant son « informateur », proposa son projet d'investigation et d'écriture d'une série d'articles révélant au grand jour les affrontements du Teisseire de l'ombre. Il lui fallut une bonne demi-heure. Vincent avait éteint son portable, refoulé plusieurs solliciteurs ; il s'était appliqué à prendre des notes. Il ne l'interrompit pas une seule fois. Quand Jef eut fini, il était complètement accroché par le « sujet ».

— Il y a de la matière. Voilà ce qu'on va faire. Tu as l'informateur, on ne va pas risquer de le perdre. Il est pour toi. Tu ramènes l'info. C'est Tatiana, ma meilleure journaliste, qui rédigera. Tu auras un droit de regard. Tu seras cité.

Jef avait prévu ce retour. Il ne se laissa pas démonter.

— Pour le suivi de l'investigation, je suis d'accord que Tatiana m'assiste. Cela te garantira la fiabilité des infos. En revanche, l'article, c'est pour moi. Je l'écris, je le signe.

— Attends ! Tu ne t'imagines pas que l'on va confier un reportage exclusif de cet ordre à un petit jeune sans expérience ? Tu n'as même pas le statut de journaliste ! Tu fais quoi de notre déontologie ! D'accord, je te l'ai dit l'autre jour, tu écris bien. C'est pourquoi je te donne un droit de regard sur l'article. Et tu seras cité comme collaborateur en fin d'article… Allez, concession supplémentaire, même en tête d'article.

Jef ne se démonta pas.

— Comme tu dis, je n'ai pas le statut de journaliste. Je n'ai avec vous qu'un contrat de gratte-papier, résiliable sans préavis. Rien ne m'interdit d'aller proposer mon scoop à un autre support…

— Arrête, tu n'arriveras à rien avec ton chantage. Je peux envoyer mes gars sur place…

— Faux, ils ne pourront pas se passer de mon informateur, et celui-là, crois-moi, vous ne l'aurez pas.

— Pourquoi ?

— Parce que vous n'êtes pas introduits dans le milieu.

— Bon, on arrête ! Merci pour la lettre. Tu peux partir.

— C'est tout ?

— Oui, c'est tout. Tu sors s'il te plaît ?

— D'accord Monsieur ! Pourtant Jacques m'avait dit que tu me donnerais ma chance…

— Oust !

Jef ne fut pas véritablement dérouté par ce premier rejet. Il se sentait fort, maître de la situation. Il pensait qu'il tenait le bon bout mais qu'il fallait encore attiser l'intérêt de Vincent pour son sujet.

Il rejoignit son poste et s'attela à sa tâche quotidienne de correction des papiers qu'il recevait des correspondants de sa zone. Il fut simplement moins scrupuleux que d'habitude. Il utilisa le temps gagné à rédiger une sorte de fac-similé d'un extrait de l'article qu'il pourrait livrer sur le sujet. Sans divulguer d'informations – celles-ci étant remplacées par des blancs – il démontrait ainsi la maîtrise de son écriture et le potentiel d'émotion qu'elle pouvait susciter. Il joignit son CV à ce document, en y insérant tout un passage sur son intrusion chez la pègre grenobloise. Il déposa le tout, le soir même, dans le casier de Vincent.

Il passa, sur le chemin du retour, par la tour Mont-Blanc pour s'expliquer avec Guido. Oui, il l'avait laissé tomber samedi soir, mais c'était pour la bonne cause : Mak voulait le voir, il ne pouvait pas s'y soustraire.

— C'est justement de cela que je voulais te mettre en garde. Les individus comme Mak ne lâchent jamais leurs proies. Fais marche arrière avant qu'il ne soit trop tard.

— C'est trop tard. Je sais, j'ai eu tort. Mais maintenant que c'est fait, je dois jouer le jeu.

Jef lui expliqua que pour arriver jusqu'à Patricia, il devait se compromettre avec eux. Bien sûr, il serait prudent.

Guido fit la grimace.

— Si ça tourne mal, tu m'alertes. Et protège Amélie. Ils n'hésiteraient pas à s'attaquer à elle pour te faire plier.

***

Quand il se présenta le lendemain au journal, il s'attendait à quelques remous. Il ne fut pas déçu. Les journalistes « diversiers » le dévisagèrent drôlement. Il créa un froid autour de la machine à café. Seule Charlotte, la jeune stagiaire de l'école de journalisme, vint vers lui :

— On a parlé de toi ce matin à la réunion du comité de rédaction. Il paraîtrait que tu as déniché un scoop incroyable !

— Parce que tu assistes au comité de rédaction ?

— Oui, il suffit d'un peu de culot ! Je m'immisce partout. Tu me prendras en reportage avec toi ?

Jef poursuivit son chemin sans répondre. Pas bien loin. Vincent le guettait par sa porte ouverte.

— Jef, rentre s'il te plaît. Ne t'assois pas, on va rendre visite au rédacteur en chef.

Il se leva, saisit un dossier sur son bureau et l'entraîna à l'étage supérieur. L'assistante les annonça. Ils furent immédiatement reçus et installés autour d'une table où trônaient déjà le rédacteur en chef et Corinne.

L'entretien fut étrange. Jef prit quelque temps à comprendre où le grand patron voulait en venir.

— Nous nous sommes vus ce matin avec Corinne ; elle m'a dit être très satisfaite de vous. Nous avons donc décidé de mettre fin à votre période d'essai. Vous êtes maintenant membre à part entière de la maison. Félicitations.

Très bien, pensa Jef, mais tout ça ne méritait pas ce déploiement de managers « surbookés ».

— Vous savez certainement que le poste que vous occupez revient normalement aux stagiaires des écoles de journalisme. Nous allons donc vous muter à la rédaction. Vincent Piala, que vous connaissez déjà, va vous accueillir dans son service comme journaliste débutant. Toutefois Corinne a insisté pour que vous assuriez la formation de votre remplaçant. Donc, vous vous partagerez entre les deux postes. Tout ceci est noté dans l'avenant de votre contrat de travail que Vincent va vous remettre.

Jef comprit au sourire vainqueur de Vincent qu'on venait de lui retirer toute possibilité de chantage. Il serait, poings et pieds liés, journaliste « maison », aux ordres de Vincent. Il n'y avait rien à négocier, c'était ça ou il renonçait, probablement à tout jamais, au journalisme. D'ailleurs la séance était levée, ses interlocuteurs debout, le rédacteur en chef à la porte du bureau. Vincent et Corinne l'avaient déjà franchie, quand le patron s'adressa à Jef :

— Vincent m'a dit que vous étiez bien introduit dans le milieu du banditisme. C'est certes une bonne carte pour sa rubrique, mais, attention à ne pas basculer.

Jef suivit Vincent à son bureau. Il comprenait mieux la bouderie de Corinne et la curiosité des journalistes croisés ce matin. Il lui restait à savoir à quelle sauce Vincent voulait le manger.

— Bravo pour ta promotion. Te voilà journaliste à part entière. Je suis sincèrement content de t'avoir chez moi. Je te présenterai demain à tes nouveaux collègues, mais je veux tout de suite préciser quelques points de détail.

De détail ? Il cadra très précisément la future activité de Jef, ne laissant aucune place à des initiatives non validées, à des aventures journalistiques personnelles. Mais en même temps il l'encouragea à développer ses sources d'information dans le monde de la pègre.

— C'est un de nos points faibles. Nous comptons sur toi pour y remédier. Les cercles de jeu sont une excellente porte d'entrée, mais tu ne dois pas en rester là. Fréquente au maximum tous les lieux interlopes, et, surtout, tiens-moi au courant.

Toujours dans la finesse, il lui annonça avoir présenté le matin même, aux autres journalistes, le projet de reportage sur le quartier Teisseire. Il avait changé d'avis : il assurerait lui-même la rédaction à partir des informations que Jef aurait recueillies.

— Je te laisse rejoindre Corinne. On se voit, demain 9 heures, au débriefing quotidien. N'oublie pas de ramener ton avenant dûment paraphé et signé.

Douche froide ? Certes, il avait obtenu le statut de journaliste et la paye qui allait avec : mission accomplie pour le devenir économique de son couple. Certes, il avait obtenu la parution d'un article sur Teisseire, mais la rédaction lui échappait. Jamais Mak ne se suffirait d'un article qu'il ne maîtriserait pas !

Le débriefing du lendemain fut vite bâclé. Vincent lui présenta ses trois nouveaux collègues, « formés au journalisme dans les meilleures écoles, dont tu as tout à apprendre ». Puis, s'adressant à eux en pointant Jef du doigt :

— « C'est » notre petit nouveau. « Ce » sera notre porte d'entrée dans le milieu du grand banditisme.

Des trois journalistes, seule Tatiana marqua son intérêt pour « le petit nouveau », allant jusqu'à s'approcher de lui pour lui glisser en confidence, « Tu vas nous être bien utile ! On en reparlera. »

Rien d'étonnant à ce que Jef réagisse mal en fin de réunion, lorsque son nouveau chef voulut le retenir pour « préparer notre reportage ».

— Pas possible, Vincent ! Je suis attendu par Corinne. Et puis, de toute façon, à t'entendre me présenter, je ne suis pas là pour préparer, juste bon à tuyauter…

Il s'éclipsa avant que Vincent n'ait pu le retenir. À dire vrai, Jef pensa démissionner sur-le-champ. Mais le temps de rejoindre le bureau de Corinne, il lui revint que la vie de Patricia était en jeu.

Plus tard, dans la soirée, il raconta toute la scène à Amélie. Elle le sentit désabusé :

— Tu rêvais de ce métier.

— Pas dans ces conditions, coincé entre le diktat méprisant d'un rédacteur et le chantage à la vie à la mort d'un gangster. Mais je dois à tout prix obtenir la rédaction de cet article. Alors j'assume.

***

Le samedi soir suivant, 6 novembre, après la partie de poker, au bar, il commença par décliner l'invitation de Mak à l'accompagner au Number One. Il bluffa.

— J'ai l'accord du journal pour l'article. Je vous tiens au courant dès que l'opération est lancée pour que vous me mettiez en contact avec votre informateur.

— Justement, tu vas faire sa connaissance ce soir, et nous aurons une petite discussion tous les deux.

Jef fut incapable de résister. Il demanda très discrètement à Guido de venir le chercher vers 3 heures du matin, puis se laissa conduire.

Probablement en raison de la météo particulièrement maussade, la boîte de nuit était encore déserte à leur arrivée. Le barman leur désigna leur loge, encore vide, mais Mak préféra une petite table dans un angle mort pour poursuivre la discussion commencée dans la voiture.

— Tu retrouveras Marius à Teisseire mercredi en début d'après-midi. Il te fera un topo d'ensemble, puis, en parcourant le quartier, il t'indiquera les points chauds, là où les bougnouls ont pris l'habitude de nous provoquer. Bien sûr tu ne parleras pas de nous ! Il faudra citer des jeunes, des femmes, des vieux. Marius te mettra en contact avec des témoins qui raconterons notre version des choses. Il te faudra aussi des photos, Marius te dira qui et quoi…

Mak alla jusqu'à lui suggérer des titres pour « les » articles à venir, du genre : « Un quartier sous la terreur » ; « Une invasion de voyous venus de nulle part » ; « Des familles au désespoir », etc. Jef joua à l'élève bien sage. Il approuva toutes ses propositions. Il les nota scrupuleusement sur son carnet. Il n'engagea aucune discussion ni ne fit aucun commentaire.

Quand ils eurent fini, Jef osa l'apostropher :

— Et pour Patricia ?

La réponse fut sèche :

— Tu publies mon article et on en reparle.

Mak se leva et alla rejoindre sa loge où quelques-uns de ses nervis s'étaient entre-temps installés. Jef resta à la petite table, sous prétexte de rédiger quelques observations. Il fut très vite interrompu par Ange.

— Je suis trop contente.

Elle lui fit la bise et lui prit la main pour le tirer jusqu'à la loge. Il salua la bande, reconnut Marius qui, tout de suite l'interpella :

— Ah ! Le scribouilleur ! On se demandait si tu allais encore nous snober longtemps ! Viens, on parle foot.

Il lui avait fait une place, mais Ange lui tenait toujours la main.

— Tout-à-l'heure ! Maintenant il est à moi. Je dois lui montrer quelque chose.

Il se laissa entraîner. Il eut juste le temps d'entendre rire d'une blague salace.

Ils s'installèrent dans le lounge. Jef se promit de ne rien boire, même pas la coupe de champagne qu'Ange venait de lui apporter. Il remarqua son petit sourire tristounet quand elle lui glissa :

— Je ne vais pas pouvoir rester avec toi, j'ai un gros client…

Elle s'interrompit, en attente d'une réaction, qui ne vint pas.

— Mais, t'inquiète, c'est juste de l'escorte pour le mettre à l'aise avant que Mak le presse comme un citron.

Jef ne put s'empêcher de répondre.

— Je ne m'inquiète pas. Fais ton boulot, ce n'est pas mon affaire.

— Ce n'est pas sympa, et en plus, je ne te crois pas.

— À cause de quoi ?

— À cause de Patricia !

— Qu'est-ce que tu sais de Patricia ?

— Rien… C'est une pute comme moi…

Jef l'interrompit :

— Rien à voir avec toi ! Elle est maquée contre son gré.

— Parce que tu crois que moi ?….Moi, je sais que tu veux l'affranchir et que c'est même pour ça que tu es ici.

— C'est Mak qui t'a dit ça ?

— Oui, il est très fier de sa prise. Tu penses, un journaliste ! Il ne te lâchera plus.

— Alors, nous sommes sur le même bateau ?

— Je crois bien. Les autres aussi, mais ils sont aveuglés par l'argent !

Ils n'avaient pas vu arriver Mak, accompagné d'un très gros bonhomme, soufflant d'avoir descendu quelques marches.

— Jef, tu devrais être avec Marius, et toi, Ange je te confie ce Monsieur le temps que je règle quelques affaires. Jef, viens, on doit parler.

Il le saisit sous le bras et le conduisit aux toilettes. Avant qu'il ne referme la porte derrière eux, Jef aurait eu le temps de se dégager, de grimper à l'étage et de s'enfuir. L'idée lui traversa l'esprit, mais il ne se décida pas. Puis ce fut trop tard : Mak l'avait poussé contre les lavabos. Un des voyous vus dans la loge vint bloquer la porte. Il le toisa, un poing américain bien visible au creux de sa main. Mak, tout petit et bedonnant qu'il fut, n'avait rien à craindre. Il se posta face à lui, à portée de postillons, le poing serré, menaçant.

— C'est mon dernier avertissement. Que je ne vous reprenne jamais plus à comploter tous les deux. Oui, vous êtes sur le même bateau, le mien, et vous faites ce que je vous ordonne. Et ne t'avise pas de fricoter avec Ange. Elle est pour mes clients ! Ah ! Autre chose, ne crois pas que tu vas m'embobiner avec ton article. Tu me le donneras à relire avant de le remettre au journal.

Il s'interrompit, le temps d'indiquer à son bouffon qu'il pouvait ouvrir la porte.

— Maintenant, si tu veux quitter le bateau, il ne tient qu'à toi que ta Patricia meure en enfer !

Le gamin accompagna Jef jusqu'à la loge. Marius l'accueillit avec un sourire narquois. Il le mit au parfum de la discussion en cours : du foot, encore du foot ! Pas un mot sur les embrouilles du quartier Teisseire. Alors pourquoi Mak l'avait-il embarqué ? Juste pour asseoir sa mainmise sur lui ?

Guido se présenta vers trois heures du matin. Quand Jef se leva pour le rejoindre, Mak, venu de nulle part, s'interposa entre eux.

— Guido, ne me dis pas que ton copain t'a cassé ton business pour venir le chercher ? Si ? C'est absurde ! Damien, mon chauffeur, pouvait le ramener quand et où il voulait. Bien, viens prendre un verre qu'on discute.

Mais Guido refusa d'un geste de la main et entraîna Jef vers la sortie sans autre au revoir. Une fois installés dans sa Porche, au lieu de faire vrombir son moteur comme il aimait à le faire, il laissa le silence s'imposer, troublé par le seul bruissement de la pluie.

Jusqu'à ce que Jef, à bout de nerfs, se tourne vers lui, désespéré.

— Mais qu'est-ce que je peux faire ? Il m'a quasiment braqué ce soir ; on dirait qu'il veut me dicter ma vie.

— Jef, tu es mon ami et je ne le laisserai pas faire. S'il le faut, je mettrai mon père dans le coup, mais je préférerais qu'on règle ça entre nous. Je ne te l'ai pas dit, mais je suis mal avec mon père. Il posera des conditions.

— Qu'est-ce qu'on peut faire ?

— Mak craint mon père. Je vais bluffer : Je vais lui demander deux choses en contrepartie de ma neutralité : un, de nous informer sur Patricia sans attendre la parution de ton article ; deux, toujours sans attendre la parution de l'article, de négocier sa libération.

— Et s'il refuse ?

— Il ne refusera pas. Il aura peur que mon père lui coupe toutes ses sources d'approvisionnement. D'ailleurs je vais ajouter qu'il est personnellement responsable de toi : pas de nouvelles menaces !

— Je rêve !

— Il faut tenter.

— Désolé, Guido !

— Ce n'est rien, mon ami. Reste là, je reviens.

Guido partit en courant, sous la pluie, vers l'entrée de la boîte de nuit. Jef tremblait de froid ou peut-être de peur. Il devina, au travers des vitres embuées, deux silhouettes postées à côté du véhicule. Il essuya la buée de ses manches, et reconnut deux des jeunes du gang, le fixant, prêts à en découdre. Et Guido qui ne revenait pas ! L'horloge de la Porsche égrenait le temps. Cinq minutes, dix minutes, un quart d'heure, vingt, vingt-cinq minutes, une demi-heure ! Et toujours ces deux jeunes brutes à le fixer.

***

Guido ouvrit soudainement la porte et démarra en trombe, sans un mot, le visage grave, le regard circulant de la route au rétroviseur. Jef n'osait pas parler. Il tremblait, cette fois-ci, c'était sûr, de peur.

Quand il fut certain de ne pas être suivi, Guido lâcha l'accélérateur et posa sa main droite sur l'épaule de son ami.

— Vous êtes, Patricia et toi, dans de sales draps. En fait, il a tout de suite sorti mon père du jeu. « C'est de l'esbroufe », m'a-t-il répondu quand je l'ai évoqué, comme s'il savait des choses sur nous.

— Alors ?

— C'est simple, il ne te fait pas confiance. Il pense que tu dévoileras toute l'affaire dans la presse dès qu'il t'aura donné l'info sur Patricia, ce qui te blanchira et lui, le condamnera.

— Alors ?

— Il veut plus de garanties ou il menace de clore l'affaire… À sa façon.

— Il menace Patricia ?

— Oui. Il n'a rien dit à ton sujet parce que c'est une évidence.

Ils entraient dans Grenoble par la Porte de France. Jef ouvrit la fenêtre ; il se sentait mal. Une scène lui revint à l'esprit : Bernardo, dans son « repaire », lui déclarant froidement, il se souvenait encore des mots : « Tu vas probablement échouer » !

Guido prit une contre-allée et stoppa.

— J'ai négocié tout ce que j'ai pu. Il sait que je connais les lois du milieu. C'était une vraie négociation « du monde de l'ombre », comme tu dis.

— Alors ? Le deal ?

— Il va te tenir informé pour Patricia. Il va même le faire très vite. Je crois qu'il a déjà le contact. Il est d'accord pour négocier sa libération. Mais tu dois suivre ses directives à la lettre.

— Pour l'article ?

— Pas seulement pour l'article : il veut que tu t'engages à travailler pour lui au journal, à être dorénavant son oreille et sa plume.

Jef resta coi, paralysé. Toute sa vie ! Mentir ! Trahir ! C'était comme un énorme précipice à ses pieds. Et Amélie ? Et cette belle vie qui se profilait ? Non, il ne pouvait pas. Il allait voir Bernardo…

Guido avait repris la route. Ils longeaient l'Isère, déjà ils avaient traversé la place Notre Dame et remontaient la rue Très Cloître… Ils allaient arriver chez lui.

— Guido, ce n'est pas possible, je ne peux pas !

— Attends ! J'ai dû donner ma garantie personnelle que tu t'y conformerais.

Guido avait arrêté la voiture face à l'entrée de l'immeuble de Jef, et attendait moteur tournant. Jef ne comprenait pas.

— Quoi ?

Guido se pencha pour lui ouvrir la porte. Jef attendait la suite.

— C'était ça ou, comme il a dit, « on boucle l'affaire ».

— Il t'a donc impliqué…

— Pour l'instant, on se plie à ses conditions. Tu rédiges l'article comme il l'entend. L'important est d'obtenir le retour de Patricia.

— Et après, quoi ?

— On avisera. Fais-moi confiance, je ne te laisserai pas tomber. Bonne nuit. Prends bien soin d'Amélie.

Il poussa gentiment Jef hors de la voiture, claqua la porte et démarra.

***

18

Le mercredi, comme prévu, Marius l'attendait devant le bureau de poste, au coin de l'avenue Jean Perrot. Il lui fit découvrir le quartier Teisseire où jamais, ni ses parents, ni ses copains d'alors, ne l'avaient emmené. Succession monotone d'immeubles sales et tagués, cheminements dégradés entre des semblants de verdure. Il lui décrivit la bataille souterraine pour le contrôle du trafic de la drogue.

— On était les maîtres ici, depuis toujours. Tout se passait dans le calme, on se serait cru en Suisse ! Même, c'est nous qui empêchions les bagarres. Nous réglions les petits conflits de voisinage. Du coup les flics venaient rarement troubler la fête.

Depuis quelques mois des Maghrébins tentaient de s'implanter dans le quartier. Ils ne pouvaient pas les laisser faire. C'étaient des bagarres sans fin, des poursuites dans les rues, dans les montées d'immeuble, des portes défoncées, des voitures en flammes. Au début ils se battaient à poings nus ; puis ce fut à l'arme blanche.

— Maintenant, on est attaqués au colt ! À quand les Kalachs ? Ça va se terminer par des morts dans la population. Des morts, tu entends ! Il faudra l'écrire.

Jef acquiesça. Ils longeaient maintenant la mosquée du

quartier. Quelques hommes mûrs, des Maghrébins de toute évidence, discutaient calmement entre eux. Marius s'énerva.

— Il faut absolument les chasser du quartier. Ton article, en dénonçant leur violence, obligera les flics à intervenir. Pour une fois, ils nous serviront !

Ils s'arrêtèrent devant l'école.

— Il y a eu des tirs par ici. Les parents sont inquiets. Tu vas pouvoir obtenir des témoignages forts des mamans ! Il te faudra aussi des photos. Je te dirai quoi photographier.

Quand Jef essaya d'en savoir un peu plus sur leur trafic, il se heurta à un mur, jusqu'à recevoir un avertissement sévère.

— Je vais te donner un conseil : tu ne t'en mêles pas. Mak devient très méchant quand il flaire un coup fourré. Dans l'article, tu écriras que ce sont des voyous de l'Abbaye qui viennent semer la merde chez nous. Tu écriras qu'ils volent, cassent, et brûlent ; qu'ils sont armés, qu'ils attaquent les honnêtes gens. Tu dois décrire la détresse des gens et ne faire aucune allusion à une guerre entre gangs !

***

Il y eut trois autres visites guidées. À chaque fois, Marius l'attendait à l'entrée du quartier. Il lui fixait les objectifs. Par exemple : « Aujourd'hui, on va s'occuper des dégradations dans les entrées d'immeuble », ou, « Maintenant, tu vas rencontrer des mamies de la maison de retraite », ou « Je vais te présenter une jeune fille qui a été agressée » etc.

Il tenait également son agenda des interviews : un postier qui a été frappé, une femme, importunée, ou encore :

— À onze heures, tu as rendez-vous avec Monsieur et Madame Mineur, Bat E, 3e étage, porte gauche. Ce sont des vieux, des ouvriers retraités : ils vont te raconter comment le quartier a changé. Tu verras, ils sont sympas, mais leur café est dégueu. Demande au Monsieur de te raconter l'anecdote de la pétanque, des voyous qui sont venus labourer leur terrain avec leurs mobs pétaradantes.

Jef prenait des notes, des quantités de notes. Il

photographiait ce qu'on lui indiquait. Si d'aventure il « s'égarait » et tentait naïvement d'accoster un passant, très vite Marius ou un de ses acolytes venait le tirer par la manche et le remettre sur le bon chemin.

Malgré cet encadrement, et même parfois grâce à lui, Jef avait la matière pour révéler tous les tenants et aboutissants de cette guerre de trafiquants. Il avait très vite compris qu'elle n'en était qu'à ses débuts et que le quartier allait connaître des drames de grande ampleur dans les temps à venir. Il aurait même pu pronostiquer sans risque l'élimination du gang de Mak, pas suffisamment armé pour résister à la détermination sauvage du nouveau réseau.

C'était là le projet d'article qu'il aurait aimé présenter à son rédacteur. Il avait même l'intuition qu'il aurait pu convaincre Vincent de lui laisser l'écrire. Il en venait à rêver que c'était là le début d'une grande carrière de reporter à l'affût des violences du quotidien.

Mais c'était condamner Patricia ! C'est un tout autre article qu'il devait faire paraître pour la sauver. Ce fut Guido, encore une fois, qui lui indiqua la route à suivre.

— L'article que Marius et Mak te demandent de rédiger est finalement banal : des dégradations de voyous, des voitures qui brûlent, des femmes importunées, des enfants en danger. On voit ça tous les jours. Arrange-toi pour présenter les choses à ton rédacteur de telle façon qu'il trouve le sujet trop ordinaire, trop rabattu, pour mériter sa plume.

C'était évident : pour obtenir de Vincent la rédaction de l'article, il fallait le décevoir. Jef, à contrecœur, monta toute une opération à cette fin. À la réunion de débriefing qui suivit ses visites à Teisseire, il délivra un compte rendu anodin de ses investigations. Vincent et son équipe en sortirent anéantis. Le beau rêve d'un scoop qui devait revaloriser leur rubrique allait partir en fumée. Il fallait se ressaisir ! Ils attribuèrent cette très mauvaise collecte à l'inexpérience de Jef. Tatiana se proposa pour reprendre l'enquête à ses côtés dès le lendemain.

Jef avait anticipé ce genre de retournement et prévenu Marius. Quand ils arrivèrent ensemble sur le quartier, le mercredi 17 novembre, celui-ci se présenta comme le représentant de l'union de quartier, qui allait leur faire découvrir « les nuisances que nous font subir une bande de voyous nouvellement arrivés chez nous ». La description et les témoignages qu'ils purent recueillir corroboraient le débriefing de la veille. Tatiana ne put que confirmer que le sujet était « banal », juste bon pour un huitième de page. Ainsi décrit, il ne méritait pas la signature du rédacteur en chef de la rubrique.

Vincent abandonna toute prétention à l'écrire. Il le proposa à Tatiana, qui se désista – « j'ai pas le temps » - en faveur de Jef. Elle accepta, pour rassurer Vincent, d'assurer la relecture du papier que Jef lui soumettrait.

C'est ainsi que, dès la semaine suivante, Jef put remettre son article à Mak, pour validation. Il poussa un soupir de soulagement quand Marius lui fit part de la satisfaction de son chef.

— Tu dois le faire publier illico. Mak te verra samedi au Number One. Il aura de bonnes nouvelles pour toi !

Cela lui fit oublier un moment l'autre face de sa réalité : sa carrière de journaliste venait de prendre un mauvais départ.

***

Bonnes nouvelles, c'était beaucoup dire !

Ce samedi, Mak ne vint pas jouer au poker. Il apparut au bar en fin de soirée, et se précipita sur Jef, sans même saluer Guido.

— Dépêche ! La voiture est en double file.

Le moteur tournait. Un passager, recroquevillé à l'arrière, lui jeta un regard misérable. Il dut s'installer à l'avant. Damien démarra et tout de suite força le volume de la radio, empêchant Jef de comprendre les propos assez vifs qui s'échangeaient dans son dos.

À l'arrivée devant le Number One, Mak lui ordonna de

descendre.

— Je n'en ai pas fini avec mon invité. Je te rejoindrai dans un moment.

À peine sa porte refermée, l'Infinity repartait en trombe.

Les videurs reconnurent Jef et l'invitèrent à entrer. Il remarqua Marius et sa bande, fumant, buvant, causant, à leurs places habituelles. Mais ce fut Ange qui vint le surprendre et l'entraîner dans le lounge du sous-sol.

— J'ai une bonne nouvelle (encore une, se dit Jef) : à partir de maintenant, je suis ton contact avec Mak. Il m'a annoncé ça hier soir. C'était moi ou Marius. J'ai insisté pour que ce soit moi. Il a accepté mais il ne faut pas qu'on se loupe, il nous a à l'œil.

— Ça veut dire quoi, « mon contact » ?

— C'est moi qui te transmettrai les instructions de Mak, et tu me remettras les infos pour lui. On fera comme si j'étais ta petite amie. On viendra ensemble ici tous les samedis, comme deux amoureux.

— Parce que je suis censé venir ici tous les samedis ?

— Il paraît que tu es au courant. Déjà, on aura un peu de temps pour mieux se connaître.

— Ah oui ?

— OK, tu as ta copine, mais on va quand même pouvoir s'entraider.

Jef savait, depuis sa discussion avec Guido, qu'on attendait de lui une longue collaboration. C'en était la première manifestation. Il touchait du doigt ce que Mak projetait : un contact régulier pour donner ses ordres et récupérer des informations. Cela faisait mal, mais moins mal de savoir que cela se passerait en douceur, par l'intermédiaire de cette fille.

En l'occurrence, ils devaient attendre le retour de Mak. Ils s'installèrent sur la banquette d'angle qui avait servi une fois de couche à Jef. Ange commença à lui délivrer des bribes de son histoire : son julot qui l'avait « sortie » du collège, qui l'avait « prêtée » aux copains puis vendue à un vieux. Son évasion pour rejoindre trois autres va-nu-pieds, et survivre de rapines. Et puis Mak, un soir, dans un bar, qui l'alpague… Mais Jef ne voulait surtout pas partager sa misère. Patricia lui suffisait. Il marqua sa distance en lui coupant la parole avec des banalités. Ange prit la mouche.

— On dirait que je t'embête avec mes histoires.

— Ange, j'ai juste besoin de respirer. Je me suis fait embarquer dans ce monde de violence, mais je n'ai rien à voir avec tout ça. Moi, j'étais destiné à une vie tranquille, genre prof de lycée, aux côtés de ma chérie et de mes enfants. Je n'ai rien à faire dans cette galère. Alors, s'il te plaît, on laisse nos misères de côté, juste, on s'entraide si possible.

— Moi, je ne connais pas d'autre monde. J'essaye de faire au mieux dans celui-là. Cette bande, c'est mon univers. Je n'en sortirai jamais, je le sais. Je peux juste t'aider à t'y…

Elle ne trouvait pas le mot.

— À y trouver ma place ?

— C'est ça. Même à t'y plaire.

— Non merci. J'espère bien m'en échapper.

Ils se turent, frappés par la distance considérable qui les séparait. Ange se renfrogna. Cela dura longtemps, jusqu'à ce que Mak apparaisse et se précipite sur eux.

Jef remarqua tout de suite sa fébrilité. Quelque chose s'était passé qui l'avait fait perdre son habituelle maîtrise hautaine des évènements. Il commença par bousculer Ange.

— Ange, tu files ! Monte rejoindre les autres, je dois parler à Jef.

Les ordres de Max étaient sans appel. Elle s'exécuta de mauvaise grâce.

Mak se saisit d'une chaise haute et vint se poster face à Jef. Mais cela ne dut pas lui convenir. Il repéra une petite table au fond de la pièce.

— On va se mettre là-bas, je veux voir ce qui se passe.

Il déplaça la table de façon à dégager sa vue jusqu'à l'escalier et s'assit face à Jef, sur le bout des fesses, en position pour bondir.

— Jef, ça ne va pas avec toi ! Avant que nous ne parlions de ta putain, il me faut une fois pour toutes mettre les choses au clair.

Jef voulut réagir :

— Tu ne parles pas d'elle comme ça, ou…

— Je parle d'elle comme je veux, et toi tu fermes ta gueule !

Il s'interrompit et se précipita vers Marius quand il le vit dégringoler les marches. Jef n'entendit pas grand-chose de leur conciliabule, sauf un « Il ne t'a vu, ni sortir, ni rentrer ».

Il revint s'asseoir, visiblement soulagé et poursuivit.

— Je l'ai dit à Guido. J'ai un gros problème de confiance avec toi. Tu te défiles continuellement. Ça ne peut pas marcher comme ça. C'est toi qui es venu me chercher. Je t'ai accueilli, je t'ai écouté, je t'ai présenté aux miens. Et maintenant que tu connais tout de moi et d'eux, tu t'apprêtes à nous quitter ?

Jef chercha à biaiser :

— Guido m'a expliqué : tu veux faire appel à moi pour passer une info dans le journal ; cela devrait être possible si…

— Non, tu n'as rien compris ! T'es monté sur mon bateau et je ne prendrai pas le risque de te laisser en descendre pour nous balancer aux gens d'en face. Maintenant tu es avec nous, et c'est moi qui vais décider pour toi.

Mak attendait visiblement un retour, une approbation, une soumission. Mais Jef s'était fermé comme une huître, sorte d'autodéfense instinctive.

— J'ai des nouvelles pour toi. Je sais où Youssef a fourgué, bon…Il l'appelle « la gouine », mais on va dire ta copine. Je dois même pouvoir négocier pour que tu la récupères. Mais tu m'obliges à mettre tout ça de coté en attendant que tu me donnes des garanties.

— Mais je t'ai écrit « ton » article ! Je l'ai fait publier ! Je suis ton complice maintenant. Ce n'est pas une garantie ?

— Non, ce n'est pas suffisant. Voilà ce que je veux, et

après on parlera de ton affaire.

Il se rapprocha de Jef et chercha à le fixer dans les yeux. Mais Jef, toujours sur la défensive, détournait obstinément les siens.

— Tu me regardes ? J'ai eu un petit problème avec mon passager de tout à l'heure. Ce sera dans les journaux de lundi. Les cognes vont probablement t'interroger. Tu devras témoigner dur comme fer qu'il n'était pas avec nous dans la voiture. Et tu devras ajouter que j'ai passé ici toute la soirée avec toi.

Il avait dit « petit problème » ...Il voulait dire qu'il l'avait tué ! La coquille, à peine entrouverte, se referma hermétiquement.

— Tu as bien compris ? insista Mak. Tu leur expliqueras que tu étais avec moi pour m'interviewer et que tu te portes garant de moi !

Jef commençait à comprendre pourquoi Guido et Bernardo s'étaient évertués à le mettre en garde.

Il ne réagit pas.

— Bon, c'est à toi de voir, mais je ne donne pas cher ni de cette fille, ni de toi, si tu me trahis.

***

Mak avait disparu avant même que Jef n'ait repris son souffle. « Ça, jamais ! » fut son premier réflexe. Ce serait plonger dans un gouffre sans fond, vivre à tout jamais en enfer. Mieux valait mourir tout de suite et sacrifier Patricia. Non, il n'allait pas couvrir un meurtre !

Il se sentait immensément seul dans ce lounge, immensément seul dans la vie. Ni Amélie, ni Guido, ni Bernardo, ni aucun autre, ne pouvait le sauver. Il ne pouvait pas, non plus, compter sur les flics pour le protéger. Il pourrait fuir au bout du monde qu'il serait encore transi, de peur d'être assassiné.

Cette peur prit possession de son corps : son cœur tambourinait, son souffle se précipitait ; sa tête cognait à tout va.

Ange était redescendue, qui se demandait quoi faire. Elle

n'osait ni le toucher, ni lui parler. Mais il lui fallait le sortir de là avant que Mak ne perde confiance en le voyant ainsi, les yeux hagards, blanc comme neige, tremblant de tout son corps, et ne décide de le liquider.

La peur dominait ce monde ! Il n'y avait que l'amour pour la contrer.

Elle se dit qu'elle aimait ce garçon, que c'était même la première fois qu'elle aimait depuis qu'on l'avait prostituée. C'était cet amour qui, comme une onde, allait le réconforter.

Elle se glissa, silencieuse, à ses côtés. Elle lui offrit la légèreté de son souffle, la chaleur de son être, la mélodie de sa voix, la douceur de sa main, la patience de son cœur. Il tourna ses yeux vers elle et n'y vit aucune pression, aucun chantage, juste de l'humanité. Il reprit lentement courage, sortit du gouffre où il s'était perdu. Il l'écouta.

— On doit partir, je t'emmène.

Il se leva. Ils montèrent l'escalier, et passèrent, distants, devant la loge de Mak et de sa bande. Elle le conduisit à sa voiture, cette drôle de petite Twingo qui vous faisait des clins d'œil, et ils partirent pour la ville.

Elle ne chercha pas à lui raconter ce qu'elle avait vu et entendu. Il n'était pas en état. Elle voulut juste le mettre en garde, « C'est un criminel, n'essaye pas de le filouter », puis, lui conseiller la patience, « Ce n'est qu'un mauvais moment à passer, on aura notre revanche », enfin, lui enlever toute idée de sacrifice : « Cela ne servirait à personne que tu meures ». Il ne dit rien de tout le voyage. Juste à la fin, devant la porte de son immeuble, déjà dehors, courbé pour qu'elle l'entende :

— Jamais, tu entends, jamais je ne ferai le faux témoignage qu'il me demande.

***

Livre 6

Patricia

19

Le lendemain, dimanche 28 novembre, ils déménageaient dans l'appartement du grand S qu'Amélie leur avait trouvé.

Idir était là pour les aider. Olga également, avec une fourgonnette qu'elle avait empruntée à un fournisseur ; Aurélia, la copine « givrée » d'Amélie, « pour le fun » ; il y avait Guido, qui avait lâché la sienne de copine pour aider son ami, et deux des livreurs de la Boîte à pizzas qui avaient totalement intériorisé la règle de solidarité. C'est dire que les quelques affaires du couple furent vite emballées, embarquées, débarquées, déballées dans la grande salle de séjour de leur nouvel appartement. Olga offrit à boire, Amélie fit à manger une platée de spaghettis qu'Idir servit dans des assiettes empruntées à la Boîte à pizzas ; Aurélia se barbouilla de sauce tomate et décida de bisouiller ainsi les unes et les autres, Guido fit des tours de cartes, les livreurs racontèrent quelques intrusions involontaires dans la vie intime de leurs clients, d'un langage tellement cru qu'ils offusquèrent les filles (sauf Aurélia…). Jef avait la tête ailleurs mais se força à participer pour que personne ne s'en aperçoive. Il attendit de raccompagner Guido pour lui raconter sa sinistre soirée, le chantage et les menaces de Mak s'il ne le disculpait pas de l'assassinat de son passager.

— Je ne peux pas couvrir un meurtre !

— OK ! Disons que tu témoignes de ce que tu as vu, le gars coincé dans la voiture, le Mak qui vous rejoint à l'aube, et son chantage. Tu le condamnes à quelques années de taule, mais, Jef, la loi du milieu est sans appel : tu seras assassiné par ses pairs ! Quant à Patricia…

— Je dois sauver Patricia !

— OK ! Alors, tu fais ce qu'il te demande, tu l'innocentes. Tu n'en es pas moins pris dans la nasse. Il te tient pour faux témoignage ! Il te récupérera Patricia pour qu'elle « travaille » pour toi, et toi, tu bascules pour lui. D'accord, mais au moins tu es vivant !

Ce ne fut qu'arrivés à la tour Mont-Blanc, en attendant l'ascenseur, qu'il nuança sa pensée.

— Ta seule chance, c'est que les flics n'aient pas besoin de faire appel à toi. Tu sais, genre ADN qui parle, ou autres preuves tangibles. Essaie de te mettre à distance quelque temps.

Jef fit la moue :

— C'est une partie de poker que tu me proposes !

Il quitta Guido, toujours convaincu de devoir dire la vérité. Les risques que Guido avait exposés étaient, certes, réels. Mais Bernardo, à coup sûr, saurait comment les éviter ! Et d'ailleurs Bernardo n'admettrait jamais qu'il se fasse complice des crimes de Mak !

Il rejoignit son nouveau logement. Il prit garde à ne pas inquiéter Amélie. Elle était totalement concentrée sur l'aménagement de leur nouvelle installation. Il ne lui dit rien de ses intentions.

***

Il avait obtenu sa journée du lundi pour cause de déménagement. Il se rendit très tôt chez Victor - le Café de France - pour parcourir le journal. Tatiana avait signé un article qu'elle avait intitulé : « Règlement de comptes dans le milieu grenoblois ». Elle racontait sur deux colonnes la découverte, dimanche matin, d'un cadavre sur un chemin vicinal de Saint Egrève. Elle avait appris de bonnes sources qu'il s'agissait d'un jeune franco-marocain, connu des services de police pour trafic de drogue. La police allait diligenter son enquête dans le milieu du grand banditisme. Elle concluait par une dernière prémonition : « On est à l'orée de nouveaux règlements de comptes sanglants ».

Jef reposa le journal et partit sans même boire le café que Victor lui avait servi. Il lui fallait, d'urgence, voir Bernardo. Il s'annonça par téléphone. Il soutira l'Acadiane à Olga, demanda à Idir de prévenir Amélie, et prit la route. Il arriva chez Bernardo pour déjeuner et attendit la marche forcée de l'après-midi pour lui expliquer la situation. Il termina son exposé, en haut de la colline, par l'affirmation péremptoire :

— Jamais je ne ferai ce faux témoignage !

Bernardo l'avait écouté sans mot dire. Il proposa à Jef de s'installer sur les troncs d'arbres qui bordaient la clairière pour poursuivre la discussion. Là, face à lui, calmement, il démonta le postulat énoncé :

— Tu confonds intégrité et morale !

Il lui expliqua que sa situation n'était pas celle de quelqu'un sans relation aucune avec l'auteur du crime. Il était lui-même menacé de mort, et surtout la vie de quelqu'un d'autre, sa « grande sœur », dépendait de ses agissements.

— Jef, dis-toi bien : ton intégrité, dans ce cas de figure, c'est autre chose. C'est poser tes actes en vue de sauver Patricia. C'est ça et rien d'autre !

Jef ne répondit pas tout de suite ; il avait besoin du temps de la descente pour comprendre.

— En fait, tu viens de me dire qu'en posant mon postulat, « pas de faux témoignage », j'allais, sous le couvert de morale, condamner Patricia !

— C'est exactement ça. Nous avons besoin de Mak pour arracher Patricia des griffes de Youssef.

— N'empêche que ce faux témoignage ne me délivre nullement des griffes de Mak.

— Ça, c'est autre chose ! Aujourd'hui, ton faux

témoignage nous permettra d'obtenir la libération de Patricia. Quand Patricia sera sauvée nous liquiderons Mak, Youssef et toute cette bande de barbares.

Jef voulut encore opposer à la rigueur du raisonnement de Bernardo, le jeu du chat et de la souris que Guido lui avait suggéré :

— Peut-être, on peut attendre un peu… peut-être que rien ne se passera… peut-être que je n'aurai pas besoin de témoigner…

Bernardo le coupa dans son élan :

— Au contraire, nous avons un besoin urgent de ton témoignage ! Mak va sûrement être suspecté et interrogé. Tu devras alors te présenter spontanément pour témoigner de son innocence. Dès lors, c'est nous qui tiendrons son sort entre nos mains. Il devra nous livrer Patricia !

Ils étaient arrivés au gîte. Bernardo se figea, dos à la porte, attendant que Jef s'exprime. Jef comprit qu'il ne le laisserait entrer qu'à condition qu'il prenne ses responsabilités. Il était là, en danger, face à un choix radical.

— J'ai compris Bernardo. Je vais le faire, je lui dois ça.

***

Ils s'installèrent dans la salle commune. Bernardo apporta de quoi se sustenter. Il était tout à coup plein d'espoir :

— Nous allons sauver Patricia ! Parle-moi d'elle…

Il voulait tout savoir d'elle à Montpellier, tout, sauf son « flirt » avec Sophie ! Jef lui parla des études qu'elle avait poursuivies, de ses responsabilités à l'université, de la notoriété de ses articles dans le journal. Bernardo questionnait, enfin détendu. Il voulait entendre « des choses belles et drôles » : Jef lui cita quelques scènes mais déjà Bernardo n'écoutait plus, perdu dans ses rêves.

— On va la recevoir comme une reine !

Il avait tout programmé. Patricia, dès sa libération, viendrait s'installer chez lui pour se rétablir. C'est Jef qui irait la récupérer, on ne savait pas encore où, peut-être à Paris. Il devrait la conduire au gîte, en faisant attention à ne pas être suivi.

— Tu prendras la BM. Personne ne pourra s'accrocher !

***

20

Bernardo avait vu juste. Mak fut placé en garde à vue. Jef l'apprit par Vincent, au journal, à son retour mardi matin.

— Nous avons reçu un appel de la police à propos de l'assassinat du jeune beur. Le suspect, un certain Mak, prétend que tu étais avec lui à l'heure du crime.

Jef reconnut qu'il le connaissait du cercle de jeu et confirma qu'il avait effectivement passé la soirée avec lui.

— C'est un de mes informateurs.

— Donc ce n'est pas du bluff, tu fréquentes du gros poisson ! En tout cas, ils t'attendent à l'Hôtel de police, pour témoigner.

Jef se présenta l'après-midi même. Il fut reçu par un jeune officier pas trop au courant de l'affaire, qui prit sa déposition, et nota précisément où et quand on pouvait le joindre.

Jef sortit, soulagé. Cela n'avait pas été si dur que ça. Sa vie et celle de Patricia valaient bien cette petite entorse à la vérité. Cela valait même une petite entorse à ses horaires de travail. Il rejoignit la Boîte à pizzas pour se joindre – c'était bien la première fois – au repas du soir de la brigade. Il en fut la vedette. Sans parler des yeux doux et du large sourire d'Amélie, il eut le droit aux attentions de tous. Il ne comprit pas tout de suite pourquoi on l'interrogeait sur le Pacs, nouvellement lancé. Jusqu'à ce qu'il s'en suive, quand vint le dessert, une offensive en règle, menée par Aurélia, pour qu'il s'engage « à pacser Amélie » et qu'il se dépêche de lui faire un « bout 'chou ».

Il s'éclipsa après le café pour passer un rapide coup de fil à Bernardo. Il lui annonça, selon un code établi, qu'il avait fait son faux témoignage. Puis il se retira, laissant Amélie à son service du soir.

***

Arrivé chez lui, il consulta sa nouvelle boîte à lettres par pur réflexe. Bien lui en prit : il y trouva une enveloppe à son nom. À l'intérieur, un bout de papier griffonné par Ange, dans un français approximatif :

« Jef, je dois te voir très vite et en secret. Je sais des choses pour toi. Peu pas dire plus mais t'ai en danger. Bise ton Ange. » Suivait une adresse, rue Saint Laurent, de l'autre côté de l'Isère.

C'était à un quart d'heure à pied. Jef s'y rendit immédiatement. Il trouva sans mal. Ange lui ouvrit en tenue négligée : un peignoir de bain effiloché, bien trop grand pour elle, laissant juste deviner ses pieds nus. Elle aurait voulu lui faire la bise, mais il lui suffit de ne pas se baisser pour l'esquiver. Il n'essaya même pas de cacher son agacement.

— C'est comme ça que tu reçois tes clients ?

— Espèce de tordu ! D'abord tu n'es pas mon client, et ensuite, ici, c'est chez moi, pas un client n'y entre. Et puis, je ne t'attendais plus, j'allais prendre ma douche.

Jef se calma. Après-tout cette fille cherchait à le protéger.

— J'ai trouvé ton enveloppe dans ma boîte à lettres.

— Viens ! On va s'asseoir.

Elle l'introduisit dans ce qui devait être la seule pièce de vie, partie cuisine, partie salon télé, partie salle à manger. Ils s'assirent à la table, plateau en formica vert sur pieds chromés, où traînaient encore un mug, une soucoupe maculée du thé qui avait goutté d'un sachet usagé et une boîte à sucre. Il attendit qu'elle parle.

— J'ai peur. J'ai voulu te voir. J'ai téléphoné au journal ; la fille m'a dit que tu n'étais pas là de la journée, qu'elle croyait que tu déménageais. Je suis arrivée à lui extorquer ta nouvelle adresse…

Jef attendit la suite.

— Voilà, il y quelque chose de louche avec Marius et un autre chef, Jérôme, que tu ne connais pas parce qu'il sort juste de taule.

Elle s'interrompit. C'était une habitude chez elle d'entrecouper son propos de longues pauses.

— Samedi, quand Mak m'a éjectée du lounge, j'ai surpris Marius et Jérôme. Ils étaient dehors à fumer. J'étais sortie pour me calmer après notre fâcherie. J'ai entendu Marius parler mal de Mak.

Jef ne comprenait pas l'intérêt de tels ragots. Il se préparait à l'interrompre quand elle rapporta ce propos de Jérôme :

— Il a dit : « On va se débarrasser de Mak. Il pourrira en taule et Damien avec lui. »

— Tu es sûre ?

— Oui ! Ce que je voulais te dire, c'est que Marius est passé ce matin…

— Ici ?

— Non, j'étais au studio où je reçois mes clients. Je te ferai visiter.

— Je n'y tiens pas.

— Bon ! Il m'a annoncé que Jérôme était notre nouveau chef et que lui était son second. Je lui ai demandé pour Mak. Il m'a dit que Mak avait été arrêté et qu'il fallait s'assurer qu'il ne ressorte pas de sitôt de taule. C'est là qu'il a ajouté : « Alors, tu vas déclarer aux flics que le jeune beur était dans la voiture, avec Mak, Damien et le journaliste. On sera débarrassé d'eux pour un bon bout de temps ».

Elle délivra à nouveau son silence assourdissant.

— Abrège !

— Là, j'ai refusé pour toi, il m'a foutu une rouste, puis il m'a planté son flingue sur la tempe : « C'est simple, si tu te défiles, Jérôme s'occupera de vous deux à sa façon ».

Elle tremblait d'émotion.

Jef en oublia presque le contexte, tellement il était impressionné par ce petit bout de fille. Naïve ? Courageuse ? Amoureuse ?

Mais les jeux étaient faits ! Les nouveaux chefs voulaient la peau de Mak, celle de Damien et la sienne par la même occasion. Probable que le témoignage qu'ils exigeaient d'Ange suffirait au juge pour l'inculper.

Il fallait agir vite.

— Tu prends ta petite Twingo, lui ordonna-t-il, et tu grimpes voir Damien.

— Tout de suite ?

— Oui, tout de suite. Tu lui racontes tout, pour Mak, pour Jérôme, pour Marius. Tu lui expliques qu'ils vont te forcer à le dénoncer, demain, pour le meurtre. Tu lui dis d'agir vite. Tu t'assures qu'il sait quoi faire.

— Et qu'est-ce que je fais après ?

— Tu rentres sagement chez toi.

Jef n'attendit pas qu'elle s'apprête. Il repassa la rivière par le vieux pont suspendu et rejoignit la Boîte à pizzas. C'était une soirée morose, sans évènement sportif ; il n'y avait aucun client en salle et peu de commandes en cours. Il put facilement extraire Amélie pour lui expliquer la situation.

— J'ai un problème avec les acolytes de Mak. Ils cherchent à m'impliquer dans un meurtre. Je dois démêler cette affaire ce soir. Je vais m'en occuper avec Guido. Je rentrerai très tard.

— Non ! Non ! Et NON !

Amélie s'était instantanément insurgée. Elle vociféra à plusieurs reprises un **NON** péremptoire, radical. Son jeune visage, qui, quelques instants auparavant, avait manifesté son plaisir de le voir, ce même visage devint rouge et grimaçant de colère. Ses mains, encore blanches de la farine qu'elle malaxait, se dressèrent comme une barrière infranchissable entre eux.

Cette nouvelle alarme venait de réveiller le volcan de terreur qu'elle avait au fond d'elle. Jef comprit que c'était la fois de trop. Il connaissait le même épuisement moral. Mais il devait passer outre s'il ne voulait pas se retrouver en prison. Il essaya un geste affectueux de sa main. Elle leva brutalement la sienne sur lui, giflant sa joue avant qu'il n'ait le réflexe de se protéger.

— Si tu pars maintenant rejoindre ces gangsters, tu ne remets plus jamais les pieds chez moi !

— Mais Amélie, tu ne comprends pas…

Elle espérait une autre réponse.

— Va-t'en ! Je ne veux plus te voir.

Olga avait suivi la scène. Elle avait compris que quelque chose de grave risquait de troubler les plans de Bernardo. Elle monta, à l'étage, lui téléphoner.

Jef se força à partir rejoindre Guido. Il savait qu'il torpillait son couple comme il avait torpillé, quelques jours plus tôt, sa carrière de journaliste. Il savait qu'il s'enfonçait de plus en plus dangereusement dans le monde de l'ombre. Il n'avait simplement pas le choix.

***

Comment Bernardo trouva-t-il la garçonnière de Guido ? Comment fit-il pour y parvenir si vite ? La question n'effleura pas Jef ; il fut simplement terriblement soulagé.

Cela faisait une heure qu'il débattait avec Guido sans trouver de solution. Allait-il laisser les choses se faire ? Pouvait-il faire confiance à Ange, à Damien ? Avait-il une autre solution ? Nier en bloc ? Tout déballer ? S'enfuir ? Et comment faire avec Amélie ? Guido, tout simplement, ne savait pas !

Il était prêt à repartir pour la Boîte à pizzas pour essayer, au moins, de se réconcilier avec Amélie, quand Bernardo cogna à la porte. Il refit son exposé pour lui. Quand il eut fini Bernardo statua :

— C'est un règlement de comptes entre Jérôme et Mak. Probablement un vieux contentieux. Marius n'est qu'un pion. Jérôme a déjà repris le gang en main. Il pensait pouvoir neutraliser Mak, Damien grâce au témoignage d'Ange. Reste toi : il ne risquera pas, chez le juge, la parole d'une putain contre le témoignage d'un journaliste. Comment crois-tu qu'il va s'assurer de ton silence ?

Jef n'avait pas besoin de répondre. Il ne voyait pas d'autre solution que de fuir.

Fuir pour toujours, et fuir encore.

Il avait oublié Bernardo.

— Jef, chez Ange, tu as fait exactement ce qu'il fallait. Damien va éliminer Jérôme ! Marius rentrera dans le rang. Tu ne risques plus rien. Notre priorité c'est Mak. Grâce à toi, nous le tenons. Il faut le sortir de taule au plus vite. Tu dois confirmer et étayer ton faux témoignage.

Bernardo s'interrompit quelques instants pour grignoter les tapas que la nouvelle copine de Guido leur avait préparées.

— Merci, Guido, pour ton accueil. Je file à la Boîte à pizzas. Jef, viens nous retrouver. Et ne t'inquiète pas pour Amélie, on s'en occupe.

Bernardo savait déjà…

Jef prit le temps de satisfaire la curiosité de Guido sur Bernardo, avant de s'échapper à son tour.

***

La Boîte à pizzas était fermée depuis longtemps. Ce fut Olga qui lui ouvrit la porte de la remise. Elle l'accompagna dans le repaire de Bernardo.

— Installez-vous tous les deux. Je veux qu'Olga soit maintenant à nos côtés. Nous avons besoin de toutes les énergies pour assurer le retour de Patricia. Vous êtes en première ligne. Je serai là, prêt à intervenir en tout lieu, à tout moment et quelles que soient les circonstances. Vous le savez tous les deux, rien n'est plus important pour moi que de sauver Patricia, rien, absolument rien !

Pour Bernardo, on approchait du dénouement. Grace à Jef, Mak allait sortir de taule. On pourrait peser fort sur lui pour qu'il conclue la négo avec Youssef. Olga sera son interlocutrice. Elle devra brusquer les choses en jouant de tout ce qu'elle sait des faux témoignages, trafics et meurtres. Si nécessaire, Bernardo usera dans l'ombre de moyens plus radicaux.

— Nous le ferons céder, quel que soit le prix à payer.

Mais avant cela, Bernardo et Olga devaient aplanir une autre crise relationnelle s'ils voulaient que Jef se sente libre d'agir.

— Jef, tu vas dormir ici cette nuit. Olga et moi, nous allons rendre visite à Amélie, oui, maintenant. Ne t'inquiète de rien. Tout ira bien demain !

Jef, à moitié apaisé, à moitié inquiet, rejoignit le petit cagibi où Bernardo avait déjà déplié son lit.

***

Le corps de Jérôme fut retrouvé sur les berges de l'Isère, exécuté d'une balle dans la tête, le jeudi 2 décembre. Tatiana réceptionna la nouvelle sur « radio flics » à cinq heures douze du matin. Elle prit sa voiture pour se rendre sur les lieux. La police scientifique était déjà en action. Elle apprit que la mort datait de quelques heures. « Le corps a été déplacé ; aucun doute, un règlement de comptes, comme je l'avais prédit dans mon article sur le jeune beur. »

Ils abordèrent l'évènement au journal, à la réunion du matin. Vincent demanda à Jef de collaborer avec Tatiana.

— Enquête du côté de tes informateurs ; il y a sûrement une histoire intéressante là derrière, en rapport avec le meurtre du jeune beur et l'arrestation de Mak. Mais tu restes en arrière-plan derrière Tatiana, car tu es encore témoin dans la première affaire.

Il ne croyait pas si bien dire. Il reçut un appel de l'Hôtel de police le convoquant pour le matin même : « On a besoin d'éclaircissement sur l'emploi du temps de Marc Vive, dit Mak, la nuit du meurtre de Malouf ».

En fait, ils voulaient beaucoup plus. Ils cherchaient à comprendre jusqu'où ce jeune journaliste était impliqué dans cette affaire. Ils avaient fait leur enquête et en avaient tiré quelques recoupements troublants qu'ils voulaient éclaircir avec lui.

Jef passa la matinée dans le bureau de l'officier de police responsable de l'enquête. Dans un premier temps l'officier et son adjoint se concentrèrent sur son témoignage : D'où étaient-ils partis ? Quand ? Qui dans la voiture ? Quelle route ? Qui d'autre ? Des arrêts ? Heure d'arrivée au Number One ? Descendus de la voiture ensemble ?

Et ainsi de suite, pour la soirée en boîte (où, avec qui), pour son retour (l'heure, très important, l'heure).

Ce fut un sans-faute. Encore fallut-il qu'il ne s'emmêle pas quand, incidemment, des « précisions » lui furent demandées plus tard, hors contexte.

Il ne s'emmêla pas.

Plus difficile fut d'assurer la cohérence des réponses aux questions étranges sur sa vie. Visiblement ils l'avaient explorée de A à Z. Ils savaient pour l'attentat de Deir El-Bahari, ils savaient pour Catherine, ils savaient pratiquement tout de son séjour à Montpellier, ils savaient pour Patricia.

Patricia : ce fut le troisième temps de l'interrogatoire. Comme s'ils savaient qu'elle était le nœud de tout. Ils déroulèrent les liens. Tiens justement, une jeune femme était venue déclarer sa disparition. Tiens, justement cette jeune femme était sa compagne. Étrange, elle travaillait à la Boîte à pizzas, antérieurement établissement d'un certain Bernardo… Vieille connaissance de cette même Patricia, prostituée apparemment très disputée ! Et justement, ce voyage à Chaville-le-Bas, dont ils sont tous les deux originaires ! Et encore cette étrange relation, créée au cercle de jeu, avec Mak… Ah oui, parce que journaliste… Sauf que, justement, pas vraiment journaliste à l'époque.

Jef fit au mieux mais l'officier n'était pas dupe :

— Cette histoire de Patricia, il faudra nous en dire plus un de ces jours. En attendant, avec un tel alibi, venant d'un journaliste, on va devoir libérer ledit Mak. Gardez l'info pour vous jusqu'à demain ; et puis, un conseil : prenez un peu de distance avec la pègre ; regardez, par exemple, du côté des accidents de la route, beaucoup de lignes à écrire !

Il revint au journal avec un scoop, ce qui lui valut les

félicitations de Vincent. L'article, à paraître le vendredi matin, fut pourtant attribué à Tatiana : « Pour te couvrir », argumenta Vincent.

***

Jef n'était pas passé chez lui de la journée. Il rentra en milieu d'après-midi, dans l'espoir d'y trouver Amélie avant qu'elle rejoigne la Boîte à pizzas pour son service du soir. Mais elle n'était pas là et, en y regardant de plus près, ses affaires de toilette, sa petite chemise de nuit bleue, si jolie, son sac de voyage, avaient disparu.

Il courut tout le chemin. Elle ne pouvait pas l'avoir quitté : Olga et Bernardo lui avaient expliqué que tout allait s'arranger. Ça devait être un malentendu, ils devaient avoir eu besoin d'elle à la Boîte à pizzas.

La devanture était encore fermée, il passa par la porte de service. La table pour le repas du soir des entr'nous n'était pas encore mise. Le Chef discutait avec Olga. Jef les interrompit.

— Je cherche Amélie.

Olga sursauta.

— Déjà là… Viens avec moi, on va se parler.

Elle le poussa vers la table du fond.

— Je pensais te voir en fin de service. Je dois te parler d'Amélie.

— Il lui est arrivé quelque chose ?

— Tout va bien maintenant, Jef ! Tu vas pouvoir la voir plus tard ; là, elle se repose.

— Qu'est ce qui s'est passé ?

— Nous l'avons trouvé très mal, hier soir, quand on est arrivés chez vous. Elle venait d'avaler un tas de meds, n'importe quoi. Elle regrettait déjà son geste. Elle ne savait pas quoi faire. Bernardo lui a fait tout vomir, puis beaucoup boire. Je suis restée avec elle par sécurité et je l'ai ramenée ici ce matin. On a parlé ; maintenant, elle se repose.

Jef resta un instant prostré. Non, pas ça ! Il ne voulait pas ça !

— Tu vas la voir. Elle veut te voir. Mais attention, ce que

nous vivons, c'est trop pour elle. Je veux dire : c'est insaisissable. Et ce que nous allons affronter dans les semaines qui viennent, c'est au-dessus de ce qu'elle peut supporter. Bernardo a longtemps parlé avec elle ce matin. Il l'a rassurée sur toi, ton intégrité, ton attachement. Il a minimisé les risques que tu cours. Il lui a fortement conseillé de s'installer quelques jours chez ses parents. Elle a refusé mais je crois qu'Aurélia va la prendre avec elle, quelque temps.

— Je peux voir Bernardo ? Je crois qu'il faut que j'arrête tout.

— Bernardo est reparti. Il peut revenir si nécessaire, mais c'est chaque fois un risque. Peut-être peux-tu attendre d'avoir vu Amélie. Reste avec nous pour souper ; tu lui porteras à manger.

Le repas fut sinistre. D'ailleurs il ne mangea pratiquement pas. Il monta avec le plateau. Amélie était couchée dans la chambre d'Olga et Bernardo. Il la trouva pâle mais bien éveillée. Elle se redressa dans le lit et tendit ses bras vers Jef.

— Pardonne-moi, mon amour ! Pardonne-moi, je t'aime, je suis d'accord pour tout. Fais ce que tu dois et reviens-moi vite. Bernardo m'a expliqué : c'est comme à la guerre. Si tu dois y aller, ce n'est pas que tu m'abandonnes. C'est comme ça, tu n'y peux rien.

Jef posa le plateau au pied du lit, et se glissa dans ses bras. Ils échangèrent des mots doux, des caresses, des baisers.

— Pour moi aussi c'est trop. Je voudrais que cela s'arrête, que cela n'ait jamais existé. Mais si Patricia n'avait pas existé, je ne serais pas là avec toi. Je ne peux pas faire comme si le meilleur de ma vie ne dépendait pas d'elle.

— Je sais. Fais ce qu'il faut. Bernardo m'a dit que vous alliez la sauver très vite. Après on pensera à nous. Écoute, je vais aller m'installer chez Aurélia. Comme ça, tu seras plus libre. Dès que vous avez fini, je reviens chez nous et ce sera la fête.

Jef voulut protester, mollement, un peu pour le principe.

Elle ne fut pas dupe.

— Si, c'est mieux pour tous les deux. Et puis tu pourras toujours passer me voir à la pizzeria. Tu auras le droit à des sourires et des baisers. Tu peux même revenir manger avec nous. J'étais tellement surprise, heureuse

***

!

21

Mak fut effectivement libéré le lendemain matin, vendredi 3 décembre. Jef l'attendit en vain, samedi, au cercle de jeu. Il demanda à Guido de le conduire au Number One. Ils ne l'y trouvèrent pas non plus, ni aucun autre de sa bande. Ils ne s'attardèrent pas. Ils prirent la route pour son domicile, puis changèrent d'avis. Ils décidèrent d'aller sonner chez Ange.

Guido avait entendu parler de la « petite » Ange. Étant lui-même plutôt petit, il la trouva tout de suite à sa taille. On peut même dire qu'il en oublia la gravité de la situation, pour n'avoir d'yeux que pour elle. Elle le remarqua et lui tourna le dos.

— Mak est chez lui, sous la protection de Damien. Mais c'est fliqué tout plein !

— Je dois le voir discrètement. Tu crois que tu pourrais le faire venir ici ?

— Il est assigné à résidence. Mais je peux servir d'intermédiaire.

— C'est pour Patricia. Nous voulons savoir. C'est urgent.

— Je m'en occupe. Repasse demain soir.

— Trop tard : il me faut l'info demain midi.

Elle lui fit les yeux doux :

— J'essaye parce que c'est toi. À propos, inutile de te faire accompagner, je ne vais pas te violer !

Guido n'apprécia pas. Jef l'entraîna avant qu'il polémique.

***

Il se présenta seul à sa porte le lendemain midi. Il eut beau sonner, personne ! Il s'assit dans l'escalier pour attendre. Il s'endormit la tête appuyée contre le mur. Ange le réveilla à son retour. Il faisait déjà nuit.

— Pas pu faire plus vite. Mak ne voulait pas. J'ai fait un peu de chantage, en ton nom, genre que tu pourrais revenir sur ton témoignage. Il a fini par accepter. Le problème : son téléphone sur écoute. On a utilisé le mien. Je te résume. Patricia n'est plus à Chaville. Youssef l'a placée dans le Neuf-trois. Il est d'accord pour la céder. Tout est une question de prix, d'autant plus qu'il faudra dédommager son acolyte. Il demandera cher.

— On doit faire vite. C'est quoi cher ?

— Mak n'a pas voulu m'en dire plus. Il est prêt à négocier, mais il faudra le payer, lui aussi.

Ils s'étaient assis tous les deux, face à face, à la table en formica. Jef était perplexe. Négocier ! Cela dépassait son entendement. Des lois d'un autre monde pour un commerce d'un autre monde : celui de la viande humaine ! Il commençait à comprendre ce que Bernardo s'était évertué à lui expliquer sur l'incommunicabilité entre leurs deux mondes.

Ange glissa sa main sur sa cuisse. Il ne la retira pas.

— Jef, qu'est-ce que je lui dis à Mak ?

— Tu lui dis « Merde » !

— Jef, s'il te plaît, c'est sérieux.

— OK, on le lui dira plus tard. Je sais ce qu'on va faire. On va lui envoyer Olga.

— C'est qui ?

Jef ne savait pas grand-chose d'Olga. Il s'était étonné que Bernardo l'ait intégrée dans son plan, mais n'avait pas réagi.

— Tu verras, une « dame ». Elle saura faire.

— Damien ne laissera entrer personne !

— C'est simple, tu rappelles gentiment à Damien que je l'ai couvert. Ça ne s'oublie pas !

***

Olga se montra à la hauteur. Elle se « déguisa » en femme de ménage, seau et balais sortis de l'Acadiane au nez des flics en planque, et fut accueillie par un Damien méfiant mais courtois. Mak la reçut, non pas vautré nonchalamment, comme ce fut le cas pour Jef, mais assis à son bureau. Olga, se montra « professionnelle », dira Bernardo. Mak avait trouvé là une opportunité de se faire du beurre sans grand risque. Il serait le « sage » garantissant le bon déroulement de la transaction en contrepartie du prélèvement du tiers de la « rançon ».

Olga reprit son seau et ses balais et rentra sagement à la « maison ». Le soir même, elle prenait la route pour la Drôme, d'où devait se mener toute la négociation par téléphone.

Bernardo était trop méfiant pour utiliser son portable. Ce fut Roland qui mit sa ligne fixe à leur disposition.

Jef ne participa pas à cette phase. Il ne fut informé de rien. Il constata juste l'absence d'Olga pendant les deux jours suivants. La Boîte à pizzas était totalement désorganisée. Le Chef, d'une humeur massacrante, engueulait les livreurs. Les consommations sur place étaient tout simplement impossibles.

Elle réapparut le vendredi soir, visage sombre, peu encline à lui parler. Il insista.

— Je dois savoir. Tu dois me dire ce qui se passe.

Elle était en plein service, plateaux de pizzas en main.

— T'es con ou quoi ! Tu ne vois pas que je suis débordée ?

Jef se retira. Elle le rattrapa, essoufflée, déjà au coin de la rue.

— Excuse-moi. Viens me voir en fin de service.

***

Jef hésita. Finalement sa curiosité l'emporta sur son amour-propre. Ils s'installèrent dans le repaire de Bernardo. Et Olga parla, pleura, se livra.

Il fallait d'abord qu'il comprenne son drame à elle. Savait-il, non certainement pas, ce que représentait la Boîte à pizzas pour elle ? Savait-il d'où Bernardo l'avait sortie ?

Pas du caniveau, à l'instar de leur Patricia, et jamais ne s'était-elle laissé prostituer. Tout avait commencé normalement. Elle, fille d'émigrés russes, romantique à souhait, avait été envoûtée par un grand brun qui parlait comme un poète, chantait comme un Italien et dansait comme un dieu. Une fois mariés, il se montra alcoolique et violent. Il la battit tant, qu'elle perdit la petite fille en passe de naître. Seule, abandonnée à l'hôpital, elle décida de se venger. Elle le fit : elle l'empoisonna.

Quand elle sortit de prison, quatre ans plus tard, personne ne voulait plus ni l'accueillir, ni l'employer. Bernardo écouta son histoire, l'embaucha, la logea, l'aima et lui confia la Boîte à pizzas.

Et là, elle s'était mise à pleurer, hoquetant, incapable de poursuivre, puis à lui crier :

— Maintenant j'ai tout perdu ! C'est à cause de cette putain de Patricia !

Jef ne comprenait rien.

— Quoi perdu ? Quoi, à cause de Patricia ? Explique-toi !

Olga se moucha, se calma. Elle regarda Jef longuement sans rien dire. Puis lâcha d'un seul trait :

— Bernardo va vendre la Boîte à pizzas ! Pour payer la rançon.

Ce qui déclencha chez elle une nouvelle pluie de larmes.

Jef saisit instantanément ce que cela signifiait. Patricia allait être affranchie, libérée, sauvée ! Complètement insensible à la peine d'Olga, il ne chercha pas à réprimer sa joie. Il lui fallait la partager. Il pensa à Amélie, à qui il allait pouvoir annoncer la fin du cauchemar, à Bernardo, qui allait retrouver son amour de jeunesse, à Guido, qu'il pourrait rassurer sur son devenir. Il descendit précipitamment l'escalier, sortit dans la rue par la porte de service et se mit à courir.

Mais courir chez qui ? Amélie était chez Aurélia, il ne savait même pas où ! Guido ? À cette heure, probablement en plein commerce ! Bernardo ? Injoignable ! Avec qui, donc, partager sa joie ?

Il passa le pont sans véritablement s'en rendre compte. Il grimpa les escaliers et toqua à sa porte. Il toqua encore. Elle ouvrit, visiblement tirée de son sommeil.

— Je voulais te dire. On a gagné… pour Patricia. Elle va être libérée.

C'est alors qu'il se rendit compte : il était face à Ange, la petite Ange, en tenue très légère. Dans l'état de quasi-béatitude qui était le sien, les gestes tendres d'Ange et son corps rayonnant de chaleur lui donnèrent l'illusion qu'ils étaient intimes. Il se pressa contre elle pour entrer. La chambre était là, le lit défait. Les choses se firent sans paroles. Elle fut une amante délicieuse. Il n'eut qu'à se laisser envoûter.

***

Le matin, il eut honte. Pas d'avoir couché avec Ange : il en était encore au ravissement. Il eut terriblement honte d'avoir plaqué Olga. Il se leva et s'habilla sans rien écouter des soupirs d'Ange. Il se vit dans la rue puis cognant fortement à la porte de la remise. Il cogna encore et encore jusqu'à ce qu'Olga lui ouvre. Elle voulait visiblement le chasser, refermer la porte quitte à écraser ses doigts qui s'étaient déjà glissés dans l'interstice. Mais il tira plus fort qu'elle. Il entra et se jeta à genoux devant elle. À genoux, tête baissée !

— Olga, j'ai honte de moi. Jamais je n'aurais pu imaginer être aussi cruel. Je ne vaux pas mieux que tous ces mafieux. Pardonne-moi.

Il lui saisit la main et la couvrit de baisers, comme il faisait, petit, pour se faire pardonner de sa maman.

Olga se dégagea et s'enfuit vers la grande salle, encore

plongée dans la pénombre. Elle grimpa l'escalier sans se soucier de Jef. Elle s'enferma dans sa chambre. On ne la vit plus de la journée.

Ce fut Jef qui assura l'ouverture de l'établissement aux entr'nous. Idir arriva le premier, suivi par Aurélia et Amélie. Ils devaient préparer, l'un la salle, les deux autres, la cuisine. Le plus surpris fut Idir, la plus inquiète, Amélie.

Il eut du mal à s'expliquer aux trois. Oui, Olga lui avait ouvert. Pourquoi ? Parce qu'il voulait lui parler. De quoi ? Rien, rien d'important.

Et pourquoi n'était-elle pas là ? Elle allait descendre ; peut-être était-elle fatiguée…

Idir dut imaginer quelque affaire de cul et prit son balai sans chercher à éclaircir. Aurélia se douta d'un problème plus grave et grimpa discrètement l'escalier. Jef put tirer Amélie dans un coin pour lui faire part de l'essentiel :

— Ça y est, c'est fini ! Je suis libre, ils vont nous rendre Patricia. On va pouvoir vivre comme avant.

Mais tout cela fut dit d'un ton tellement définitif qu'Amélie pressentit autre chose.

— Mais pourquoi Olga n'est-elle pas là ?

— Elle est dans sa chambre. Je ne sais pas si elle va descendre. C'est ma faute, j'ai fait une terrible gaffe. Tout à ma joie, je l'ai laissée tombée alors que c'est une tragédie pour elle.

— Je comprends de moins en moins.

— Je ne t'ai pas tout dit : Bernardo va vendre la Boîte à pizzas. Olga est revenue de la Drôme avec cette nouvelle. C'est pour cela qu'elle était d'une humeur massacrante, hier. Elle m'a tout raconté cette nuit. Elle était en larmes, au désespoir, et moi je suis parti en laissant éclater ma joie.

— Et moi, qu'est-ce que je deviens ? C'est pareil…

Jef n'essaya pas de poursuivre la discussion, de lui expliquer, par exemple, qu'un changement de patron ne signifiait pas un licenciement. Autant il compatissait au sort d'Olga, tragique, surtout parce que le retour de Patricia allait mettre définitivement fin à son idylle avec Bernardo, autant, la réaction d'Amélie lui parut mesquine, égoïste et significative de l'absence d'empathie pour sa propre joie.

— Je crois qu'on ne se comprend pas bien. On en reparlera, mais là, tout de suite, je dois rejoindre le journal.

Il partit sans même lui adresser un regard affectueux. Sur le chemin vers la rédaction, il se rendit compte que, pour la première fois depuis qu'ils étaient ensemble, il l'avait abordée ce matin sans l'embrasser. Un peu plus loin, il lui revint qu'il ne lui avait même pas demandé de rentrer à la maison.

***

Bernardo s'annonça pour le lendemain, dimanche 12 décembre. Il arriva très tôt, bien avant l'aube. Olga et Jef l'attendaient déjà dans son repaire, se regardant à peine. Il fit semblant de ne pas s'en apercevoir. Il alla droit au but.

— Je veux que Patricia soit avec nous pour Noël. Va falloir qu'on se bouge. Je règle la question financière. Toi Olga, tu t'occupes des candidats à la reprise de la pizzeria. Jef, tu t'occupes d'organiser le retour de Patricia.

Il résuma la situation. Ils étaient tombés d'accord sur le prix de la transaction. Il allait signer le lendemain avec sa banque, un prêt relais, le temps nécessaire à la vente du fonds et des murs de la Boîte à pizzas. Il allait faire parvenir, le jour même, un acompte à Mak qui arbitrait le marché. Le reste, il ne s'étala pas sur la somme, serait versé au moment de la réception de Patricia. C'est cette réception que Jef devait, dès samedi, organiser avec Mak.

— Des questions ?

Jef en avait.

— Où se fera l'échange ?

— Tu devras amener Patricia chez moi, dans la Drôme. Mais ils ne doivent pas connaître sa destination finale. L'échange devra se faire quelque part entre Paris et Lyon. Tu auras la BM. Tu t'assureras qu'ils ne te pistent pas.

Jef approuva, Olga ne réagit pas. Elle fit comme si la réunion était terminée et partit se réfugier dans la chambre, porte fermée à clé. Jef ne put s'empêcher de commenter.

— C'est très dur pour Olga.

Bernardo répondit du tac au tac.

— Dur pour Olga ? Et facile pour Patricia ? Pour toi ? Pour moi ? Qui a passé la moitié de sa vie violentée, prostituée, droguée, brutalisée ? Qui a dû s'abaisser à tuer et à fuir ? Et qui a plongé dans le monde de l'ombre pour sauver sa sœur d'adoption ? Jef, reprends-toi ! Olga a profité du malheur de Patricia en toute connaissance de cause. Ne la laisse pas croire qu'elle est la victime ! Ne la laisse surtout pas mépriser Patricia.

Il fit une pause, gagné par la colère.

— Laissons tout cela de côté. Concentrons-nous sur notre mission. Il n'y a que nous pour sauver Patricia !

Il cria très fort, pour se faire entendre d'Olga :

— IL NOUS FAUT SAUVER PATRICIA !

***

Le samedi suivant, Jef accompagna Guido au Cercle de jeu. Mak était installé à la table, à jouer comme si de rien n'était. Personne ne semblait s'étonner de la présence d'un garde du corps à ses côtés, en l'occurrence le jeune nervi qui l'avait une fois menacé, coup-de-poing américain en main.

Il passa rapidement par le bar après la partie, toujours serré de près par son garde du corps. Il glissa un mot à Guido, puis quitta le Cercle sans approcher Jef, ni lui faire le moindre signe. Ce fut Guido qui lui transmit le message : il devait le rejoindre plus tard dans la nuit en un lieu qu'il n'avait pas précisé. Ange l'attendait chez elle pour l'y conduire.

Guido déposa Jef au début de la rue Saint Laurent, dépité de n'être pas invité à l'accompagner. Jef n'avait pas revu Ange depuis leur nuit d'ébats. Ange voulut l'enlacer mais Jef resta distant.

— Jef, une nuit avec moi ne t'oblige à rien. Comme tu sais, j'ai l'habitude ! Je veux juste que tu saches que ce n'est pas, avec toi, comme avec les autres. Toi seul a le droit de venir chez moi et tu y seras toujours bienvenu.

Jef ne répondit pas. Il ne savait pas trop quoi faire de

cette porte ouverte à ses désirs, de ce dos tourné à Amélie. Occupé à sauver Patricia, il avait simplement occulté la question. Amélie, bien sûr, il y avait Amélie ! C'est d'elle qu'il devait se préoccuper.

***

Ange le conduisit, par la route qui grimpe au col de Porte, à une ancienne auberge fermée au public depuis belle lurette. Un jeune garde du corps le fit monter à l'étage. Mak vint le saluer en haut de l'escalier et l'entraîner dans une petite pièce qui ressemblait à s'y méprendre à un salon d'accueil de maison close, comme on en voit au cinéma. Il l'installa face à lui, à une petite table où il avait déjà déposé chopes et bouteilles de bière.

Il ne fit aucune allusion au passé, laissant sous-entendre qu'ils étaient maintenant quittes. Jef fit part de ses exigences: l'échange devrait avoir lieu à Lyon, le jeudi 23 décembre. Mak donna son accord et proposa d'utiliser le TGV Paris-Marseille pour ce faire.

— Deux hommes escorteront ton amie jusqu'à l'arrêt en gare de Lyon Part-Dieu. Tu monteras à bord avec le solde de la rançon. Le temps de compter et ton amie te sera remise.

Jef approuva le sens général de la proposition, mais rectifia un détail : ce serait Olga, que Mak connaissait, qui monterait à Lyon. Il ne dit rien du comment ils procéderaient ensuite.

Ils se serrèrent la main et convinrent de ce qu'Ange servirait dorénavant d'intermédiaire à leurs communications.

Ange, justement l'attendait dans le vestibule du rez-de-chaussée. Elle comprit à son sourire que l'opération avait réussi. Arrivés à la voiture, d'une caresse, elle réveilla son désir. Ils se comprirent sans même échanger un mot de tout le retour. Ange se gara le long des quais et Jef, au lieu de rejoindre son appartement encore délaissé par Amélie, grimpa les escaliers derrière elle.

***

Les évènements se précipitèrent : L'argent fut débloqué, remis à Olga en coupures anciennes, et soigneusement rangé dans une sacoche. Jef rejoignit la Drôme, avec l'Acadiane, la veille au soir. Bernardo lui communiqua ses dernières consignes. Il repartit le jeudi matin, en BM, pour la gare de Valence-TGV. Au même moment, Olga embarquait à Grenoble dans le TER pour Lyon Part-Dieu, avec la sacoche de billets dissimulée dans son sac à dos.

Pendant ce temps, Bernardo soignait les derniers préparatifs pour l'accueil de Patricia. Il lui prépara la plus belle chambre. Il mit de l'ordre dans la sienne et refit son lit avec des draps propres. C'était à tout hasard, au cas où son rêve deviendrait tout de suite réalité.

Olga, arrivée à Lyon Part-Dieu, était montée sur le quai du TGV Paris-Marseille. Elle regarda encore une fois la photo que Bernardo lui avait "prêtée", celle, en noir et blanc, du visage d'une jeune fille souriante, au teint mat, aux cheveux très bouclés, au menton fin. C'était une très vieille photo. Elle doutait de sa ressemblance avec la Patricia d'aujourd'hui et comptait plus, pour la retrouver, sur les allures de gangsters de ceux qui l'escorteraient.

Jef, lui, avait rangé la BM sur le parking minute de la gare de Valence-TGV et attendait sur le quai n° 3 l'arrivée du train venant de Lyon. Bernardo lui avait recommandé de dévisager tous les hommes aux allures suspectes qui traîneraient sur le quai, "*genre lunettes noires, poches rembourrées, écouteurs à l'oreille*", ainsi que d'éventuelles concentrations de flics. En cas de gros risque, la consigne était de s'éclipser et de laisser Olga et Patricia, qui ne le verraient pas sur le quai, poursuivre jusqu'à Marseille.

Pour tous c'était la fébrilité qui précède l'action. Pour Jef, surtout pour Bernardo, c'était une immense émotion, une joie encore retenue, une anticipation de cet instant magique où Patricia apparaîtrait souriante, et se jetterait dans leurs bras.

***

Puis le train entra en gare de Lyon Part-Dieu !

Olga, sac au dos, monta dans le wagon n° 6 où devaient se trouver Patricia et ses gardiens. Elle fut immédiatement agrippée, sur la plateforme, par un jeune homme en costume cravate qui lui arracha son sac et se retira dans les toilettes. Olga ne remarqua pas tout de suite le sourire crispé que lui adressa un deuxième costumé. Dans le stress qui la troublait, elle ne réalisa pas plus que celui-ci bloquait de ses larges épaules la porte des toilettes d'en face.

Déjà le premier costumé sortait des toilettes. Il remit à Olga le sac à dos, vide. Il fit simultanément un signe discret à son complice, qui dégagea la porte des secondes toilettes, et, sourire toujours figé, glissa un billet SNCF dans la pochette avant du sac. Avant même qu'Olga l'eût réalisé ils avaient quitté le wagon et s'éloignaient sur le quai, alors que le train repartait.

Olga retrouva ses esprits. Elle cogna à la porte des toilettes libérées. Pas de réponse. Le loquet était sur vert. Elle entrouvrit la porte.

Ce qu'elle aperçut lui souleva le cœur. Elle oublia tous ses ressentiments et se précipita. Sur l'abattant des toilettes, prête à s'écrouler, une femme, ou plutôt un fantôme de femme. Le manteau noir entrouvert découvrait sa maigreur, le jean bleu était agité par les tremblements des deux jambes. Des cheveux noirs, défaits, tombaient sur des épaules affaissées. Des mains épuisées tentaient de prévenir la chute en s'agrippant aux barres d'appui. Un visage blême, émacié, des yeux révulsés, des pommettes saillantes et enflammées, une bouche ballante, des lèvres crevassées, le tout indiquait l'abandon de la vie.

— Patricia, ma pauvre Patricia !

Elle se pressa contre elle, pour la soulever. Elle mesura sa légèreté et son évanescence.

— Patricia, c'est fini, on est là, tu vas retrouver Bernardo et aussi Jef.

Patricia ne laissa rien paraître. Olga avait assez vécu pour reconnaître l'effet d'une overdose. Oui, elle avait été droguée, et même dangereusement droguée.

Elle ferma le loquet des toilettes et entreprit de secouer Patricia comme elle l'avait appris dans une vie antérieure. Elle aspergea son visage d'eau tiédasse et lui tapota le creux des joues. Elle lui parla tendrement, les larmes aux yeux, de cette nouvelle vie qui s'offrait à elle, de son amoureux qui l'attendait, qui ne pensait qu'à elle, qui avait tout lâché pour la retrouver. Parfois, à l'une de ces évocations, les yeux de Patricia retrouvaient une vague lueur avant de chavirer à nouveau.

Le haut-parleur annonça la gare de Valence-TGV. Olga n'avait plus que quelques minutes pour la ramener à suffisamment de conscience pour la sortir du train. Déjà ils ralentissaient et bientôt le crissement des freins annonça l'arrêt.

Elle mobilisa toute son énergie pour la soulever. Elle comprit qu'elle n'arriverait pas à la porter jusqu'au quai. Elle changea de stratégie. Elle rassit Patricia sur la lunette et se précipita sur le quai. Jef dépassait toutes les autres têtes. Elle le héla, il accourut ; en quelques mots et gestes, elle lui expliqua la situation.

Jef suivit Olga jusqu'aux toilettes. Il n'eut pas le temps de s'apitoyer. Il souleva Patricia sans mal, la descendit du train et la maintint contre lui jusqu'au banc le plus proche. Il l'allongea, s'assit à ses côtés et posa délicatement sa tête sur ses cuisses. Il fut envahi d'une immense tristesse. Il avait si souvent rêvé de cette première étreinte avec une Patricia libérée, souriante et affectueuse. Il prit son visage entre ses mains et, les yeux dans ses yeux inconscients, lui parla tendrement, lui parla longtemps. " Ma Patricia, mon amour de grande sœur…" Il lui raconta combien elle lui avait manqué, combien il avait tout le temps pensé à elle ; il lui conta, comme des histoires, les aventures qu'il avait vécues "pour elle". Il s'essaya à manier l'humour, il prit parfois une grosse voix, mais rien ne la fit sortir de sa torpeur.

Le TGV était depuis longtemps reparti, le quai était maintenant désert, Olga avait disparu. Ils étaient tous les deux, elle, allongée sur le banc, lui, assis, soutenant son visage, conscient de lutter avec elle contre la mort qui cherchait à tracer son chemin. Il parlait, parlait encore.

Olga revint avec un fauteuil roulant qu'elle avait obtenu du chef de gare. Jef y installa Patricia et ils prirent l'ascenseur pour monter dans le hall central. Ils obtinrent facilement le droit d'emprunter le fauteuil pour aller jusqu'à la voiture. Ils couchèrent Patricia sur la banquette arrière.

Ils prirent la route. Patricia gémissait, troublant leur silence. Olga posa sa main sur celle de Jef, elle-même posée sur le pommeau du changement de vitesse. C'était comme lui dire qu'elle avait maintenant oublié toute sa rancœur. Jef lui rendit un sourire triste.

Il roulait aussi vite que possible. Il pressentait que Patricia n'était pas encore sauvée. L'idée de la déposer à l'hôpital lui effleura l'esprit. Mais cela aurait été trahir Bernardo. L'idée s'effilocha d'elle-même.

Parfois Olga se retournait et tapotait affectueusement l'épaule de Patricia en lui murmurant des mots encourageants. Patricia réagissait par quelques frémissements, signes d'une vie à l'affût.

Ils arrivèrent au chemin du gîte. La bise fouettait les chênes nains qui le bordaient. On était à deux jours de Noël.

Bernardo barrait le chemin de sa forte stature. Jef ralentit, Bernardo se pencha vers la vitre arrière. Jef vit dans ses yeux toute l'angoisse d'apercevoir Patricia prostrée. Il poursuivit sa route au ralenti, jusqu'à la porte d'entrée du gîte.

Bernardo courut derrière eux. Il ouvrit la porte arrière de la BM. Il ne dit pas un mot ni ne fit la moindre mimique. Il saisit tendrement Patricia par les épaules. Il la souleva dans ses bras et la porta comme on porte sa nouvelle épouse pour passer le seuil du nouveau foyer. Il chantonnait, de sa voix de baryton, une mélodie d'amour passionné. Il avait oublié Olga et Jef. Il entra dans le gîte et referma la porte derrière lui.

Il faisait froid, venteux et déjà sombre. Olga osa rouvrir la porte et passer sa tête. Personne dans la grande salle commune. La voix de Bernardo descendait en sourdine de l'étage. Jef entra ; ils se regardèrent perplexes. Olga imagina l'absurde, Bernardo ayant perdu toute raison, menant sa bien-aimée vers le lit nuptial, ce lit où elle-même avait si souvent été aimée.

— On doit faire quelque chose, il faut ramener Bernardo à la raison. Il nous faut un toubib pour Patricia.

Elle se dirigea vers l'escalier qui menait aux chambres de l'étage. Jef l'entendit supplier Bernardo, véhémente. Cela dura. Quand ils redescendirent tous les deux, Bernardo avait le visage du désespoir. Olga prit le téléphone et appela le médecin.

Ce médecin, le docteur Reynier, connaissait bien Bernardo, non qu'il l'ait souvent soigné mais, au fil des visites aux hôtes du gîte, malades ou blessés, ils s'étaient liés d'une véritable amitié. Il connaissait tout de son histoire et avait partagé son impatience pour ces retrouvailles. Il fut là en cinq minutes et, trousse en main, grimpa l'escalier en grandes enjambées. Patricia gisait sur le lit, toujours inconsciente. Jef, Olga, et Bernardo veillaient. Il fit sortir les deux hommes et demanda à Olga de rester l'assister.

Il revint vers eux, attablés silencieux à la grande table. Il s'assit, le visage soucieux, et regarda Bernardo avec compassion.

— C'est une solide. Je n'en connais pas d'autres qui auraient survécu à une pareille surdose.

— Elle en est où ?

C'était Jef qui l'avait interrogé. Le docteur expliqua qu'il lui avait administré des soins d'urgence mais qu'il fallait maintenant la conduire à l'hôpital de Montélimar.

Bernardo le coupa de sa voix rauque.

— Je veux la garder avec moi. Je la soignerai ; tu me diras quoi faire.

Le docteur Reynier fit signe que non.

— On ne peut pas la soigner ici. Elle doit être prise en charge dans une unité spécialisée.

— Impossible, tu sais bien que c'est impossible. Youssef

veut ma peau. Il va nous localiser. Il n'attend que ça pour me flinguer. Et elle ? Elle deviendra quoi ?

— Je vais l'accompagner. Je ferai en sorte qu'elle reste anonyme, qu'aucune information ne sorte…

Mais Bernardo continuait à s'agiter.

— Tu le sais, c'est impossible. Tu peux la soigner ici…

— Bernardo, il faut que tu me fasses confiance. Son cerveau est atteint. Sans soins spécialisés, elle survivra peut-être, mais elle sera physiquement et intellectuellement diminuée pour toujours. Je dois l'emmener, c'est urgent.

— Non, je ne veux pas.

Il l'avait, cette fois-ci, presque murmuré, tête baissée, bras pesants, mains à plat sur la table, malheureux !

Jef se secoua.

— Réfléchis, Bernardo, c'est sa vie qui est en jeu !

Mais Bernardo n'était plus en mesure de réfléchir. Il se trouvait dans une situation qu'il n'avait pas prévue, face à un dilemme inconnu. Un silence pesant s'installa autour de la table. Olga et le docteur se tournèrent vers Jef et attendirent.

Jef comprit qu'il devait prendre ses responsabilités :

— Faites-le. Je prends sur moi.

— Vous êtes Jef, n'est-ce pas ? Le « petit frère » ?

— Oui, je suis le petit frère comme vous dites, et je veux que vous sauviez ma grande sœur.

— Je vais le faire. Je l'emmène. Aidez-moi à la transporter.

***

Bernardo se conforma sans résistance au diktat du « petit frère ». Le docteur Reynier lui téléphona le lendemain pour lui confirmer que Patricia avait été admise en soins intensifs, sous le régime de l'anonymat.

— Son état s'est stabilisé. Elle souffre de multiples contusions. Comme on pouvait s'en douter, le test du VIH est positif. Mais là n'est pas le pire : son cerveau est atone. Elle va être transférée demain en neurologie. Tu pourras venir la visiter en toute sécurité.

Bernardo s'installa d'autorité à l'hôpital, pour la veiller

jour et nuit. Il lui parla tout le temps, parce que le neurologue lui avait dit que c'était le meilleur traitement de son absence. Mais rien n'y faisait, ni les thérapies très pointues ni toute l'attention de Bernardo : elle restait sans réaction.

Quand, après deux mois d'hospitalisation, Patricia fut considérée psychiquement condamnée, Bernardo obtint, grâce à son ami docteur, d'être l'alternative à l'internement psychiatrique. Il la ramena chez lui, tout en douceur, en mars de l'an 2000. Il était corps et âme dévolu à son rétablissement. Il fit appel à Jef et Amélie pour qu'ils viennent, le dimanche, renforcer la dynamique positive dont il pensait qu'elle avait besoin.

Elle resta fermée au monde. Elle était, au début, emmitouflée, dans un fauteuil près de la cheminée, le visage inexpressif, les yeux perdus. Puis elle commença à se lever, à tourner en rond indéfiniment dans la grande salle commune, sans aucun signe de reconnaissance. Les premiers signes furent pour Bernardo, simples consentements à ses sollicitations : « assieds-toi », « prends ta cuillère », « enlève ton manteau »…

Il fit preuve d'un amour infini – rien à voir avec seulement de la patience – dans l'attention qu'il lui porta. Cela seul peut expliquer que, lentement, très lentement, dans la machine cérébrale atone, quelque part, un neurone pas intégralement détruit se soit ébranlé suffisamment pour stimuler quelques milliards d'autres. Elle retrouva les gestes de l'existence : mettre les couverts, cuire les œufs, laver la salade, arroser le potager. Elle mangeait à la table commune, au côté de Bernardo, Martine et Roland, et parfois d'Amélie et de Jef, quand ils venaient passer le dimanche à leurs côtés. Elle parlait à l'occasion, quand le besoin se faisait sentir : « Le facteur veut te voir », « Il n'y a plus de pain », « Il faut du bois ». Elle zappait à la télé, parfois des heures, sur n'importe quoi : une série débile, un débat de politiciens, une chaîne de news en anglais… Mais elle ne participait à aucune conversation. Jamais ni son regard, ni sa gestuelle n'exprimaient la moindre chaleur, la moindre sympathie pour son interlocuteur, juste le consentement à sa présence. Jamais, ni Jef ni Amélie, jamais même Bernardo, de ses propres dires, ne purent deviner l'ombre d'un sourire sur son visage.

Jef en vint à penser que Bernardo allait se résigner à l'accompagner ainsi, en attendant que « la saloperie », comme il appelait le sida, se saisisse d'elle.

***

Livre 7

La Vengeance

22

Le sauvetage de Patricia, en décembre 1999, avait délivré Amélie de la terreur de voir son mec se perdre dans les bas-fonds de la société. Elle avait consacré son énergie retrouvée à préparer leur avenir. Première chose, elle profita de la vente de la Boîte à pizzas pour changer de métier. Elle voulait des horaires « normaux » et de vrais week-ends pour ancrer leur couple. Son frère l'aiguilla vers les établissements A. Raymond qui cherchaient « une fille dégourdie » au service des achats. Elle fut tout de suite embauchée.

Deuxième chose, elle transforma leur appartement, jusque-là simple lieu de passage laissé à l'abandon, en nid d'amour pour eux et leur future progéniture. Ne sachant trop faire, elle se convertit aux idées fantaisistes d'Aurélia. Elles couvrirent les murs de couleurs chatoyantes, de figures aussi abstraites que gracieuses, de textes poétiques. Rarement un logement avait été autant libéré des conventions qui font des cloisons les simples délimitations de l'espace à habiter. Aurélia, à qui on n'avait jamais offert une toile à peindre, dévoila son génie devant sa copine éberluée. Ne travaillant plus, elle y employa tout son temps. Le must fut la création, au-dessus du canapé tout neuf, d'un sphinx cubiste, coloré, allongé, illuminé par un soleil d'enfer, avec, à ses pieds, une farandole de la jeunesse, à la manière du vieux poster de Picasso qui était placardé là auparavant.

Jef découvrait ces changements quand il rentrait le soir. Il avait, alors, complètement renoncé à la fréquentation des malfrats. Seul Guido échappait à ce boycott. Ils se voyaient au Café de France le midi, autour d'un plat et d'une bière.

Le couple se retrouva d'autant mieux qu'il mesurait qu'il revenait de loin. Se souvenant de cette terrible nuit de novembre 1999, où Jef lui avait annoncé qu'il était impliqué dans un assassinat, Amélie bondissait :

— Tu te rends compte, je t'avais même giflé !

Et, se collant à lui, elle lui murmurait, les yeux doux :

— Venge-toi ! Fais-moi du bien…

Ou alors, Jef, pris de remords tardifs, rentrait le soir, une rose rouge à la main. La toute première fois, Amélie sentit son cœur battre la chamade. La seconde fois, elle refréna un sourire moqueur. Elle confia, le lendemain, sa perplexité à Aurélia.

— Qu'est-ce qu'il veut, avec sa rose ?

D'Aurélia, il ne fallait pas s'attendre à une réflexion profonde…

— C'est sûrement un appel au sexe !

— Comme ça, sur-le-champ ?

— Absolument !

À partir de la troisième fois elle se conforma aux conclusions d'Aurélia. Cela fut bientôt un jeu entre eux.

— Tu ne m'as pas apporté une rose aujourd'hui ? C'est abstinence ?

— Non, mais je suis crevé. On verra plus tard.

— S'il te plaît, rapporte-moi la rose d'hier. Elle est dans le vase, sur la table…

Le sexe était redevenu l'anticyclone qui faisait le beau temps chez eux.

***

L'anticyclone fut bientôt alimenté par une nouvelle pulsion, jusque-là latente : celle, grégaire, de se reproduire. À vrai dire, Amélie n'avait jamais cessé d'y penser, comme en témoignait toute la passion qu'elle mettait dans la rénovation de leur logement. Pour Jef, ce fut un flash, un flash heureux qui redonna sens et dynamique à leur activité sexuelle. Car Jef était encore sous le charme de ses deux folles nuits d'ébats avec Ange. Malgré lui, il sortait insatisfait de la prestation de sa compagne. Malgré lui, il la trouvait terne, réductrice, trop vite expédiée, mal préparée.

Mais à partir du moment où il fut possédé par le désir d'engendrer, il donna à leur intimité un élan nouveau, passionné, qui sublima le plaisir qu'il avait à la posséder. Les nuits furent ardentes, surtout celles qu'Amélie annonçait propices. Ce fut une nouvelle expérience de l'amour, qui laissait loin derrière les prouesses expertes d'Ange.

Il en naquit Adrien, une nuit orageuse de l'été 2002. Comme tous les parents, presque tous en tout cas, ils regardèrent ce « bout'chou » avec fierté et amour. Ils retrouvèrent cette sensation délicieuse d'être un, cette fois à trois.

Le couple débuta sa lente mutation en cellule familiale. Ils découvrirent les réveils en pleine nuit, les petits pots, et le pot tout court, les visites au centre médical, mais aussi les adorables sourires enfantins, les compliments d'inconnus, et l'attention renouvelée de la maman d'Amélie, devenue grand-mère. Ils découvrirent la crèche de la rue du Vieux Temple, puis l'école maternelle du jardin de Ville. D'un même mouvement, ils imaginèrent le bonheur qu'ils auraient tous, et surtout Adrien, à accueillir leur deuxième bébé.

La cellule familiale était prête pour son intégration dans la société consumériste. Ils s'achetèrent une Kangoo d'occasion que le grand frère d'Amélie, mécano, leur dégota pour un prix ridicule. Ils découvrirent la France et même la Suisse voisine, bébé couché à l'arrière dans son couffin, puis attaché dans son siège enfant, sécurisé. Ils fêtèrent ses premiers anniversaires avec une multitude de jouets ; les Noëls avec, en plus, le sapin plastique. Ils s'offrirent leur premier PC, leur premier téléphone portable.

Tout ce temps, Jef, accompagné souvent par Amélie et Adrien, ne manqua pas d'apporter son soutien à Bernardo. Ils profitaient de leur Kangoo pour rejoindre « le Valfrais ». Ils y passaient environ un dimanche par mois, à mettre un peu de vie dans la maisonnée. Mais la petite famille avait beau s'agiter, jouer, rire, chanter, rien ne faisait sortir Patricia de sa torpeur. Ils avaient mal pour elle et ils désespéraient pour Bernardo, à le voir lui prodiguer soins et amour sans que rien ne change.

Jusqu'à ce dimanche ensoleillé où il les accueillit, tout souriant. Il leur annonça fièrement que, pour la première fois, il avait pu se glisser dans le lit de Patricia, juste glisser, sans encourir ses grognements.

— C'est un signe ! Quelque chose s'est débloqué. Jean-Yves (le docteur Reynier) est plein d'espoir. Surtout qu'aujourd'hui, le sida, ça se soigne.

Il avait donc reconsidéré leur futur.

— J'ai pris une décision. Dès qu'elle aura acquis l'autonomie nécessaire, on va quitter notre cache, ici, pour aller vivre en sécurité, le plus loin possible.

Amélie approuva avec enthousiasme, Jef, avec amertume. Il ne reverrait probablement plus sa grande sœur.

Le premier projet de Bernardo fut de fuir en Australie et d'établir une boulangerie française à Sydney avec l'argent qui lui restait de la vente de la Boîte à pizzas. Mais en y regardant de plus près, il comprit que le visa serait refusé à une petite Française porteuse du VIH. Peu importe : il se focalisa sur un second projet, certes moins sécurisé, mais totalement à leur portée : la Réunion. Il étudia la géographie et la sociologie de l'île, il s'abonna au Quotidien de la Réunion et éplucha les petites annonces jusqu'à y trouver, sur Saint Denis, un restaurant bien placé qu'il envisagea tout de suite de transformer en pizzeria.

Jef avait le droit, à chacune de ses visites, à un compte rendu détaillé sur l'avancée du projet. Patricia était parfois présente, mais toujours distante et silencieuse. Jamais Jef ne put deviner l'ombre d'un acquiescement.

Bernardo entreprit deux déplacements dans l'île, l'un en 2003, pour acheter le restaurant, l'autre, fin 2005, sept mois avant la date programmée de leur départ, pour commander les travaux de réhabilitation du local et acquérir, pour eux, une case créole sur la colline de Bellepierre, près du centre hospitalier.

Il fit appel à Jef à chaque fois, pour veiller sur Patricia pendant ses jours d'absence. La première veille, longue d'une semaine, fut, pour « le petit frère », un terrible moment de vérité. Il voulut pourtant espérer obstinément un miracle.

Bernardo avait choisi les vacances de Noël 2005 pour son deuxième déplacement. Jef était, cette fois, venu au gîte avec Amélie et leur petit garçon, Adrien, qui allait sur ses quatre ans. Amélie voulut saisir l'occasion pour offrir un moment de fête familiale à Patricia. Parmi d'autres choses – petit sapin décoré, jolie table fleurie, beau pull en cadeau - elle encouragea Adrien à offrir à sa « tata » un grand dessin très coloré. Le petit garçon s'attela à la tâche avec passion, y consacra toute une journée pour finalement, le soir de Noël, venir timidement le déposer, enroulé, sur les genoux de Patricia, cette grande personne toujours figée, jamais souriante.

Mais pour Patricia, ce n'était que du papier, et le papier, c'était bon pour le feu. Elle déroula la grande feuille sans même la regarder, et, les yeux tournés vers Adrien, entreprit de la froisser jusqu'à en faire une boule qu'elle jeta dans la cheminée.

À l'évidence, contrairement à l'espoir fou d'un miracle, l'esprit de Patricia était irrémédiablement atteint. Elle n'était plus qu'une mécanique sans conscience, doublement condamnée.

Amélie eut tout le mal du monde à consoler Adrien et encore plus, à calmer la colère de Jef.

— Non seulement ils l'ont torturée, non seulement ils l'ont réduite à l'état de légume, mais en plus ils ont fait de cette femme généreuse, un avatar cruel !

Il comprenait de moins en moins Bernardo. Tout ce temps à s'être terré au fin fond de la Drôme ; toute cette énergie, maintenant, à organiser sa fuite au bout du monde, alors que les tortionnaires de Patricia poursuivaient leurs basses œuvres en toute tranquillité ! Cela signifiait qu'il avait mis une croix définitive sur son engagement à venger Patricia. Il avait oublié ses paroles fermes et claires à ce sujet : « Quand Patricia sera sauvée, nous nous occuperons de Youssef et de toute cette bande de barbares ». Il n'en avait plus jamais reparlé depuis qu'il avait recueilli Patricia. C'était d'autant plus insupportable qu'ils savaient, du docteur Reynier, que ses bourreaux lui avaient sciemment administré un cocktail de drogues pour annihiler sa conscience.

Il avait tenté d'aborder le sujet à plusieurs occasions mais, chaque fois, Bernardo avait botté en touche. « Impossible » était devenu son mot magique pour clore toute discussion. Longtemps Jef avait respectueusement encaissé ce renoncement.

Mais sa remontée de conscience, ce jour-là, sur ce que ces criminels avaient fait de Patricia, réveilla en lui l'effroyable réminiscence de la barbarie extrême qu'il avait subi dans sa jeunesse. Ce fut ce qui le décida à affronter Bernardo à son retour de la Réunion.

— Tu crois que toi, là-bas, à l'abri avec Patricia, tu pourras, sans problème, oublier ce qu'ils ont fait d'elle ?

Ils étaient dans le hangar, à mettre en piles un lot de madriers venant d'un ancien chantier. Bernardo se redressa, retira posément ses gants, et désigna à Jef une pile où s'asseoir.

— J'y pense tous les jours, et je rêve de vengeance toutes les nuits.

Il lui avoua être tourmenté par la vision de Youssef vivant.

— Seul, je l'aurais flingué depuis longtemps mais, responsable d'elle, je ne peux que l'esquiver.

« Responsable d'elle » ! Jef ne pouvait que réagir.

— Es-tu sûr que c'est la bonne façon d'être responsable d'elle ? S'il lui restait de l'esprit, ne voudrait-elle pas que tu la venges ?

— Je sais ce que tu penses. Que ce n'est pas son choix, ni de m'avoir pour compagnon, ni de fuir au loin, ni, surtout, de renoncer à butter son tortionnaire.

Jef croisa son regard, juste placide.

— Tu as probablement raison, poursuivit-il, mais dois-je, pour assouvir ma haine, l'abandonner aux mauvais soins de quelque institution psychiatrique ? Qu'est-ce qui est plus important, la victime ou le bourreau ?

Bernardo n'en finissait pas d'attendre de Jef une réponse qui ne venait pas.

— Non, je ne pardonne pas, Jef. Je veux qu'on la venge, je veux la mort de Youssef. Seulement je prends ma part de responsabilité, celle que personne d'autre ne peut prendre à ma place. Je dois tout faire pour la ramener à la vie, pour la ramener parmi nous avant que le sida ne l'emporte. Est-ce que tu comprends cela ?

Jef acquiesça : oui il comprenait, il ne comprenait que trop bien !

***

23

Les vacances de Noël terminées, ils reprirent la route pour Grenoble. Amélie conduisait ; Adrien, installé à l'arrière, jouait tranquillement avec ses voitures. Jef se dit qu'il devrait un jour lui expliquer la méchanceté apparente de Patricia. Mais pour l'heure, c'était avec son propre comportement qu'il devait s'expliquer. Il lui revenait à l'esprit, la légèreté avec laquelle, à Montpellier, il avait entendu Patricia lui déclarer retourner à Chaville ! La vanité qui l'avait conduit à cacher ce projet à Bernardo, quand il l'avait rencontré la première fois à Grenoble ! L'orgueil qui l'avait fait décliner le rendez-vous sollicité par Bernardo en mai 1999… Oui, ce rendez-vous manqué qui avait décidé de tout !

L'évidence était là ! Puisque Bernardo se consacrait à la victime, il devait, lui, se charger du bourreau !

***

C'est ainsi que s'effectua le virage qui devait affecter dramatiquement son existence. Cela se fit par étapes, toutes conduites dans ce seul but, de pénétrer à nouveau le « milieu » pour y retrouver sa proie et la terrasser.

Dès le samedi suivant, il reprit l'habitude d'accompagner Guido au cercle de jeu, prétextant pour Amélie, sa quête de

« news » sur les faits violents qu'il suivait pour son journal. Mais il constata d'emblée que la méfiance s'était installée entre Guido, Mak et les autres malfrats qui fréquentaient l'établissement. D'ailleurs Mak lui-même faisait profil bas, ne misant plus que des clopinettes et quittant précipitamment la salle de jeu dès la partie terminée. De toute évidence, ce cercle n'était plus la porte d'entrée adéquate dans le milieu. Il fallait chercher ailleurs.

Pendant les six ans de grand beau temps de son couple, il avait oublié Ange. Guido lui avait parfois demandé ce qu'elle était devenue. La réponse, invariable, avait été qu'il n'en savait rien, alors qu'il était de notoriété journalistique que le réseau de Mak avait explosé, lui laissant penser qu'Ange se prostituait maintenant à son compte. Il fallut un hasard – mais cela en fut-il véritablement un ? – pour qu'il l'aperçoive un matin de février 2006, à l'arrêt « Maison du Tourisme », d'où il prenait régulièrement le tram pour la rédaction. Il l'accosta d'un sourire moqueur.

— Toujours aussi petite, j'ai failli ne pas te voir !

Ils se firent la bise.

— Qu'est-ce que tu deviens ? Moi, je travaille toujours au journal.

— Je lis tes articles. Tu sais, mieux que tout le monde, rendre compte de l'explosion de violence que connaît notre ville.

— Pas que notre ville, hélas. Et toi ?

— Oh ! Rien de neuf. Je travaille, je gagne ma croûte.

Il hésita, rien qu'un instant.

— J'y vais…

Et grimpa dans son tram juste avant que les portes ne se referment. Il ne regarda pas en arrière.

Elle le fit appeler de l'accueil du journal.

— Il fallait que je te voie. On peut aller boire un verre ?

Ils s'installèrent au bistrot d'en face, sur la banquette où Jef et ses collègues recevaient leurs informateurs.

— Je veux arrêter… Tous ces gros bonhommes…

Elle poursuivit. Après quantité de circonvolutions,

concernant sa solitude, son indépendance, ses économies, elle lui confia son intention d'ouvrir un bar. Elle lui déclara, les yeux dans les yeux, que c'était « pour lui donner une place dans sa nouvelle vie ». Elle lui fit valoir les opportunités professionnelles que son établissement interlope lui offrirait, et la possibilité pour eux d'avoir un liaison « discrète », sans risque pour son couple.

Jef la regardait autant qu'il l'écoutait. Elle avait un charme fou, une élégance naturelle qui faisait oublier la trivialité de son métier. Il lui revenait les images érotiques de leurs ébats. Mais elle se heurtaient dans sa tête à celles, éblouissantes, d'Amélie lui offrant son rire en crécelle et ses trop beaux yeux, à celles d'Adrien, si fier d'être projeté dans le ciel par son papa, à celles de Patricia au visage ravagé.

Il ne savait plus. Il se leva, incertain.

— Oui, change de métier. Tiens-moi au courant. Désolé, on m'attend.

Ange avait repéré, dans la vieille ville de Grenoble, un local artisanal inoccupé, ouvert sur la rue par une très belle baie gothique. C'était une longue galerie traversante, donnant par un large escalier sur une cave voûtée, haute de plafond. Elle l'avait acheté avec ses économies d'escort-girl et confié, pour l'aménager, à Jacques Scrittori, le meilleur architecte d'intérieur de Grenoble. Il l'avait transformé en un établissement discret, associant la modernité d'un mobilier laqué noir à la rusticité des murs et voûtes en pierre de taille.

Elle invita Jef à l'inauguration, en juin 2006. Sa présence ne fut pas, contrairement à ce qu'Amélie imagina à l'époque, un prétexte pour découcher. Ange, ce soir-là, lui offrait sur un plateau le must de la pègre régionale, avec, présents ou représentés, toutes les têtes de réseaux mafieux, de trafiquants de chair fraîche ou de drogues en tous genres, voire, les embryons des futurs réseaux terroristes. Il était le seul journaliste présent à cette soirée très privée. Elle l'introduisit comme « journaliste indépendant, au fait de la vie locale », laissant chacun apprécier la manière dont il voudrait l'utiliser. Il passa la soirée en apartés avec les uns et les autres, s'ouvrant de nouvelles portes, laissant entrevoir les échanges dont chacun pourrait profiter.

Il l'aurait voulu, qu'il n'aurait pas pu passer un seul instant avec Ange. Elle circulait, pleine d'entrain, d'un invité à l'autre. Elle affolait visiblement tous ces hommes qui l'avaient plus ou moins fréquentée quand elle était simple prostituée. Coiffée rousse et glamour par Alexandre, habillée d'un « smoking » vert, façon « Chanel », chaussée de très hauts talons argent, elle brillait auprès de tous, par sa prestance et son élégance.

Jef attendit patiemment que, tard dans la nuit, elle vienne vers lui, épuisée mais souriante, et l'étreigne tendrement.

— Tu vois, j'ai changé de vie comme tu me l'avais demandé ! J'espère que tu sauras en profiter.

Ange-la-débauchée, l'objet lubrique des hommes du milieu, n'était plus. Elle était une autre femme, celle qu'il avait pressentie quelques fois, mais sans vraiment y croire : une maîtresse femme.

***

C'est alors qu'il échafauda son plan.

Il passa tout le mois de juillet à préparer la suite à donner à cette invitation. Il prit son temps avant de pousser à nouveau la porte du bar. Il se décida la nuit du 29 juillet, la veille de son départ pour des vacances en famille chez Bernardo et Patricia.

— Il faut qu'on se parle.

— Juste se parler ?

Il engagea avec elle une longue négociation. Ce ne fut qu'une fois leur pacte scellé, tard dans la nuit, qu'il fit d'elle sa maîtresse.

Il rentra chez lui peu après cinq heures du matin. Il trouva Amélie assise sur le canapé, éclairée par les premières lueurs de l'aube, le visage décomposé.

— Les bars sont fermés depuis longtemps. D'ailleurs tu n'avais rien à y récolter puisque tu pars en congé pour un mois. Je t'ai appelé sur ton portable et tu ne m'as pas

répondu. Tu me trompes !

Il eut le cœur lourd, il avoua. Oui, il avait couché avec Ange ; non il ne l'aimait pas ; il allait lui expliquer, c'était autre chose, un pacte pour venger Patricia.

Elle ne voulut rien entendre, elle ne pleura pas, ni ne se fâcha. Juste, elle décida :

— Nous n'irons pas avec toi dans la Drôme !

Elle partit en vacances avec ses parents, sous la tente, dans le camping municipal de Sainte-Maxime. Adrien fut choyé par sa mamy. Amélie s'adonna, pour oublier, à la natation.

***

Arrivant seul au gîte, ce dernier dimanche de juillet 2006, Jef s'était fait sermonner par Bernardo.

— Ce ne sont pas tes coucheries qui sont en cause. C'est le modèle même de votre couple. Tu t'es laissé couler dans le moule sans réfléchir. Et maintenant vous payez pour ta légèreté. Si tu veux mon avis…

Mais Bernardo se rendit compte que Jef le laissait parler sans participer autrement que par des onomatopées. Il conclut qu'il n'était pas mûr pour la discussion.

Bernardo ne pouvait pas savoir que Jef avait l'esprit totalement occupé à reconsidérer son devenir. Il était tellement absorbé par son projet que le sermon de Bernardo lui glissa dessus sans qu'il s'en aperçoive.

Il lui fallait avant tout réorienter son activité professionnelle. Il n'était, au journal, qu'un gratte-papier sans liberté. Il prit tout le mois d'août pour concevoir sa future carrière. Il ne partagea ses réflexions avec personne. Ni Bernardo, ni même Amélie, ne se doutèrent de la décision qu'il avait prise.

Il seconda Bernardo tout le mois. Le gîte était fermé à la clientèle. Roland et Martine étaient déjà partis avec leurs chevaux pour un petit ranch qu'ils s'étaient acheté plus bas dans la vallée. Bernardo avait vendu ses champs au vigneron voisin. Par contre, il voulait conserver le gîte « pour quand ils reviendraient ». Jef aurait seul les clés. Il pourrait y venir quand il voudrait, avec Amélie et leurs enfants. En contrepartie, il devrait veiller sur les bâtiments et réaliser ou commander les travaux nécessaires à leur entretien.

Ils refirent ensemble la couverture en tôle du hangar ; ils remirent en état le portail, barrage symbolique contre les rôdeurs ; ils rentrèrent le maximum de bois dans l'ancienne écurie ; ils taillèrent le vieux châtaignier pour que les tempêtes de l'automne ne risquent pas de le déraciner.

Ils empaquetèrent des masses d'objets que Bernardo considérait indispensable : tout un matériel de pizzaïolo ; une antique lingerie de maison (draps en lin, grandes serviettes de table, etc.), des couvertures, de la vaisselle à profusion ; des outils.

Le départ était fixé au mardi 29 août. Le dernier dimanche, deux jours avant, à la demande insistante de Bernardo, Amélie était venue les rejoindre avec Adrien et son ventre déjà rond de leur futur bébé. On était fin août. Le châtaignier perdait ses premières bogues sous le vent. Les volets et vantaux étaient tous fermés. Les chambres, à l'exception de celle de Patricia qui était devenue commune au couple, et de celle de Jef et Amélie, étaient condamnées. Tout le mobilier avait été recouvert de bâches ; la vaisselle et les rares ustensiles de cuisine restants étaient soigneusement empilés ; tous les outils avaient été montés dans l'ancien grenier à grain, dont la porte était sécurisée par une grosse chaîne et un cadenas. Seule la grande salle commune vivait encore du désordre causé par l'accumulation de choses que le couple ne se décidait ni à abandonner ni à emmener. Le petit Adrien s'en donna à cœur joie, à troubler leurs semblants de choix en reconstituant des piles selon son ordre. Patricia vaquait à sa suite, à remettre scrupuleusement chaque objet à sa place, sans manifester ni amusement ni énervement.

Les deux derniers jours se déroulèrent sans accroc. Amélie, en bonne ménagère, aida au choix des derniers objets à ranger dans les deux malles, n'oubliant ni brosses, ni torchons, ni, plus utile que tout, le petit minuteur qui sauvait Patricia des catastrophes culinaires. Bernardo et Jef chargèrent les deux malles dans la vieille BM, toujours vaillante, et allèrent les déposer chez un transitaire de Montélimar. Une fois rentrés, Bernardo fit encore un dernier tour de propriétaire avant d'amener tout le monde, pour le dernier soir, dans une petite auberge sur la route de Comps. Adrien devina qu'il pouvait faire des caprices, sans conséquence. Patricia était encore plus absente que d'habitude. Jef avait l'estomac trop noué pour apprécier le repas. Amélie, un peu troublée par le charivari de son ventre, l'était encore plus par l'avenir incertain de son couple.

Ils se levèrent avant l'aube. Amélie leur servit un dernier café. Elle resterait au gîte avec Adrien, à attendre le retour de Jef. Elle leur fit ses adieux. Elle se dirigea, en larmes, vers Bernardo. Il prit son visage entre ses mains et y déposa des baisers. Elle étreignit Patricia.

Jef prit le volant. Personne ne dit mot de toute la route. Ils arrivèrent à Marignane avec le soleil. Jef gara la BM et les accompagna jusqu'au comptoir de départ. Ils se quittèrent. Pour la première fois Jef crut voir une étincelle de vie dans le regard de Patricia. Il l'étreignit à la façon de retrouvailles. Bernardo s'interposa : « *Nous devons y aller* ». Jef se dégagea, prêt à une accolade fraternelle avec Bernardo. Mais il ne reçut que sa main, tendue en avant.

Il reprit la route, maintenant inondée de soleil, ignora les limites de vitesse pour se faire pardonner plus vite par Amélie sa vilenie du mois passé.

Il la trouva déjà prête à partir, les bagages dans leur vieille Kangoo, totalement fermée à ses excuses, seulement préoccupée par les mains sales d'Adrien. Ils prirent la route pour Grenoble. Jef essaya encore de lui expliquer. Amélie ne voulait rien entendre. Juste, elle voulut savoir, à leur arrivée.

— As-tu l'intention de nous quitter ?

Il n'hésita pas un instant.

— Absolument pas !

Et il saisit leurs deux sacs de voyage.

La vie reprit son cours. Amélie, absorbée par son emploi et bientôt par ses deux enfants, relativisa les tribulations de Jef dans la mesure où elles ne remettaient pas la famille en question. Ils ne parlèrent tout simplement plus de ses activités nocturnes. Il fut admis qu'il se devait à sa mission de pourfendeur des faits violents qui, de plus en plus, compromettaient la tranquillité des Grenoblois.

***

24

Ce fut son chef, Vincent, qui eut la primeur de sa décision, le lundi 4 septembre, à son arrivée à la rédaction.

— J'ai quelque chose à te dire !

Déjà « Bonjour » ! Alors, ces vacances dans la Drôme ?

— En fait j'ai une lettre pour toi…

— Pas ta démission, j'espère !

— Si, justement !

Vincent chercha à le retenir. Mais pour Jef, un nouveau processus était engagé qu'il n'était pas prêt à remettre en cause pour quelques euros, même pas pour le poste de « rédacteur adjoint ».

— Free-lance ? Mais c'est une vraie galère ! Et ne compte pas sur nous pour ta bectance. On ne t'achètera pas une ligne.

Mais Jef visait plus haut : la presse nationale, voire internationale. Les premiers contacts avaient été encourageants. Grenoble devenait une place à suivre en matière de délinquance, de trafics et de règlements de comptes. Jef offrait de sérieuses garanties : à la fois un bagage d'articles d'excellente facture et de sérieuses ouvertures sur un milieu difficile d'accès.

Il annonça la nouvelle à Amélie le soir même, au dîner.

— Mais comment va-t-on faire ? Avec le loyer, la crèche et tout le reste ?

— On va faire mieux, ma petite souris ! On va même s'offrir une télé couleur. Et un vélo pour Adrien, et un super berceau pour accueillir notre Maya !

Elle rêva de vacances, de beaux vêtements, de sorties au restaurant, de spectacles…

S'il y eut un point, un seul, sur lequel Jef ne s'était pas trompé, ce fut bien celui-là ! Durant les onze ans qui suivirent, jusqu'en 2017, il put assouvir tous les besoins matériels, tous les rêves consuméristes - raisonnables s'entend - de sa compagne et de ses deux enfants. Jouets, sorties, sports, y compris les plus classes, clubs de vacances, voyages, etc. ; ils n'eurent qu'à les rêver pour en disposer.

Il y eut deux raisons à cela.

La première raison, la principale, de cette réussite professionnelle, tint à l'époque et au lieu. Lentement mais sûrement, les rubriques de faits divers, autrefois débilitants (chiens crevés), devenaient les hauts lieux de l'observation de l'implosion des faits violents. Rapidement et radicalement, l'image moderniste de Grenoble laissait la place à celle d'une agglomération gangrenée par les trafics. Jef arriva à point nommé pour les médias, qui lui offrirent des ponts d'or pour ses reportages très bien informés.

La deuxième tint aux relations qu'il sut créer avec les mafieux en tout genre. Ceux-là étaient à l'affût d'une information sur un réseau concurrent, sur un trafic ou sur l'état d'une enquête de police. Certes, Jef ne livra jamais d'informations capitales. Il s'était donné une philosophie très claire : « Je fréquente le monde de l'ombre pour dévoiler ses crimes ». Il venait chercher de l'info et acceptait, en contrepartie, de livrer un scoop qui ferait du tort à un autre réseau. Il estimait ainsi faire d'une pierre deux coups : dénoncer l'un et affaiblir l'autre.

C'est vrai que pour profiter de ce genre d'information, les uns et les autres lui proposaient des petits services. C'est ainsi qu'il fut piégé un soir glacial de décembre 2015. Sa C3 (la Kangoo avait rendu l'âme depuis longtemps) était tombée en panne, alors que, justement, Fernand S, un gros caïd, lui ouvrait les portes de son domaine pour une soirée où il espérait apprendre quelque chose sur le meurtre de Mak, perpétré quelques jours auparavant et encore très mystérieux. Qu'à cela ne tienne, le malfrat qui espérait de son côté en savoir plus sur l'enquête diligentée par la police, le fit chercher par un de ses sbires et, en fin de soirée, se disant satisfait de l'information récoltée, lui remit les clés d'une « vieille » Audi A4.

— S'il te plaît, débarrasse-moi de cette vieille caisse qui encombre mon garage. La carte grise est dans la boîte à gants. Prends-la pour rentrer chez toi et dépose-la discrètement dans une casse, et qu'on n'en parle plus.

Dès que Jef l'aperçut au fond du garage, il sut qu'elle n'avait de vieille que le nom ! Sale, oui, de noire devenue bistre, tellement elle était maculée de boue. Il pensa y renoncer, mais cela l'obligeait à encore déranger son hôte pour le ramener chez lui. Il décida de « juste » l'emprunter cette nuit-là et de la ramener le lendemain. Si ce n'est que le lendemain il devait se rendre à Chambéry pour interviewer Damien, l'ancien chauffeur et garde du corps de Mak. Si ce n'est que la C3 fut immobilisée une semaine au garage. Si ce n'est qu'Amélie se chargea de la récupérer et de se l'approprier. Si ce n'est que l'Audi « *quattro* » était un vrai plaisir à conduire. Ainsi, de fil en aiguille, il « oublia » de déposer la « vieille » caisse à la casse !

Ce laxisme est d'autant moins compréhensible que, dans tous les autres cas, il refusa des bakchichs beaucoup plus modestes : un carton de Bordeaux millésimés, une montre suisse, un de ces nouveaux « smartphones » qui émoustillaient ce bas monde. Il refusa même, à contrecœur, pour un Noël, une grande peluche pour Adrien ! Il y eut d'autres propositions plus inquiétantes, que Jef déclina, un sourire moqueur aux lèvres, comme ce vol aller-retour en avion privé pour Tanger, avec séjour dans un palace pour Amélie et lui. Enfin, il y eut Marius, qui était devenu, nous verrons pourquoi, un contact privilégié, et qui lui proposait tous les mardis de partager avec lui les gains d'un bulletin Euromillions… qui ne se réalisèrent jamais.

***

Ange avait été, incontestablement, à l'origine de cette reconversion professionnelle. En lui ouvrant les portes de son bar interlope elle lui avait en quelque sorte « révélé » cette opportunité. Elle l'avait fait par amour ; un amour sincère et réfléchi. Elle savait qu'elle n'obtiendrait pas tout de lui, mais espérait au moins une liaison, que ses visites professionnelles à son établissement permettraient de toujours raviver.

Jef avait très bien saisi le sens de ce marché. Elle en avait posé les termes dès l'inauguration de son bar, le 21 juin 2006 : « J'ai changé de vie, j'espère que tu sauras en profiter ».

Mais il n'avait pas traité avec Ange dans ce but. Là n'était pas l'objectif du « pacte » qu'il lui avait proposé, cette fameuse nuit du 29 juillet 2006. Pour lui, qui n'avait rien pardonné au tortionnaire de Patricia, Ange était la mieux placée pour le conduire à Youssef. Le « pacte », c'était prendre appui sur elle pour faire justice. C'était pénétrer le monde de la pègre. C'était y dénicher l'exécuteur qui porterait le glaive ! Elle, connaissait intimement les hommes de l'ombre. Elle, avait les ouvertures qu'il fallait. Elle, avait montré dans d'autres circonstances qu'elle n'avait pas froid aux yeux.

Elle était prête à tout pour le garder. Elle consentit au pacte.

***

— Il te faudra de la patience !

Elle l'avait prévenu. On n'allait pas pouvoir impliquer un de ces malfrats par un simple claquement des doigts.

— Nous n'avons pas l'argent pour acheter un tueur à gage. Il nous faudra donc un argument de taille pour convaincre un malfrat d'assassiner Youssef ! Quelque chose comme une question de vie ou de mort ! Plus on élargira notre réseau, plus on aura de chance de pointer le bon contact.

Jef n'était pas d'un tempérament casse-cou. Il n'avait d'ailleurs jamais pensé agir en personne. Seul le résultat comptait. Il adhéra au plan d'action proposé par Ange. Elle repérerait dans sa clientèle mafieuse « l'isolé » qui pourrait avoir besoin d'un coup de main et qui, en échange, accomplirait la besogne. Elle le mettrait en confiance, elle trouverait les arguments. Jef n'aurait qu'à « attendre que le bon candidat lui tombe tout cuit dans la main ».

— Tout cela doit rester secret ! Pas question qu'on nous voit comploter ici !

Pas folle, la guêpe !

— On se verra chez moi, rue Saint Laurent !

Dès octobre 2006, une fois sa démission du journal entérinée et un certain équilibre retrouvé dans son couple, Jef se présenta chez Ange, persuadé qu'elle aurait déjà quelques pistes. Ange l'accueillit avec un grand sourire et l'entraîna, comme il l'avait présagé, sur son lit où il retrouva avec elle les sensations extrêmes du plaisir. Mais quand, autour d'une tasse de café, il voulut aborder l'objet de son passage, il eut droit à un sourire condescendant.

— Mon chou, ce n'est pas de cette façon que j'ai pensé à toi tout ce temps ! Tu m'as manqué, tu sais ! Maintenant que tu es là, ça va mieux. Reviens demain, je m'en occupe.

Mais ni « demain » ni après-demain, ni la semaine suivante, ni encore le mois suivant, n'eut-elle autre chose qu'elle-même à lui offrir.

— Tu as vu toi-même (il y avait eu récemment quelques descentes de police), tout le monde se terre. Il faut être patient, mon chou…

Rien n'agaçait plus Jef que ce piège grossier qu'elle lui tendait. Il commença à espacer ses visites et à bâcler leurs ébats.

— Déjà tu pars ! C'est du vite fait. Même pas un petit bisou ?

Leurs rapports se dégradèrent. Ce furent des absences, des silences, de petites remontrances. Puis, un après-midi, quelques jours après le réveillon du 31 décembre 2008 qu'elle avait organisé dans son bar et où Jef n'avait pas daigné paraître : il s'était présenté chez elle, mu autant par une vague culpabilité que par une intense pulsion sexuelle.

Elle explosa :

— Je t'aime, mais pas comme ça. J'ai changé ma vie pour toi, pour être à toi. Tu n'es jamais là, et quand tu viens me voir, c'est pour me baiser à la va-vite, comme une pute, mais gratis !

— Et toi ? Tu t'étais engagé à me trouver un tueur. Tu n'en parles même plus, c'est oublié, enterré !

— Je ne sais pas faire !

Il se fâcha, elle pleura, il la consola.

Ils convinrent de « changer les choses ». Fini le pacte, fini les engagements réciproques. Elle lui ferait signe discrètement si elle repérait un candidat ; il l'appellerait sur son portable quand il aurait envie d'elle. Ils s'embrassèrent comme ils ne savaient presque plus ; ils s'aimèrent intensément.

Ils avaient trouvé un équilibre. Il y eut des hauts et des bas. Ils surent le préserver toutes ces années, jusqu'au drame final.

***

À vrai dire Jef, en ce début d'année 2009, passait par un moment difficile. Guido venait de partir précipitamment pour l'Argentine, pour éviter son arrestation imminente. Un de ses jeunes clients avait vendu la mèche et Jef avait pu savoir qu'une descente se préparait pour les jours suivants.

Il avait perdu, là, son meilleur ami, qui l'avait toujours soutenu et conseillé. Est-ce que cela ébranla sa détermination à venger Patricia ? Probablement. Cela, et aussi un certain affadissement de sa volonté. Jef avait maintenant 31 ans ; Il était à la tête d'une petite famille apparemment épanouie. Il adorait ses enfants, il aimait sa femme, toujours aussi belle et délurée. Son parcours professionnel était assuré dans la mesure où, par un travail intense, il continuait à délivrer les « papiers » de qualité qu'on lui commandait. Il avait, avec Ange, de quoi assouvir ses fantasmes sexuels.

Même son regard sur Patricia avait évolué. Bernardo leur adressait régulièrement de longs émails très personnels relatant chacune des petites victoires la menant vers un consentement à leur vie commune. Et le sida était encore sous contrôle. Rien d'éblouissant, mais rien, non plus, d'abominable.

Peut-être tout cela pouvait-il expliquer un passage à vide dans sa résolution à la venger. Mais certainement pas son abandon. Elle était toujours bien présente dans son coeur. Il pouvait être en train de rédiger un article, ou en train de jouer avec Adrien et Maya, ou même en train de faire l'amour avec Amélie, en filigrane, il avait toujours sa vengeance en tête. Il attendait que « quelque chose » vienne le réveiller.

***

25

Ce fut Marius, en 2016.

Jef avait maintenant trente-neuf ans. Il était toujours journaliste, à courir après les faits violents. Cela faisait seize ans qu'il trempait son stylo dans le sang des victimes des crimes barbares, pour les dévoiler.

Marius se présenta un samedi soir de l'automne 2016 au bar d'Ange, déclenchant chez elle un rictus incrédule, et chez Jef, présent dans la salle ce soir-là, un instant d'étonnement.

Marius sortait de prison, mis en liberté conditionnelle après six mois de préventive. Il faisait partie des suspects de l'assassinat de Marc Vive, dit Mak, la nuit du dimanche 13 décembre 2015. Il expliqua longuement à Ange et à Jef qu'il avait la ferme intention de prouver son innocence.

Ange ne souhaitait visiblement pas qu'il s'incruste dans son bar.

— Tu te souviens peut-être de la rouste que tu m'as flanquée un certain soir où tu voulais que je dénonce Jef ? Je te souhaite bonne chance, mais ailleurs qu'ici. Je ne veux pas risquer la fermeture de mon bar pour toi. Je n'ai aucune raison de te faire de cadeau. Alors, tu dégages !

Marius hésita, mais Ange avait parlé haut. Il comprit au

silence figé de la salle qu'il n'avait pas le choix. Il quitta le bar sans un mot.

Quand Jef sortit, beaucoup plus tard, il trouva Marius sur son chemin.

— Il faut qu'on cause... Je vois que tu es réticent mais tu te souviens sûrement que je n'ai ni dénoncé ton faux témoignage, ni trahi ton implication dans le meurtre de Jérôme...

— Je n'ai rien à voir avec le meurtre de Jérôme !

— Et moi, je n'ai rien à voir avec l'assassinat de Mak ! À ce sujet, j'ai des infos qui devraient t'intéresser.

— Pas maintenant. Si tu veux, semaine prochaine, mardi midi, au Café de France.

***

Il le trouva déjà assis à une table, à remplir un bulletin de loterie.

— Je tente ma chance avec toi. Alors autant la tenter aussi au jeu !

Jef marqua sa perplexité.

— Oui, je veux dire, qu'après m'avoir écouté, peut-être voudras-tu m'aider. Alors autant profiter de ta bonne étoile pour gagner à l'Euromillions.

Genre de raisonnement tordu auquel Jef était complètement hermétique.

— Tu comprends, j'ai juste conduit la voiture sur les lieux du crime. Je n'ai même pas touché ma part !

Jef écouta ses explications, posa quelques questions pour croiser ses dires avec ce qu'il savait déjà. Il repéra quelques incohérences dans son récit, arrangé de toute évidence pour le décharger de toute responsabilité.

— Je t'ai bien entendu. Je vais bien sûr vérifier tes infos. On se revoit ici dans une semaine.

— Merci. Donc mardi midi ici. Parfait ! On partagera les gains de ce bulletin et on en remplira un nouveau, ensemble.

Jef soupira, consterné par tant de naïveté.

L'opération, y compris le remplissage des bulletins de jeu, se renouvela les deux mardis suivants. Jef affina ses questions, confronta ses propos à d'autres qui lui avaient été tenus à l'époque du crime. Il replongea dans le dossier qu'il avait constitué avec, notamment, les éléments de l'enquête de police qui avaient fuité. Le tout se tenait. Il avait maintenant une vision parfaitement claire du déroulé de l'assassinat de Mak. Il avait été commandité par Fernand S, celui-là même qui l'avait convié un soir dans son domaine pour lui tirer les vers du nez sur ce qu'il savait de l'enquête de police ! Marius, en qui Mak avait confiance, avait servi d'appât, pour le conduire, sous prétexte de négociation, vers cette même auberge désaffectée où lui-même avait préparé avec Mak le retour de Patricia. Là, les sbires de Fernand S l'avaient abattu froidement à sa descente de voiture. Marius avait encore reconduit Fernand S dans son domaine, avant d'être congédié, selon ses dires, sans avoir été payé.

Jef jubilait. Il avait là un sujet en or pour un reportage exclusif révélant le vrai coupable de cette affaire très médiatisée. Mais le hic était l'absence de preuves. Il ne pouvait pas lancer ses accusations dans la nature, sans être totalement sûr que le Parquet ait les arguments pour diligenter un complément d'instruction.

Il en parla longuement avec Ange. Elle connaissait bien l'affaire, elle connaissait bien les protagonistes. Elle pouvait bien l'avouer à Jef, maintenant qu'ils n'étaient plus engagés ensemble : son coupable présumé, Fernand S, avait même bénéficié de ses charmes.

— Tu m'avais tellement négligée, tu comprends…

Jef n'en était plus là : il voulait savoir.

— Oui, je m'en souviens très bien, il y a eu du remue-ménage, ce mois de décembre 2015. Tout le monde ici parlait de cet assassinat. Tu étais toi-même complètement absorbé par ton enquête. Je me rappelle que Fernand était le plus nerveux de tous. Sous le prétexte que Noël approchait, il m'avait offert un collier en vraies perles – tu ne m'as jamais offert un bijou – et, pour le remercier je suis sorti avec lui… Enfin, tu me comprends.

Jef imagina.

— Ça m'intéresse. C'était quand ?

— C'est là où ça se corse ! Je n'y avais pas accordé d'importance à l'époque. Il m'a demandé « un petit service ».

— Tu peux être plus précise ?

— C'est simple : je m'en souviens comme si c'était hier. C'était un dimanche soir, jour de fermeture du bar. On sortait du resto où on venait de parler encore de l'assassinat de Mak. Et voilà qu'il me demande de dire à tout va que nous étions sortis ensemble le dimanche précédent ! Je n'ai pas tout de suite fait le lien… Sauf qu'il fallait que je me souvienne de la date, et pour ça, je me suis dit que c'était…

Jef lui coupa la parole :

— …le dimanche où Mak avait été assassiné !

— Exactement !

— La nuit du dimanche 13 décembre ! Tu lui servais d'alibi !

— Je n'ai pas osé refuser. De toute façon, je n'ai jamais eu à témoigner.

— Wouah ! Là on a quelque chose. Avec ça, on le tient et Marius est relégué au rôle de troisième couteau !

Ils s'étaient installés après l'amour dans le canapé du living-room. On était en février 2017. La table formica avait disparu depuis longtemps, remplacée, comme le reste, par un mobilier cosy. Ils avaient été, jusque-là, tous les deux détendus, allongés côte à côte. À ces dernières paroles, Ange se redressa et s'accroupit face à lui :

— Pas question que je témoigne pour Marius, pas question que je risque ma peau pour cette ordure. Pas question que je perde mon bar pour avoir joué au condé ! Pas question que je me retrouve à faire le trottoir jusqu'à ce qu'un loubard me tranche la gorge ! Pas question, tu entends !

Jef garda tout son sang-froid. Au fin fond de son crâne, de cette machine extraordinaire qu'est le cerveau humain, une étincelle venait d'éclairer le tableau. Ça y est, il l'avait sa vengeance ! Trop simple, trop évident !

— Il ne s'agit pas de sauver Marius, il s'agit de venger Patricia.

Patricia ! Le jour de son retour parmi eux le hantait toujours. Ce jour terrifiant où il avait vu l'absence sur son visage et l'extrême souffrance de son corps, ce jour revenait sans cesse comme le cauchemar indélébile de la violence ordinaire, de la cruauté reconduite.

— J'ai mon tueur pour exécuter Youssef !

***

De mardi en mardi, au Café de France, si les bulletins de l'Euromillions de Marius ne rapportaient toujours rien, le chantage de Jef faisait, lui, son chemin.

— Marius, tu élimines Youssef, et je publie dans la presse nationale un article qui prouve que tu n'es pas l'assassin de Mak. Mieux : tu pourras même expliquer que tu conduisais Mak de bonne foi, à un rendez-vous, sans rien savoir du guet-apens dans lequel il est tombé.

— Mais qu'est ce qui me dit que tu apporteras les preuves dans ton article ?

— Ça t'arrive de réfléchir ? Tu ne vois pas que c'est une aubaine pour ma notoriété de journaliste ? Je serai au top des reporters de l'année !

Plus la date du procès approchait, plus Marius voulait y croire. Tellement, qu'en septembre 2017, il plongea. Il convoqua Jef sur le terrain vague jouxtant la cité Mistral, où il logeait. Ils s'installèrent dans l'Audi.

— Je suis partant. J'ai trafiqué avec Youssef autrefois. Il ne se méfiera pas.

Il se garda bien de préciser qu'il avait été l'un des deux malotrus qui avaient escorté Patricia en TGV jusqu'à Lyon et l'avaient droguée à outrance.

— Je me suis renseigné. C'est maintenant un « has been », qui bricole en solitaire. Nous devrions pouvoir le piéger avec un gros paquet de biffetons.

— Comment, nous ?

— Oui, nous deux. Il faut bien ça pour le buter !

Jef n'avait pas imaginé le deal de cette façon. Il se voyait commanditaire, récoltant le fruit de la vengeance sans se salir les mains.

Marius était lancé.

— J'attends ton feu vert pour prendre contact. Toi tu t'occupes de la logistique, bagnole, oseille et un flingue.

— Un flingue ?

— Oui, un flingue pour toi ! On ne va pas le cueillir à main nue !

Ce fut instantané. Son cœur s'emballa, cognant si fort qu'il s'en inquiéta. Son mental lui échappa, en perdition dans la tempête des émotions qui le submergeaient. Son corps resta soudé au siège alors qu'il voulait déguerpir. Il tenta de s'expliquer, mais n'émit qu'un chuchotement inintelligible.

— Quoi ? J'ai dit quelque chose qu'il ne fallait pas ? L'oseille ? Oui, il nous faut quelques liasses de billets, mais t'inquiète, on les récupérera, en plus de la daube : tout bénef !

Pour Marius un « flingue » était une chose si naturelle qu'il ne se posa pas de question à ce sujet. Il s'extirpa de l'Audi.

— Bon ! Tu réfléchis et tu me tiens au courant.

Jef resta encore longtemps sur le parking, comme paralysé. Il ne parvint à reprendre le contrôle qu'en boutant tout le projet hors de son esprit.

***

Il en oublia d'aller chercher les enfants à l'école. Il resta cloîtré chez lui les jours suivants. Amélie s'inquiéta de sa santé, mais il refusa obstinément de consulter.

— Hé ! Jef, redescends sur terre ! C'est le week-end !

Ils avaient prévu, ce dimanche, d'emmener Adrien et Maya au Safari de Peaugres. Il se força à les conduire et se laissa gagner par l'enthousiasme des enfants. Mais au retour, distrait ou fatigué, il froissa l'aile gauche de son Audi en frôlant de trop près la voiture qu'il croisait.

Rien que de la tôle, mais il pouvait en faire un prétexte : plus de « bagnole » pour rejoindre Chaville ! Car, jour et nuit, sans plus se cacher sa peur, il se torturait l'esprit à chercher comment annuler l'opération. Il fallait convaincre Marius de la reporter, et plus difficile encore, de se trouver un autre acolyte pour l'entreprendre.

Mais, au téléphone, Marius ne l'entendit pas de cette façon.

— Tu ne t'imaginais quand même pas que nous allions prendre ta voiture ! Si tu ne te sens pas d'en chouraver une, je m'en charge. De toute façon, j'ai des choses urgentes à te dire… Non, pas au téléphone. On se voit ce soir, disons minuit, à Mistral.

Marius savait à quel genre d'homme il avait à faire. Il ne s'attendait pas à ce que Jef soit un tueur aguerri. Il avait juste besoin de le compromettre. Il lui mit le marché en main.

— Jef, je te sens réticent… Si, si. Peut-être veux-tu renoncer à l'opération. Réfléchis bien, parce que, dans ce cas-là, moi, j'ai bien l'intention d'aller m'expliquer devant le juge. Je peux lui raconter toute l'histoire, y compris ton chantage ! Ce serait, pour toi, pas mal de problèmes !

Il ne lui laissa pas le temps de répondre.

— Et le procès approche ! Je veux ton feu vert avant samedi.

Pas besoin d'un dessin ! Jef comprit qu'il était pris au piège.

Avant de claquer la porte de l'Audi cabossée, Marius lui glissa encore, comme s'il voulait atténuer le choc :

— Ton flingue, c'est impératif, mais t'inquiète ! Je me charge de buter Youssef. Tu n'auras qu'à faire de la figuration.

Au point où en était Jef, cette déclaration le rassura. Il échappait à l'inconcevable, ce geste d'un autre monde, le doigt qui appuie sur la gâchette, l'homme qui tue l'homme.

***

Il s'empressa de contacter Ange. Elle avait fréquenté toute sa vie des assassins. Elle prit peur. Elle savait que Jef était d'une autre nature.

— C'est de la folie ! Laisse tomber Youssef. C'est de l'histoire ancienne, Patricia est loin et tu ne la ramèneras pas dans la vraie vie.

Mais elle ne savait pas. Jef en avait trop vu, trop subi. Il y avait Patricia, définitivement zombie, il y avait eu Catherine, abattue, effondrée à ses pieds, il y avait eu son père, coupable de rien, il y en avait tous les jours, des victimes, dont il découvrait les souffrances dans ses enquêtes criminelles. Elles remontaient régulièrement à la surface de sa mémoire, troublant ses nuits, pesant sur ses journées. Il n'oubliait pas, il était habité par la haine.

Il fallait que quelqu'un paye.

Ange se résigna. Elle lui procura une mallette de grosses coupures et un revolver, tous les deux à rapporter.

Marius avait financé le car-jacking d'une grosse berline. Ils prirent la route, débusquèrent Youssef dans une boîte de nuit du Neuf-trois. De black, il était devenu gris ; d'élancé il s'était rendu obèse. Lui qui s'était proclamé un temps « le lion », toujours entouré de filles, protégé par ses spires, il était accoudé au bar, seul, devant une simple chope de bière.

Marius l'accosta. Youssef saisit l'aubaine. Ils négocièrent une grosse commande de shit. L'échange fut fixé au lendemain à trois heures du matin, dans le parking.

***

Il faisait nuit noire, il pleuvait. Jef était au volant, moteur en marche. La Mégane de Youssef se gara derrière la Mercedes de Marius, cul contre cul. Youssef s'en extirpa et ouvrit le coffre. Marius vint contrôler la marchandise. Youssef accompagna Marius dans la Mercedes pour inspecter la mallette. Avec son assentiment, Jef transféra la daube dans le coffre de la berline et revint s'installer au volant. Youssef, à ce moment-là, était déjà sous contrôle, le revolver de Marius sur la tempe. Jef démarra.

Ils prirent l'autoroute. Marius tira une seule balle, silencieux au canon. Ils s'arrêtèrent sur une aire déserte pour jeter le cadavre dans un fossé. Jef n'avait même pas eu à dégainer son arme. La voiture flamba le lendemain, à Échirolles.

Jef ne réalisa pas tout de suite. Ni la presse nationale qu'il trouvait tous les midis dans sa boîte aux lettres, ni la presse locale qu'il lisait le matin chez Victor, ne firent allusion au meurtre. Ce fut Ange qui lui « apprit » l'événement quand il vint lui rendre et la mallette et le revolver.

— Ils en ont parlé au bar, hier soir. Il paraît qu'il n'était plus qu'une épave ! Enfin, te voilà vengé, on va pouvoir passer à autre chose.

Il avait imaginé sauter de joie, se sentir enfin libre… Mais il n'en était rien. Il était en plein brouillard. Il attendit quelques jours pour informer Amélie, sans rien lui dire de son implication.

— Youssef ? Tu me fais peur. On est reparti pour une série de règlements de comptes. Heureusement que Bernardo est loin, mais toi…

Il adressa un émail sibyllin à Bernardo, qui lui retourna un message pas moins énigmatique : « Bien reçu. Tu as franchi l'équateur. Patricia te serre dans ses bras et t'embrasse. »

Guido ne répondit pas au Xème émail qu'il lui adressait sans avoir de retour. Il était pourtant certain de la fidélité de son ami…

Restait Marius…

***

Marius était là, qui l'attendait à sa table, au Café de France. Jef calma ses impatiences. Oui, l'article était prêt, trois pages qui l'innocentaient. Non, il ne pouvait pas le lui montrer.

— Pourquoi ? Comment ?

Marius était méfiant :

— Si je tombe pour Mak, tu tombes pour Youssef. Oui, pour Youssef. J'ai enregistré, j'ai des témoins. Moi, un assassinat ou deux… Juste homme de main…

Jef le rassura. Il prenait le TGV pour Paris le lendemain pour rencontrer les grands de la presse : Le Figaro, le Monde, Libé, et autres. Il le tiendrait au courant.

Il négocia toute une semaine. Il vendit au plus offrant. Ils décidèrent de la date de parution : à l'approche du procès, quand les médias se seraient déjà saisis du sujet, assez tôt pour que le Parquet puisse encore tout réviser. Ils convinrent du jeudi 9 novembre.

Il ne vit pas trop Ange, tout ce temps. Elle ferait tout pour empêcher la parution. Elle s'était réjouie de la mise en accusation de Marius dans le meurtre de Mak. C'était d'une certaine façon sa vengeance à elle pour ce qu'il lui avait fait subir. Or elle était au centre de l'argumentation de Jef qui accusait Fernand S du meurtre et, par conséquent, qui innocentait Marius. Il avait évité de mentionner sa « sortie » avec Fernand S. dans l'article. En tout cas, pas directement ! Mais en appuyant sa démonstration sur le « faux alibi » du truand le soir du meurtre, il l'impliquait inévitablement. Elle devrait certainement en témoigner au procès, mais que risquait-elle, à juste rétablir la vérité ?

Il décida d'attendre la parution pour se justifier.

***

26.

Il lui téléphona le matin de la parution de l'article dans *Le Parisien*, pour la prévenir. Elle ne décrocha pas. Il lui laissa un message sur son iPhone. « Je viens te voir. »

Il accourut de l'autre côté de l'Isère, chez elle. Elle lui ouvrit, en larmes, le journal à la main.

— Cet article… Mais qu'est-ce que tu m'as fait ?

Jef se sentit en tort.

— C'est pour Patricia. Marius a butté Youssef. En contrepartie je me suis engagé à l'innocenter du meurtre de Mak.

— Patricia ! Marius ! Tu me condamnes, tu le sais ?

— Non ! Ne dis pas ça !

Il chercha à la rassurer.

— D'abord, il n'y a pas un mot sur ta « soirée » avec Fernand S. Ensuite, il y a suffisamment d'autres éléments pour que le juge n'ait pas à recourir à ton témoignage. Enfin si d'aventure il y recourait, ce serait une fois Fernand claquemuré.

— Mais tu rêves Jef ! Tu as toujours appliqué à la pègre des comportements qui sont ceux du monde civilisé…

Elle marqua un temps d'arrêt, comme à son habitude.

— Il a lu ton article comme tout le monde ici ! Dis-toi

bien une chose : il sait déjà ce qu'il va faire.

— Alors ?

— Alors rien ! Plus rien à faire !

Jef frissonna. Comment avait-il pu ?

— J'ai une planque dans la Drôme, tu le sais. Je t'emmène tout de suite.

— Je suis fatiguée de tout, du bar, de ma vie, de ces hommes qui à nouveau m'envahissent. Je t'aime Jef. Je voulais juste toi, personne d'autre. Fernand, c'est ma faute. Quelle conne, pour un collier de perles que je n'ai jamais porté…

— S'il te plaît, Ange, viens avec moi. Je t'emmène là-bas, tout de suite. Je resterai avec toi, on fera l'amour, j'aime tellement comme tu fais l'amour…

Ange porta sa main sur sa bouche.

— Arrête, Jef, tu délires ! J'ai appelé le bureau du juge. J'ai rendez-vous demain midi. Je vais témoigner en contrepartie d'une protection.

— Je reste avec toi.

— Idiot, ta femme ne comprendrait pas. Pense à ton couple ! Pense à tes petits bouts de chou ! Viens me chercher demain avant midi pour m'accompagner chez le juge.

Ils s'étaient quittés d'un simple baiser.

***

On est le lendemain, presque midi. Il est là, devant la porte.

Elle est entrouverte. Il sonne puis cogne timidement, puis s'annonce à voix haute :

— C'est moi, Jef ! C'est l'heure…

Il l'attend sur le pas de la porte.

Elle ne répond pas, elle ne le rejoint pas. Il entre, passe le vestibule et s'engage, tête haute, dans le living-room. Il va l'enlacer.

Il a un haut-le-cœur ! Elle est étendue sur le sol, au pied du canapé, dans une mare de sang, le visage tuméfié. Il se retient de vomir. Il s'approche en prenant garde de ne rien toucher, constate sa mort et décide de déguerpir au plus vite.

Il est déjà à la porte quand lui revient l'image de l'iPhone, bien en vue sur le canapé. Il retourne le chercher avant de dégringoler l'escalier.

Il veut passer inaperçu. Il se fond dans la foule qui déambule ce samedi ensoleillé de novembre, dans les rues de la vieille ville. Ça devrait faire : sa tenue est ordinaire, « casual », avec le jean de circonstance, le blouson « vintage » porté sans chemise, les baskets, très mode, à contours marron. Sa physionomie, aussi, est ordinaire, avec ses cheveux courts et cette barbe légère, très commune, qu'il vient d'adopter.

Mais il est trop grand, beaucoup plus grand que tous ces hommes qui l'entourent. Et si une vidéosurveillance est braquée sur lui, elle percevra immédiatement dans son regard une fébrilité étrangère à la quiétude ambiante.

Il veut, malgré tout, se faire oublier ; aussi s'efforce-t-il de maintenir son allure au diapason de celle des autres. Il y arrive presque. Il va déboucher sur la place Notre-Dame… L'iPhone se met à sonner, qui fait se retourner ses voisins, qu'il doit donc aller chercher au fond de la poche gauche de son jean, l'obligeant à se contorsionner pour l'extirper et l'éteindre. Obligé, sous les regards curieux d'autrui, de faire semblant de répondre en clamant un « allô ! » de circonstance.

Ce n'était peut-être qu'un appel quelconque d'une connaissance cherchant à la joindre. Mais c'était peut-être déjà une tentative de localisation de l'appareil. Oui. La police, sur place, avait dû tout de suite remarquer l'absence de l'iPhone.

Mais il n'a pas pu faire autrement que de l'embarquer. Le laisser là, près du corps, avec ce qu'il pouvait révéler de leurs récents échanges, c'était se condamner.

Déjà, qu'il ferait partie des suspects, sous le prétexte facile, de notoriété publique, qu'elle avait été sa maîtresse et qu'il la fréquentait encore parfois.

Alors, à tout prix, il faut qu'il cache ce dernier passage

chez elle. Il faut que personne ne puisse témoigner de sa présence ici, à quelques rues de chez elle, dans un temps que le médecin légiste attestera juste postérieur à sa mort. Il faut faire disparaître l'iPhone accusateur.

***

Amélie avait su pour Youssef. Maintenant il lui annonçait le meurtre d'Ange. Elle était terrifiée.

— Ils vont venir te tuer !

Elle avait tout fait pour conforter son couple. Elle avait beaucoup supporté de Jef. Elle l'aimait, mais elle ne voulait à aucun prix mettre sa famille en danger.

— Jef, tu dois partir tout de suite. Disparais au loin, le temps que les flics fassent le vide ! Non, pas à la Réunion, surtout pas, ils feraient le lien. Je vais me réfugier chez mes parents, avec les enfants. À la moindre menace, je fais appel à la police.

Ils s'étreignirent. Ils tremblaient tous les deux. Jef serra ses enfants dans ses bras.

***

Il couvrit sa tête d'un bonnet, il enfouit son menton dans le nœud de l'écharpe, il se fit le plus petit possible, courbé comme un vieux, et prit le tram avec sa valise.

Il attrapa le TGV de 16 heures pour Paris, sans réservation. Il trouva une place à l'étage du dernier wagon. Il surveilla le quai. Il se savait en danger mortel. D'instinct il pensa à son père, qui s'était suicidé. Il pensa à sa mère, qui avait rejoint Laurence, sa brillante sœur installée aux US. Ils lui manquaient, tous les trois. Il les avait volontairement négligés. Il était seul, orphelin !

Plutôt, non : il s'était « fait » orphelin pour être le vrai « petit frère » de Patricia.

***

Il lui fallait neutraliser l'iPhone. Il retira la carte SIM, qu'il brisa en deux et jeta dans la mini-poubelle.

« Disparaître ! », avait dit Amélie. Mais disparaître où ?

Il regarda en arrière de sa vie. Elle avait dérapé, il y a vingt ans, en Égypte. Il lui fallait repartir de là.

Il se rendit sur la plateforme pour téléphoner discrètement. Il appela l'agence qui lui organisait ses déplacements professionnels.

— L'Égypte ?

Ils ne cherchèrent pas à comprendre. Ils lui trouvèrent une place, pour un départ le lendemain, chez un voyagiste qui avait du mal à faire le plein de sa croisière sur le Nil.

***

27

Il avait retrouvé l'atmosphère lumineuse de la Haute Égypte. Il avait éprouvé une douce nostalgie, de ses parents, de sa sœur, de ses camarades de lycée. Il s'était ressourcé au souvenir des sensations fortes de son premier amour. Mais il repartait traumatisé par sa visite de Dar El-Bahari, brisé d'avoir revécu ce jour noir où il avait découvert la barbarie originelle.

Mario l'avait déposé à l'aéroport de Louxor, où il avait rejoint les autres « voyageurs ». Anah, avant de les quitter, les avait harcelés pour qu'ils se fassent les avocats du tourisme en Égypte. Ils avaient embarqué pour Roissy avec une heure de retard. Quatre heures de vol, qu'il avait passé aux côtés des retraités nordistes. La vieille dame, toute fringante, voulut lui montrer ses photos : des temples, des obélisques, des statues, des tombeaux, des fresques et peintures, des pyramides, dont elle ne se souvenait déjà plus ni des noms, ni des lieux. Jef, lui, ne pensait qu'à retrouver sa famille. Il n'avait pas communiqué avec Amélie de tout son séjour, de peur d'être repéré par la police. Par les infos sur le web, il savait que l'affaire n'était pas résolue, que les meurtriers d'Ange couraient toujours.

Il avait maintenant la certitude qu'ils voulaient

l'impliquer dans le meurtre d'Ange. Sinon, pourquoi avoir laissé l'iPhone en apparence au côté de son cadavre, avec les relevés de leurs appels et son dernier SMS, annonçant sa venue ? Quant au mobile de l'assassinat, il ne faisait aucun doute : empêcher Ange de témoigner du faux alibi de Fernand S, le soir du meurtre de Mak ! Le plus terrible : c'était son article qui avait mis Fernand S en alerte.

Il ne s'en remettait pas !

***

L'avion se posa à Roissy avec une bonne heure de retard, de quoi lui faire rater sa correspondance TGV. La petite bande des « voyageurs » se retrouva dans le grand hall d'arrivée des bagages pour un dernier débriefing. Manquait seulement l'autre grenoblois, le petit Alfred. Quelqu'un l'avait vu filer, son smartphone à l'oreille. On s'assura des adresses émail de chacun, on parla de Pâques pour se retrouver, vaguement d'un programme, pas du tout d'un lieu.

Les « voyageurs », maintenant soucieux de récupérer leurs valises, se saluèrent de bises et poignées de main. Déjà les retraités nordistes avaient rejoint la sortie.

Jef récupéra sa valise. Le hall était glacial. Il avait d'autant plus froid que sa tenue de voyageur du désert était inadéquate. Un genou à terre sur le dallage humide, il l'ouvrit, à la recherche de son blouson. En le retirant, il créa un tel fouillis qu'il fut incapable de la refermer. Il dut s'installer, cette fois-ci les deux genoux à terre, pour déballer ses affaires et les remettre en ordre. C'est en retirant sa trousse de toilette qu'il vit, dépassant de la pochette extérieure, l'iPhone d'Ange.

Il pâlit, sentit ses genoux se dérober, et s'affaissa sans connaissance.

Une passagère en attente de sa valise, frêle petite dame, qui jusque-là l'observait, amusée, prit peur.

— Monsieur, Monsieur…

Elle fit signe au quarteron de soldats qui déambulaient, armes en main. L'un d'eux s'approcha et jugeant de la gravité de la situation fit un appel sur radio. Le résultat fut immédiat : deux agents de santé de l'aéroport, un homme et une femme, arrivèrent avec un défibrillateur. Ils étendirent Jef, sortirent de sa valise un paquet de linge qu'ils placèrent sous sa tête. La femme ouvrit la trousse de toilette, à la recherche d'un éventuel médicament pour urgence cardiaque, pendant que l'homme prenait le pouls et s'apprêtait à placer les électrodes.

Mais avant même d'avoir mis le défibrillateur en marche, Jef avait repris connaissance. Il ouvrit les yeux sans encore bien saisir ce qui relevait du cauchemar et ce qui était la réalité. Il prit quelque temps à se localiser, encore quelque temps à se remémorer le contexte : hall des bagages, valise, iPhone… Il se redressa avec l'aide des soignants, se maintint assis au sol, à côté de sa valise toujours grande ouverte, maintenant entouré d'un public de curieux.

— Pas d'inquiétude, dit l'homme à la cantonade, c'est un simple malaise vagal, dû probablement à la fatigue.

Les agents ayant ramassé leur matériel, la scène perdait tout intérêt pour les autres passagers qui se dispersèrent. Jef se retrouva comme devant, avec sa valise grande ouverte, son linge encore plus dispersé, et toujours l'iPhone qui dépassait de la pochette extérieure de sa trousse de toilette.

Cela n'avait aucun sens. Il n'avait jamais rangé l'appareil dans sa trousse de toilette. Oui, il l'avait emporté quand il était parti précipitamment de chez lui, sottement, par crainte qu'il tombe entre les mains de la police. Mais il l'avait jeté dans la poubelle de sa salle de bains, à l'Ecolodge de Fikri El Kashef. C'était il y a deux jours, la veille de leur départ, avant de rejoindre le groupe des voyageurs pour le Son et Lumière de Abou Simbel.

Quoi alors ?

Il revit en pensée la femme nubienne venue préparer sa chambre pour la nuit. Elle avait arrangé l'oreiller, dénoué la moustiquaire, rejoint la salle de bains juste avant qu'il ne parte pour le Son et Lumière. Consciencieuse et honnête à l'excès, elle avait sûrement cru bien faire en récupérant l'iPhone dans la poubelle et en le mettant en sécurité dans cette pochette de la trousse de toilette.

***

Il fallait se débarrasser de l'iPhone avant de passer la douane. Il visa une poubelle, garnie d'un sac translucide. Il fit de son mieux pour l'y cacher. Bien lui en prit. Il eut beau passer du côté des « Rien à Déclarer », il fut fouillé consciencieusement.

Il rejoignit la gare SNCF. Il avait effectivement raté un premier TGV et devait maintenant attendre celui de 17 h 50. Il appela Amélie pour la prévenir de son arrivée et s'enquérir de la situation.

Elle était toujours à Seyssinet, chez ses parents avec les enfants. Elle était passée chez eux le matin même, relever le courrier. Tout semblait en ordre : l'appartement n'avait pas été visité et elle n'avait rien remarqué d'inquiétant aux alentours. Elle voulait absolument le voir.

— Oui, ce soir… Non, pas ici, pas les enfants. Il faut qu'on décide pour la suite. Je te retrouve à l'appartement.

***

Il aurait voulu l'enlacer ; elle se tint à distance. Elle n'en pouvait plus : trop d'anxiété, trop de pression, trop longtemps. Il fallait qu'il trouve une solution, et vite !

Elle lui remit le dossier de presse qu'elle avait constitué. Un article sur l'assassinat de Mak : une nouvelle enquête était diligentée, faisant suite aux révélations de son reportage. Fernand S avait été convoqué. Son avocat avait clamé son innocence. Le procureur avait reconnu que l'enquête était au point mort. Il avait été relâché. Concernant le meurtre d'Ange, un entrefilet précisait que la police entendait des témoins.

Rien de tout cela ne le rassurait. La police n'avait même pas fait le lien entre les deux meurtres ! Fernand S, lui, savait ce qu'il avait à faire pour qu'elle n'en trouve point.

— On ne peut pas rester ici !

Il éteignit toutes les lumières. Il scruta le parking par la fenêtre. Son Audi, sous le réverbère, n'avait pas bougé. Sur l'avenue, un mastodonte, mal garé, semblait monter la garde.

— Ils me filent, ils veulent me supprimer.

Amélie s'était retirée sur le canapé. Elle ne comprenait plus Jef, avant si déterminé et sûr de lui, angoissé depuis quinze jours, et maintenant agissant comme un fugitif. Elle l'apostropha :

— Tu divagues ! Va plutôt tout raconter à la police.

— Non ! Ils vont m'inculper pour le meurtre d'Ange. Cela ressemble trop à un crime passionnel.

Oui, pensa-t-elle, cela y ressemble ! Mais elle se retint de polémiquer.

— Tu m'as parlé d'un rendez-vous qu'elle avait pris chez le juge. Va le voir, explique-lui !

— C'était juste une demande de protection. La police peut l'interpréter contre moi…

— Mais qu'avais-tu encore à faire avec cette fille ?

Il avait deviné le fond de sa pensée.

— Elle était en danger par ma faute. J'ai voulu la protéger. Elle a refusé. Pour toi ! Pour les enfants ! Elle m'a juste demandé de l'accompagner chez le juge.

Ils étaient là, chacun dans leur coin, chacun dans sa vérité, perdus.

Amélie prit le dessus.

— Les enfants ! Ils n'ont pas à connaître ça. Ni ce froid entre nous, ni le tragique de ta situation. Les enfants, je m'en occupe.

— Qu'est-ce que tu vas faire ?

— Ce n'est plus possible chez mes parents. Je les emmène chez Aurélia. On y restera tout le temps qu'il te faudra pour régler cette affaire. Ensuite nous parlerons de nous !

— Oui, ensuite… Maintenant, je dois m'enfuir, vite !

Elle ne chercha pas à comprendre.

Ils se quittèrent sans même s'embrasser. Amélie partit la première. Jef attendit de voir la C3 disparaître sur l'avenue pour descendre récupérer sa « vieille caisse » cabossée et prendre la route pour la Drôme.

***

Il connaissait ce raccourci par cœur, pour l'avoir pris à de multiples reprises. Il faisait gagner une bonne demi-heure. C'était une route étroite, à peine assez large pour se croiser, mais rapide et sûre pour qui en était familier.

Il y avait juste ce tronçon, après le col, une descente, forte, toute droite, longue de plus d'un kilomètre, dont la fin était escamotée à la vue par un rebond cachant une dernière accentuation de la pente, avant un virage à gauche, à angle droit. Il l'avait toujours abordé avec circonspection, usant du frein moteur pour maîtriser un déroulé que quelque part, inconsciemment, il pressentait dangereux.

Cette nuit-là, il s'engagea sur le raccourci à toute allure. Il était suivi par un gros SUV, de toute évidence un Hummer, qui l'avait collé, pleins feux, depuis le péage de l'A51, sans jamais chercher à le dépasser.

Il venait de tout comprendre ! C'était la voiture qu'ils voulaient ! l'Audi ! Comment n'y avait-il pas pensé ? Le témoignage, consigné dans le dossier de l'enquête sur le meurtre de Mak, parlait d'une berline noire aperçue sur les lieux du crime dans la nuit du 13 au 14 décembre 2015. C'était l'Audi A4 que Fernand S lui avait fourgué cette nuit froide de fin décembre 2015 ! C'était la « vieille caisse » qu'il était supposé déposer à la casse !

« S'il te plaît, débarrasse-moi », que Fernand lui avait dit !

Quel naïf il avait été !

Fernand S avait assassiné Ange pour qu'elle ne le trahisse pas. Il voulait maintenant faire disparaître cette voiture, dernière preuve de son implication dans le meurtre de Mak, et Jef, qui en savait trop, par la même occasion.

Et là, tout de suite, ses nervis l'avaient pris en chasse ! Il n'était plus possible de revenir en arrière ! Il fallait les semer.

Le gros SUV maintenant le talonnait. Jef accéléra encore, franchit le col et amorça la descente. La route était humide et sombre. Le SUV se jeta contre lui, cogna, bouscula l'A4, la déséquilibra. L'ESP redressa la trajectoire.

Le virage précédant la longue ligne droite descendant à

flanc de coteau était juste devant lui. Il avait l'avantage de le connaître ; il le prit adroitement, les autres durent ralentir, décrochèrent. Il respira. Il s'engagea dans la longue descente.

Il avait négligé le Hummer. Il était revenu sur lui, tous feux éteints ! À coups de boutoir, il essayait de le projeter dans le vide. Jef accéléra, terrorisé ! L'Audi prit de la vitesse, sans à-coup, tout en puissance. Elle absorba en souplesse les irrégularités de la chaussée. Le moteur ronflait puissamment. Le Hummer décrocha. À cinq cents mètres du rebond, aidée par la pente, la voiture avait atteint sa vitesse maximum, plus de 200 km/heure. Le Hummer était loin derrière.

Il aurait pu souffler : le virage à angle droit, les virages suivants en épingles à cheveux, la route sinueuse dont il connaissait chaque embûche, donnaient à son Audi un avantage décisif qui lui permettait d'échapper à ses poursuivants.

Mais là, fulgurante, sa vie lui revint comme un énorme gâchis : Catherine, morte, à ses pieds ; Patricia au sol, poignardée ; l'appartement dévasté, la communauté fraternelle explosée ; Patricia violentée, hébétée ; Ange assassinée ; les autres, son père, Mak, Jérôme, Youssef, le jeune beur ; et toutes les trahisons… Maintenant son couple en sursis ! À quoi servirait d'encore lutter ? D'encore vivre… Trop de violence, trop de haine.

Il accéléra, pied au plancher. L'Audi, moteur vrombissant, se projeta sur le rebond, décolla de la chaussée en son sommet, s'éleva un temps, le moteur hurlant sa douleur, avant de s'écraser à nouveau sur la route. Le virage à angle droit apparut dans les phares, à deux cents mètres, plus négociable… Il allait connaître, enfin, la paix.

Il ferma les yeux.

Le visage lumineux d'Amélie apparut sur fond noir. Ses yeux si bleus pétillaient de plaisir ; il entendit, oui, il entendit son rire en crécelle ; il vit, oui, il vit Adrien et Maya courir vers lui ! Il entendit Amélie l'appeler.

— Jef !

Il freina à mort !

L'Audi eut un raté, accompagné d'un déséquilibre fatal de la caisse. Elle capota une fois, plusieurs autres fois, vola au-dessus du parapet, avant de plonger en contrebas du virage.

Le Hummer s'arrêta contre la rambarde. Deux hommes en sortirent. Ils ouvrirent le hayon arrière et s'armèrent de Kalachs.

Ils mitraillèrent le ravin à l'aveugle.

***

.

28

Fernand S n'avait pas tout prévu. Les deux bolides avaient été flashés par les gendarmes à plus de 160 km/h, dans la dernière ligne droite de l'A51, avant la sortie provisoire du col de Fau. Ils avaient immédiatement suspecté un convoi de daube. Un barrage avait été mis en place au col de Lus-la-Croix-Haute, ce qui n'avait servi à rien puisque les deux voitures s'étaient engagées sur le raccourci. Mais en sus, la gendarmerie avait dépêché à leurs trousses deux motards. Les motards avaient pu, de justesse, apercevoir leurs feux de route disparaître à hauteur du raccourci. Ils avaient reçu la consigne de les poursuivre. Ils suivirent prudemment les bolides jusqu'au col. Ils virent leurs feux arrière prendre rapidement de l'avance dans la descente. Ils communiquèrent l'info au QG. « Ne les lâchez pas, on envoie des renforts. »

Ils passèrent le dernier rebond, et arrivèrent sur le Hummer au moment où les truands étaient occupés à mitrailler à l'aveugle. Ils furent derrière eux, l'arme au poing, avant même qu'ils ne s'en aperçoivent.

Le capitaine Dubois n'obtint rien des deux truands à leur premier interrogatoire, qu'il dût interrompre en attente de l'arrivée de leur avocat. Le deuxième fut aussi vain, les deux individus s'abritant derrière une soi-disant course-poursuite qui aurait mal tourné entre conducteurs énervés. Ce fut l'avocat, Maître Renard, qui lui mit la puce à l'oreille. C'était le même Maître Renard qui avait assisté six jours auparavant un certain Fernand S, trafiquant notoire, suspecté d'être l'auteur de l'assassinat d'un autre voyou, dit Mak. Suspicion qui faisait suite à un article, signé par ce même homme que les deux prévenus venaient d'envoyer dans le ravin et de mitrailler à mort. Il ordonna une descente immédiate au domaine de Ferdinand S pour l'interpeller. Entre-temps, un jeune officier talentueux de son équipe avait épluché l'article en question et fait le lien entre le faux alibi de ce dernier, et l'assassinat une semaine auparavant d'une tenancière de bar.

Le capitaine Dubois n'eut pas de mal à convaincre le substitut du procureur, non seulement d'élargir la garde à vue à ce truand mais de poursuivre l'investigation. Il tenait là une grosse affaire qu'il rêvait de mener jusqu'à son terme. Ce serait sa « vengeance » à lui, qui avait été dessaisi de sa précédente enquête pour s'être intéressé de trop près aux magouilles d'un gros poisson. Il prit son temps. Son équipe le combla d'indices et de preuves. L'Audi, récupérée, ne fut pas des moindres. Il reconstruisit toute la chaîne des criminels : les deux hommes de main, Fernand S, Mak, Damien, Jérôme, Marius, Youssef, Siaka ; et celle de leurs victimes connues : Jef, Ange, Malouf et Patricia.

Quand il arriva à Patricia, il voulut en savoir plus ! Il se déplaça au commissariat de Sèvres et convoqua l'assistante sociale qui l'avait longtemps suivie, une certaine Irène. Irène était maintenant à la retraite, mais elle souffrait encore d'avoir été si peu soutenue dans ses tentatives de sauvetage d'une jeunesse en détresse.

— Vous êtes bien le premier commissaire (elle s'emmêlait dans les appellations) à s'intéresser à ces jeunes, autrement que pour leur chercher des poux !

Elle lui raconta toutes les misères qu'avait connues cette fille, son courage dans les épreuves, l'énergie qu'elle avait dépensée pour sortir la tête de l'eau.

— Il a fallu que ce soit un caïd, oui, un caïd de la drogue, fou amoureux d'elle, qui la sorte de là.

— Quel caïd ?

— Bernardo ! Parce qu'il ne faut pas croire ! Si elle a été arrachée par deux fois à la pire des prostitutions, à la drogue, à la violence la plus barbare, ce n'est pas grâce à vous, la police ! Ça s'est fait de l'autre côté de la barrière, entre eux, à leur manière. C'est encore lui, Bernardo, qui s'occupe d'elle aujourd'hui. Ses tortionnaires lui ont complètement ravagé le cerveau avant de la libérer contre une rançon.

Elle s'interrompit le temps de se reprendre.

— Je vous le dis, Monsieur le Commissaire, ces jeunes paumés, ils devraient être notre grande cause nationale !

Le capitaine Dubois se dit, lui, qu'à défaut de pouvoir faire justice à tous ces paumés, il ferait en sorte que cette tragédie soit déballée au grand jour.

— Je le trouve où, ce Bernardo ?

— Il est dans les îles et jamais il ne recevra un flic. Essayez plutôt du côté de celui qui se dit le « petit frère » de Patricia, un journaliste de chez vous, qui se nomme Jef.

— Si je pouvais…

***

Jef avait été sorti de la carcasse de l'Audi par l'équipe de secouristes dépêchée en hélico. La ceinture, les airbags avaient pleinement joué leur rôle. Les tonneaux lui avaient évité un choc frontal trop fort. Les jeunes pins avaient ralenti le plongeon en dévers. La mitraille était passée loin au-dessus de lui. Il vivait encore.

Il fut héliporté au CHU, placé en réanimation, entubé, ventilé, monitoré, très vite opéré d'un hématome crânien.

On parla d'un miracle. Il sortit spontanément d'un coma profond. Restait à réduire de multiples fractures, à soigner quantité de contusions et blessures.

Amélie fut la première à son chevet après l'opération. Il la devina dans un brouillard cotonneux et lui fit signe du bout des doigts d'approcher son oreille.

— C'est toi qui m'as sauvé. Tu es plus forte que tous ces barbares.

Amélie pensa que les dégâts au cerveau étaient plus considérables que ce que les médecins avaient diagnostiqué. Qu'importe, elle serait patiente. Elle l'aimait.

***.

TABLE DES MATIÈRES

REMERCIEMENTS

Je suis un écrivain indépendant. C'est dire combien ont compté les encouragements et les observations dont j'ai bénéficié, trop nombreux pour être tous cités.
Écrire un roman ne réclame pas, en soi, d'encouragement. En revanche, le publier est une gageure. Des éditeurs qui répondent par une lettre circulaire ; d'autres, à compte d'auteur, qui n'en ont que le nom ; quelques-uns, il faut être juste, qui apportent des explications pertinentes. Le fait est, qu'il n'y a pas place pour tous les écrivains dans un dispositif d'édition dépassé. Or, c'est ce dispositif qui s'impose aux librairies, par les dépôts-ventes, rendant la diffusion des ouvrages des écrivains indépendants quasiment impossibles dans ces lieux privilégiés.
Avec le temps, grâce aux nouvelles technologies (le format numérique et l'impression à la commande), un nouveau dispositif d'édition et de diffusion s'est développé. Ces entreprises (de modestes à considérables) agissent comme des facilitateurs, avec des coûts de fabrication moindres, de telle sorte que l'écrivain est mieux rétribué pour un ouvrage rendu moins cher !
Merci donc à Bookelis et Hachette qui distribuent le livre en librairie (seulement sur commande). Merci à Amazon, si souvent décrié, mais qui ouvre largement la voie à un renouveau populaire de l'écriture.

En plus d'encouragements, j'ai profité de l'obligeance de Vanessa Laime et Bernard Laroche, journalistes au Dauphiné Libéré, qui m'ont instruit sur leur métier. Les Archives Départementales de l'Isère m'ont été d'un grand secours dans mes investigations sur les faits violents.
La version finale de l'ouvrage doit beaucoup aux bêta-lecteurs du manuscrit. Merci à Patrick Outters et Anne-Marie Steinmann qui ont repéré les faiblesses d'une première rédaction. Merci à Emmanuel Morin, grand lecteur de thrillers, qui m'a retourné des observations judicieuses. Merci à Muriel, ma grande fille, et à mes fils, Côme, Colas et Kévin pour leurs appréciations.
Je dois énormément à ma compagne, Marie-Claude, dont les nombreuses relectures l'ont, à chaque fois, conduite à des remarques constructives. Une mention spéciale revient à Michel Fernandez, coach de mon atelier d'écriture à l'Uiad, qui sait si bien cultiver cette envie de partager nos émotions par la plume.
Enfin, j'attends beaucoup de vos propres commentaires, que je consulterai avec attention.

Guy.boisberranger@gmail.com

Dépôt légal : Mai 2020

Made in the USA
Middletown, DE
27 June 2020

97836012R00165